time –
Zeit der Sühne

Phillip Kordes wuchs im Hochsauerland auf. Er studierte in Dortmund Pädagogik und war bis 2001 Lehrer an der Realschule. Bisher sind vier Kriminalromane von ihm erschienen. »Mord in acht Tagen« und »Windvögel« spielen im Hochsauerland. »Maske des Schweigens« und »time - Zeit der Sühne« sind im Ruhrgebiet angesiedelt. Seine historischen Romane »Dunkler Rauch am Horizont« und »Des Lebens dornige Pfade« sind der 1. und 2. Band einer Trilogie aus dem Sauerland. Darüber hinaus veröffentlichte Phillip Kordes nahezu 400 Kurzkrimis bzw. Kurzromane sowie zwei Fortsetzungsromane.

Alles, was du in diesem Leben benötigst,
ist Ignoranz und Zuversicht,
dann ist der Erfolg dir sicher

Mark Twain

Phillip Kordes

time –
ZEIT DER SÜHNE

Kriminalroman
aus dem Ruhrgebiet

Bibliografische Information der Deutschen Nationalbibliothek
Die Deutsche Nationalbibliothek verzeichnet diese Publikation in der
Deutschen Nationalbibliografie, detaillierte bibliografische Daten sind
im Internet über dnb.dnb.de abrufbar.

TWENTYSIX – Der Self-Publishing-Verlag
Eine Kooperation zwischen der Verlagsgruppe Random House und
BoD– Books on Demand

2. Auflage
© 2018 Kordes Phillip

Herstellung und Verlag
BoD – Books on Demand, Norderstedt

ISBN 9 783740 747541

In der aufkommenden Dämmerung waren die beiden Personen unter den Bäumen fast unsichtbar. Wie Kletten hielten sie sich umklammert. Der Mann war einen halben Kopf größer als die Frau, sein Gesicht lag auf ihrem Haar. Daher konnte sie seine ironisch nach oben gezogenen Mundwinkel nicht sehen. Sein Lächeln war fast zynisch und ein wenig selbstgefällig. Er wusste, dass er gewonnen hatte, und diese Gewissheit bestärkte ihn in seinem Vorhaben.

Sanft aber bestimmt löste er sich aus der Umarmung und stieß sie ins weiche Gras. Sie war so geil auf ihn, dass sie diese fast brutal wirkende Handlung sogar noch als liebevoll hinnahm. Sie hatte es doch geradezu herausgefordert, dass er so mit ihr umging. Vor weniger als fünf Minuten erst hatte sie ihn mit ihren kleinen Fäusten in die Seiten geboxt, ihm ein Bein gestellt und schallend gelacht, als er stolperte. Warum also sollte er sich nicht auf die gleiche Art und Weise revanchieren?

Sie blieb erwartungsvoll auf dem Rücken liegen. Erst als er sich über sie beugte, stieg ihr der Geruch von frisch gemähtem Gras unangenehm in die Nase.

»Ich will meinen Rock nicht schmutzig machen«, raunte sie. »Lass uns gehen.«

»Hier ist es doch schön«, erwiderte er mit einer sanften, einschmeichelnden Stimme, die ihr wie immer unter die Haut ging.

»Aber …«

Er drängte sich an sie, und sie spürte wieder seine Erregung, die auf sie überfloss wie der Strom einer elektrischen Leitung. »Jeder Ortswechsel ist ein Stimmungsbruch.«

»Ich weiß, aber das Gras macht Flecken auf meinen Rock. Er war zu teuer, um ihn zu ruinieren.« Sie lachte verhalten, während sie ihm zwischen die Beine griff. »So lange wirst du es noch aushalten können. Ich kenne ein Hotel. Dort sind wir ungestört.«

Er runzelte die Stirn. Diese Änderung passte nicht in seinen Plan.

»Na gut«, sagte er schließlich zögernd, weil er merkte, dass er sie nicht umstimmen konnte.

Sie benötigten nur eine Viertelstunde mit ihrem Wagen, aber es wurden die längsten Minuten ihres Lebens. Ihr ganzer Körper glühte, ihr Blut war bis aufs Äußerste aufgewühlt, und ihr Schoß brannte vor freudiger Erwartung.

Er ging sofort zur Treppe im Hintergrund der Hotelhalle, in der es dunkel war, weil die unterste Lampe nicht brannte. Von dort sah er ihr zu, wie sie das Anmeldeformular an der Rezeption mit zitternden Fingern so rasch ausfüllte, dass vermutlich niemand ihren Namen entziffern konnte.

Er lächelte vor sich hin. Dies war kein Hotel, das man seinen Freunden empfehlen würde. Es wäre eher eine Notlösung für den Fall, dass alle anderen Hotels der Stadt ausgebucht waren. Sein Blick streifte über das Bord mit den Schlüsseln. Er zählte die Haken. Acht waren leer, also waren nur knapp ein Drittel der Zimmer ausgebucht.

»Komm!«

Sie stand neben ihm, griff seine Hand und zog ihn im Laufschritt die Treppe hinauf. Das Zimmer befand sich in der ersten Etage gleich neben dem Treppenabsatz. Hastig schloss sie die Tür auf, und noch bevor sie wieder vollständig hinter ihnen zugefallen war, hatten sie schon ihre Kleidung ausgezogen.

Splitternackt tanzten sie im Zimmer umher, bis sie auf das breite Bett sanken. Noch nie hatte sie solche Lust auf ihn gehabt wie in diesem Moment. Die Vereinigung mit ihm war perfekt und wunderschön. Erst danach merkte sie, dass er ein Kondom benutzt hatte.

»Du warst gut«, flüsterte sie.

Er antwortete nicht, er wusste es wohl selbst. Seine Arroganz trieb ihr den Zorn auf die Stirn. Wie oft hatte sie jetzt mit ihm geschlafen? Fünfmal? Zehnmal? Ach, es spielte doch keine Rolle.

Sie kuschelte sich an ihn und Minuten später war sie eingeschlafen.

Sie erwachte und wunderte sich, dass es bereits hell war. So lange hatte sie das Hotelzimmer eigentlich nicht benutzen wollen. Der Platz neben ihr war leer, aber aus dem Bad hörte sie Geräusche. Blinzelnd schaute sie zur Uhr. Es war kurz nach fünf am Morgen.

Wohlig rekelte sie sich in den Federn und legte ihr Gesicht auf sein Kissen, das nach seinem Aftershave roch. Irisch Moos. Es war ein Duft, den sie liebte und der sie erregte. Ein Schauer kroch über ihren Rücken, als sie an seine Liebkosungen dachte. Er hatte schöne Hände, ohne Schwielen, und er hatte saubere sorgfältig geschnittene Fingernägel. Das hatte sie von Anfang an erstaunt. Sie hatte geglaubt, durch seine Arbeit müssten seine Hände verbrauchter aussehen, schmutziger.

Nach zehn Minuten kam er aus dem Bad. Gleich würde er sie erneut lieben, sie von einer Ekstase in die andere treiben, aber diesmal wollte sie es ohne Kondom. Erwartungsvoll streckte sie ihm ihre Arme entgegen.

Der Schmerz kam völlig unerwartet und so heftig, dass sie einen Moment lang nach Luft rang. Ihre Hände fühlten sich an wie in einem Schraubstock, und ehe sie überhaupt begriff, was geschah, hatte er ihre Handgelenke und ihre Fußknöchel mit einem harten Strick fest zugeschnürt.

»Was tust du …?«, konnte sie gerade noch ausstoßen, bevor ein Klebeband ihr den Mund verschloss.

»Sei still!«, zischte er.

Ein Spiel!, dachte sie. Es ist ein neues Spiel von ihm. Er hat es gelesen und will es mit mir ausprobieren. Doch ein Blick in seine Augen ließ sie frösteln. Da stand nichts mehr von Zärtlichkeit oder Erregung. Der Ausdruck war kalt wie Eis.

Sie starrte in sein Gesicht dicht über dem ihren und konnte wieder den Duft seines Aftershaves riechen. Doch diesmal verfehlte es die Wirkung. Der Knebel verhinderte jede erotische Empfindung.

Warum nur?, dachte sie verzweifelt. Warum macht er das?

Sie versuchte an sich herabzusehen. Gestern hatte sie sich ihrer Nacktheit nicht geschämt, aber jetzt … jetzt war es für sie entwürdigend, so bloß und hilflos vor ihm zu liegen und seinem gefühllosen Blick ausgesetzt zu sein.

Sie fragte sich, warum er ihr nicht die Augen verbunden hatte. Vielleicht wollte er sich an ihrer Angst weiden, oder sie sollte sehen, was er als Nächstes tun würde.

Aber er tat nichts. Er ging nur langsam im Zimmer auf und ab. Die Hände hatte er dabei in seine Hosentaschen gesteckt.

Einen Moment überkam sie die Hoffnung, dass er sie gleich wieder von den harten Fesseln befreien würde, die ihr langsam aber sicher das Blut in den Händen abschnürten.

Auf dem Tisch standen noch die Weinflasche und die Gläser

vom Abend. Sie hätte gern daraus getrunken, nicht weil sie den Alkohol brauchte, sondern weil sie durstig war, weil ihr Mund wie ausgetrocknet wirkte.

Sie musste sich ablenken. An irgendetwas Schönes denken. Aber woran? Es war so schwer, sich etwas vorzustellen, wenn man gefesselt und geknebelt war.

Sie riss die Augen auf, als er sich plötzlich über sie beugte, die Fußfesseln löste und ihre Beine spreizte.

Sie stieß einen erstickten Schrei aus. Jetzt wird er mich vergewaltigen oder einen anderen Gegenstand in mich hineinrammen, dachte sie entsetzt.

Als sie ein nasses Tuch an ihren Oberschenkeln spürte, dann an ihrer Scham, begriff sie erst nach und nach, dass er sie abwusch, sie reinigte.

Im gleichen Moment fühlte sie die Todesangst in sich aufsteigen. Bei ihrer Vereinigung war es natürlich möglich gewesen, dass auch nur kleinste Spuren seines Spermas aus dem Kondom herausgelaufen waren, und die wollte er nun beseitigen. Das konnte doch nur eines bedeuten!

Ihre Nasenflügel bebten. Sie bäumte sich auf, aber ihre Bemühungen blieben zwecklos. Er hatte ihre Fußknöchel schon wieder zusammengepresst und sie zuckte erneut vor Schmerz zusammen, als er die Fesseln strammzog.

Er verschwand im Bad. Sie hörte ihn hantieren. Es war klar, dass er auch dort alle Fingerabdrücke oder sonstigen Spuren abwischen würde.

Großer Gott! Hilf mir!

Wenig später kam er zurück. Sie merkte sofort, dass etwas anders war.

Er hatte Handschuhe übergestreift.

2

Kommissar Gordon Emanuel Rattke, von seinen Freunden kurz GE gerufen, hasste Kriminelle. Vor allem wenn es sich um solche wie Rudolf Padalowski handelte. Padalowski hatte im Norden Dortmunds einen anderen Mann krankenhausreif geschlagen. Aber er zeigte keine Reue. Er saß vor Rattke, kaute mit offenem Mund auf einem Kaugummi und sah den Kommissar hochnäsig an.

»Ich sage Ihnen doch, dass ich den Streit nicht angefangen habe. Ich habe mich nur gewehrt. Was kann ich dafür, wenn der Kerl mit dem Kopf auf eine Stuhlkante schlägt?«

»Sie haben sich auf den Mann gestürzt, als er schon am Boden lag und weiter unbarmherzig auf ihn eingeschlagen. Dafür gibt es drei Zeugen.«

»Die irren sich«, antwortete Padalowski gelassen, wobei er sich bemühte, nicht überheblich zu grinsen. »Oder waren die drei etwa nüchtern?«

Natürlich waren sie das nicht gewesen. Die Blutprobe hatte bei einem über zwei Promille ergeben, bei den anderen beiden sogar über drei Promille. Ihre Aussagen würden von jedem geschickten Rechtsanwalt wie eine Seifenblase zum Platzen gebracht werden.

»Na bitte«, triumphierte Padalowski. »Sie sagen nichts, also habe ich recht. Die drei können sich doch an gar nichts mehr erinnern.«

»Worum ging es bei Ihrem Streit mit dem Verletzten?«, fragte Rattke mühsam beherrscht.

»Wir haben gepokert.«

»Sie haben was?«

»Gepokert. Ich weiß, dass das verboten ist, wenn man um Geld spielt, aber ich bin kooperationsbereit und sage Ihnen gleich, was wir gemacht haben.«

»Aha. Dann haben Sie aus lauter Spaß gepokert?«

»Na klar. Und ich spiele immer ehrlich. Aber dieser Mann wollte mich bescheißen, muss irgendwie ein Ass im Ärmel gehabt haben. Dabei war er zu plump, einfach tölpelhaft.« Padalowski lachte. »Es fiel ihm auf den Boden, als er es rausziehen wollte. Können Sie sich so etwas Dämliches vorstellen?«

Rattke antwortete nicht darauf.

»Er sprang auf«, redete Padalowski weiter, »und wollte wegrennen. Aber ich war schneller, habe ihn am Kragen gepackt und herumgezogen. Tja, und dann schlug er zu.«

»Er schlug Sie zuerst?«

»Aber sicher. Steht das nicht im Protokoll?«

Rattke sah in die Akte. Er musste das überlesen haben.

»Kann ich denn jetzt gehen?«, fragte Padalowski.

Rattke hob den Kopf. »Gehen? Aber nein. Sie bleiben vorläufig hier, bis der Richter etwas anderes entschieden hat.« Er griff zum Telefon und rief zwei Beamte herein. »Bringen Sie Herrn Padalowski wieder zurück in seine Zelle. Aber behandeln Sie ihn vorsichtig. Ich möchte nicht, dass ihm etwas passiert oder dass er womöglich über seine eigenen Füße fällt.«

Rudolf Padalowski starrte ihn verständnislos an, ließ sich dann jedoch widerstandslos hinausführen.

In der Tür erschien Peter Vollmar. Der untersetzte Kollege war braun gebrannt und erst vor drei Tagen aus dem Urlaub zurückgekehrt. Er lehnte sich an den Türrahmen.

»Ich habe alles mitgehört«, knurrte er. »Soll ich noch mal zu dem Lokal fahren?«

Rattke winkte ab. »Wir lassen ihn eine Nacht in der Zelle schmoren und werfen ihn morgen raus. Wir haben nichts in der Hand.«

Vollmar verschwand wieder, und Rattke blieb allein zurück. Auf einmal war er sehr müde. Er nahm sich zusammen, um sich nichts anmerken zu lassen. Immerhin war es noch nicht einmal Mittag. Die Woche fing ja gut an.

Wenn man doch nur einen handfesten Fall in den Händen hätte, dachte Rattke. Daran könnte man sich aufrichten, so schlimm es auch klang. Aber diese mühseligen Verhöre Kleinkrimineller brachten ihn manchmal zur Weißglut.

Noch nie war er so froh wie heute, als er endlich nach Hause fahren konnte.

Am Dienstagmorgen lag Hauptkommissar GE Rattke auf dem Bett und schaute durch das Fenster. Die Sonne schien ihm direkt ins Gesicht, aber ihre Wärme wurde durch den Schmutz auf den Scheiben so sehr gedämpft, dass Rattke nur ahnen konnte, wie warm es schon jetzt um kurz nach sieben war. Wieder würde es ein Tag werden, an dem der Schweiß unaufhörlich über den Rücken hinabrinnen und die Arbeit in dem stickigen Büro zur Qual machen würde.

Rattke stand auf, streifte sich ein T-Shirt über und zog eine kurze Trainingshose an. Das war sein morgendliches Ritual. Rattke hatte sich nämlich ernsthaft vorgenommen, sein Leben zu ändern. Regelmäßiges Essen, Sport, frische Luft, all das sollte seinen täglichen Rhythmus bestimmen. Aber wenn er darüber nachdachte, dann war bis auf Sport nichts von seinen guten Vorsätzen übriggeblieben, und das auch nur, weil er sich ein eigenes Trimmrad angeschafft hatte. Es stand in seinem kleinen Wohnzimmer und schaute ihn nach dem Aufstehen immer so anklagend an, dass er sich nie an den Tisch setzte, bevor er nicht eine halbe Stunde gestrampelt hatte.

Bisher hatte es ihm gutgetan. Er wog bereits einige Kilo weniger, und auch seine Kondition war merklich besser geworden. Natürlich sagte niemand im Präsidium etwas zu seiner neuen Figur, vermutlich bemerkten sie gar nicht, dass er abgenommen hatte, weil sie viel zu sehr mit sich selbst beschäftigt waren. Nur Anna Langner, die attraktive Staatsanwältin, hatte ihn vor einigen Tagen ein paar Mal aufmerksam von der Seite her betrachtet und dabei ihre Stirn in Falten gelegt. Sie grübelte ganz offensichtlich darüber nach, was sich bei ihm verändert hatte.

Inzwischen war sein Trimmrad eine willkommene Ablenkung von der langweiligen Arbeit am Schreibtisch.

An diesem Morgen beließ es Rattke bei zehn Minuten Radfahren. Mehr war nicht drin. Die Hitze machte ihm doch mehr zu schaffen, als er wahrhaben wollte.

Er duschte ausgiebig, und während er sich anzog, schaute er auf die Front des gegenüberliegenden Hauses. Manchmal sah er aus der Haustür dort ein junges Mädchen hinausgehen. Er schätzte sie kaum älter als Anfang zwanzig. Sie war immer in Eile. Rattke vermutete, dass sie stets auf den letzten Drücker zu ihrer Arbeit fuhr. Dieses Mädchen erinnerte ihn an seine Jugendliebe Katharina. Genau wie Katharina früher trug die junge Frau von gegenüber meistens dunkle, enge Hosen, einen hellen bequemen Pulli und schwarze Schuhe.

Seit einem Jahr hatte er nichts mehr von Katharina gehört. Damals war sie überraschend bei ihm aufgetaucht. René, ihr Mann, hatte sie betrogen und mit vier Kindern allein zurückgelassen. Rattke nahm sie für ein paar Tage bei sich auf, bis sie genauso überstürzt wie sie gekommen war, wieder abfuhr. Sie musste sich Klarheit über ihre Zukunft verschaffen.

An sie zu denken, sie sich vorzustellen und gerade die paar Tage, die sie in seiner Wohnung verbracht hatte, in Erinnerung zu rufen, war das Schönste, was er sich vorstellen konnte. Einige Male danach hatte er sie noch angerufen, aber stets sprang der Anrufbeantworter an oder eines der Kinder nahm den Hörer ab. Es war wie verhext, er sollte Katharina einfach nicht sprechen. Ob das ein Omen war?

Rattke hielt nichts von Orakeln oder Weissagungen, aber irgendetwas musste schon dran sein. Es war doch nicht möglich, dass Katharina zu keiner Tageszeit zu Hause war.

Er fragte sich häufig, warum ihre Ehe in die Brüche gegangen war. Die beiden waren doch das ideale Paar gewesen. Was um Himmelswillen hatte René dazu bewogen, fremdzugehen?

Wenn Rattke an seine Kollegen dachte, dann fiel ihm ein, dass außer Paul Wahrholz und noch drei anderen keiner in seiner unmittelbaren Umgebung verheiratet war. Einige hatten zwar eine kurze Ehe geführt, sich dann aber scheiden lassen.

Ob das an ihrem Beruf lag?

An der Gefährlichkeit oder weil sie keine geregelten Arbeitszeiten hatten? Selbst Anna Langner war mit ihren achtunddreißig Jahren noch ledig.

Rattke wischte sich mit einem Handtuch den Schweiß von der Stirn und sah noch einmal aus dem Fenster. Von der jungen Frau gegenüber war nichts zu sehen. Vielleicht war sie seit heute in Urlaub. Balearen, Kanaren oder vielleicht sogar in der Karibik. Flüge wurden ja wie Ramschware angeboten, die Reisebüros überschlugen sich förmlich mit Sonderangeboten.

Ihm fiel plötzlich ein, dass Kriminalrat Hartung sie alle gebeten hatte, Überstunden abzubummeln. Bezahlung war nicht drin, die Kassen waren leer.

Rattke sah auf die Uhr. Wenn er sich jetzt einfach in seinen Wagen setzte, könnte er in vier, fünf Stunden, also zur Mittagszeit, an der Mosel sein oder im Schwarzwald oder an der Nordsee. Jemand hatte ihm mal geraten, wenn einem die Decke auf den Kopf fallen würde, mit dem Auto so lange zu fahren, bis genug Abstand zwischen sich und dem Problem war und etwas zu tun, was man nie im Leben tun würde.

Wenn nicht jetzt, wann dann? Es gab keine brisanten Fälle im Präsidium, die Verbrecher schienen auch alle Urlaub zu machen. Eine bessere Gelegenheit bot sich wohl nie mehr.

Seine Entscheidung dauerte nur wenige Minuten. Er rief im

Präsidium an. Seine Sekretärin war noch nicht an ihrem Platz. Auf dem Anrufbeantworter hinterließ er eine kurze Nachricht, dass er für ein paar Tage verreisen würde. Seine Handynummer hatten sie ja für alle Fälle.

Er schmunzelte über das dumme Gesicht des Kriminalrats, wenn dieser merkte, dass einer der Kommissare seine Empfehlung wirklich ernst genommen hatte.

Rattke brauchte nicht viel. Eine kleine Reisetasche genügte, in die er die wichtigsten Utensilien packte. Dann fuhr er los.

Auf der A 1 in Richtung Bremen war ein langer Stau. Dann eben nicht, sagte sich Rattke, nahm die nächste Ausfahrt und fuhr gen Süden.

Er schaltete das Radio lauter als gewöhnlich, sang einige Lieder mit und fühlte sich für wenige Minuten wie ein Teenager.

Wenn mich jetzt meine Kollegen sehen würden, dachte er amüsiert, dann würden sie die Hände über dem Kopf zusammenschlagen und mich für übergeschnappt erklären.

Er hatte vor, über die A 3 bei Köln bis zur Mosel zu fahren, aber am Leverkusener Kreuz siegte sein Pflichtgefühl. Es war unfair und unverantwortlich, seine Kollegen so einfach im Regen stehen zu lassen. Einen Tag konnte man sich spontan freinehmen, aber nicht mehr.

Rattke lenkte seinen Wagen in Richtung Düsseldorf. Er erreichte das Rheinufer in weniger als einer halben Stunde. Nach einem kurzen Spaziergang durch die Altstadt setzte er sich in ein Café am Rhein und bestellte sich ein Kännchen Kaffee und zwei große Stücke Kuchen. Er pfiff auf seine Figur, die konnte ihm heute gestohlen bleiben.

Als an ihm vorbei zwei Reisedampfer fuhren, entschied er sich, eine Rheinfahrt zu unternehmen. Dabei überlegte er kurz, ob er sein Handy ausschalten solle, aber dann ließ er es an. Ein Kommissar war niemals außer Dienst. Er musste immer erreichbar bleiben.

3

Er starrte auf die regungslose Person. Eine unbeschreibliche Erleichterung breitete sich in ihm aus. Die hielt zehn Sekunden an, dann wurde ihm bewusst, was er getan hatte. Zwei Minuten stand er wie gelähmt vor ihrem Bett, bis die Selbstvorwürfe, wenn es überhaupt welche waren, wie eine Seifenblase platzten. Es war einfacher gewesen, als er gedacht hatte.

Die Tat war schon lange in ihm gereift, genau seit dem Zeitpunkt, an dem er erfuhr, dass sie ihn angelogen und zum Narren gehalten hatte. Die Baumgruppe draußen vor der Stadt wäre der richtige Ort gewesen. Als sie ihm vorschlug, in ein Hotel zu fahren, war zum einzigen Mal der Gedanke in ihm aufgestiegen, sein Vorhaben aufzuschieben oder ganz aufzugeben.

Zu seiner Überraschung erwies sich das Hotel nun als reiner Glücksfall. Der Mann am Empfang hatte nicht einmal den Kopf gehoben, als sie sich eintrug, und selbst wenn er ihn unter der Treppe beobachtet hätte, so würde er ihn nicht beschreiben können.

Jetzt war er sogar froh, es nicht draußen vor der Stadt getan zu haben. Wer weiß, was man dort alles gefunden hätte? Zertretene Grashalme und Fußabdrücke, vielleicht sogar Fussel von seiner Kleidung im Gras. Alles Details, die dank der modernen Technik unweigerlich zu ihm geführt hätten.

Er hatte geglaubt, dass es in einem Hotel viel schwieriger sei, Spuren zu verwischen. Aber nun stellte er fest, dass es leicht war, alles zu säubern.

Er sah auf ihren nackten Körper. Auch im Tod war sie unendlich schön. Ein schmales Lächeln flog um seine Lippen, als er daran dachte, wie erregt sie gestern Abend gewesen war.

Nur heute Morgen, da war sie anders gewesen. Da hatte sie nichts als Angst gehabt.

Sie hatte sich aufgebäumt, ihren nackten Oberkörper nach oben gedrückt, bis ihre vollen Brüste fast seinen Mund erreichten. Er hatte gesehen, dass sie vor Todesangst die Beine soweit angezogen und wieder gestreckt hatte, wie es ihr die Fesseln erlaubten. Und dann hatte sie sich nicht mehr gerührt, dann hatte sie regungslos vor ihm gelegen.

Nein, es war nicht schwer, es war ganz einfach gewesen, so, als würde man eine Zitrone auspressen oder eine Orange. Langsam, unendlich langsam hatte er zugedrückt und dabei immer in ihr Gesicht und in ihre Augen geblickt. Er hatte nicht geblinzelt, nicht ein einziges Mal.

Es hatte ihm sogar Freude gemacht. Halt! Das war nicht richtig. Freude ist etwas anderes, etwas, wenn man ein Geschenk bekommt oder wenn sein Fußballverein gewinnt. Das ist Freude. Als er zusah, wie sie starb, hatte er ein Kribbeln in sich gespürt, so, als wenn man ihm mit tausend Nadelstichen in die Haut stechen würde. Dann war ihm ganz warm geworden.

Er betrachtete sie mehrere Minuten lang. Wo war nun das Leben, das so in ihr pulsiert hatte?

Ihr Hals hatte sich inzwischen blaurot gefärbt. Man würde leicht feststellen können, woran sie gestorben war.

Unterbrechung der Luftzufuhr zum Gehirn oder so ähnlich, würde die amtliche Sprache lauten.

Er lächelte, o ja, er lächelte tatsächlich angesichts der Erinnerung an die tote Frau, weil er sich so sicher fühlte. Er schloss die Augen und dachte angestrengt nach. Nein, er fand nichts, was er übersehen haben könnte. Er blieb im Sessel sitzen. Es war so angenehm, intensiv die letzten Stunden Revue passieren zu lassen, und er freute sich schon auf das nächste Mal. Denn das hier – das war nur die Generalprobe gewesen.

Nach etlichen Minuten stand er auf und trat vor den Spiegel. Noch einmal fuhr er sich durch die Haare, wischte ein bisschen Zahnpasta von den Lippen, die er offenbar beim Waschen übersehen hatte, und verließ dann das Hotelzimmer.

Als Gerlinde Lamers um fünf Uhr aufstand, fühlte sie sich, als habe sie seit Tagen nicht mehr geschlafen. Vor Erschöpfung war ihr flau im Magen. Sie überlegte, ob sie einen Kamillentee trinken sollte, aber allein beim Gedanken daran wurde ihre Übelkeit noch schlimmer.

Sie ging in die Küche, legte eine Scheibe Weißbrot in den Toaster und aß sie anschließend trocken. Danach ging es ihr so weit besser, dass sie sich zurechtmachen konnte.

Gerlinde hatte überhaupt keine Lust auf ihren Job, und sie überlegte zum hundertsten Mal, ob sie ihn nicht einfach hinwerfen sollte. Aber dann wurde ihr wieder klar, dass sie das Geld brauchte. Die Unterstützung vom Staat reichte vorn und hinten nicht, und sie war ja froh, dass sie das nebenbei verdiente Geld nicht zu versteuern brauchte. Es war mehr als sie je gehofft hatte.

Gerlinde Lamers lebte in einer muffigen Zweizimmerwohnung in einem Altbau, in dem es im Winter durch jede Ritze zog und sich im Sommer die Hitze wie in einem Glutofen staute. Sie hatte sich angewöhnt, nackt zu schlafen, nur mit einem dünnen Bettlaken bedeckt, das jeden Morgen von ihrem Schweiß völlig nass war. Da sie aber nur ein Laken zum Wechseln hatte und keine eigene Waschmaschine besaß, lag sie oft tagelang unter dem Bettlaken, das nach ihrem Schweiß roch.

Gerlinde wusch sich gründlich, zog sich an und ging dann hinaus. Der Bus brachte sie in den Norden Dortmunds, dorthin, wo das Hotel Weißenhof lag, in dem sie als Putzfrau in einer Putzkolonne von fünf Frauen arbeitete. Das Hotel zeichnete nicht mal zwei Sterne aus. Der Inhaber kassierte einen stattlichen Betrag für eine Übernachtung und sorgte dafür, dass die Zimmer sauber waren, damit sich kein Gast beschweren konnte.

Wie so oft war Gerlinde Lamers die Erste der Putzkolonne. Das lag daran, dass sie viel zu früh wach wurde und dann losfuhr, während die anderen Frauen erst gegen sieben Uhr eintrudelten.

In der Eingangshalle saß niemand. Sie ging in den kleinen Raum, in dem die Putzutensilien standen, zog sich einen Kittel über und band sich ein Tuch um den Kopf.

Sie fing immer schon alleine an. Darauf hatten ihre Mitarbeiterinnen zuerst böse reagiert, weil sie annahmen, dass Gerlinde Lamers mehr verdienen wollte. Aber nachdem sie ihnen klargemacht hatte, dass sie keinen Cent extra bekam, sondern eher wieder gehen würde, nahmen sie es wohlwollend zur Kenntnis.

Sie putzte nur die Eingangshalle, Flure und Treppenhäuser.

Sie war gerade am Ende der ersten Etage angelangt, als sie hörte, wie eine Tür zugedrückt wurde. Automatisch hob sie den Kopf. Ein Mann stand auf dem Flur. Er drehte ihr den Rücken zu und ging dann schnell die Stufen hinunter.

Gerlinde wusste nicht, aus welchem Zimmer er gekommen war. Aber das war auch nicht nötig. Sobald ihre Kolleginnen eintrafen, würden sie schon den grünen Zettel mit der Bitte, das Zimmer zu säubern, an der Türklinke sehen.

Sie widmete sich wieder ihrer Aufgabe. Den Fremden hatte sie längst vergessen.

Er fühlte sich ausgeruht und fit. Er könnte Bäume ausreißen, aber er musste auch vorsichtig sein, nein, besser sich so verhalten wie bisher.

Nach etwa zwei Kilometern hielt er an und kaufte zwei Tageszeitungen. Noch im Auto blätterte er sie durch. Er stellte sich vor, auf welcher Seite der Bericht zuerst erscheinen würde. Vermutlich auf der Titelseite. So etwas war für die Journalisten immer ein gefundenes Fressen. O ja, sie werden viel über die tote Frau zu sagen haben. Die Mäuler werden sie sich zerreißen, jeder wird etwas zum Besten geben, aber die Wahrheit kennt sowieso keiner.

Die kannte nur er.

Er stellte überrascht fest, dass das Warten auf den Bericht in der Zeitung aufregender war als die Tat selbst. Er wollte wissen, wie es ist, wenn sie gefunden wird, wie die Leute reagieren, was sie sagen.

Er startete den Wagen wieder und fuhr langsam weiter. Dabei fiel ihm diese Putzfrau ein. Er hatte so getan, als würde er sie nicht bemerken, aber sie hatte ihn angestarrt, als wüsste sie genau, was geschehen war. Aber das war unmöglich. Oder doch nicht? War sie vielleicht ein verdeckter Ermittler und ihm schon auf der Spur?

Er lachte auf. So ein Unsinn. Diese Frau doch nicht, die konnte nicht mal bis zehn zählen, die hatte ihn nur gehört.

Aber dennoch!

Er spürte, wie sich eine leichte Unruhe in ihm ausbreitete. Nur nicht nervös werden, nahm er sich vor. Ich muss sachlich über die Sache nachdenken.

Er musste auf jeden Fall den Namen der Frau herausbekommen. Nur für alle Fälle.

4

GE Rattke verließ den Rheindampfer im Trubel der anderen Passagiere. Die Atmosphäre der lautstark gesungenen Lieder einiger angetrunkener Männer ließ ihn kalt. Für so etwas war er noch nie zu haben gewesen. Er verspürte großen Hunger und sah sich nach einem geeigneten Restaurant um. An der Uferpromenade gab es genug davon. Rattke wählte einen Platz aus, von dem er einen herrlichen Blick über den Rhein hatte und den Spaziergängern zuschauen konnte. Die Bedienung war hübsch und jung und ließ sich bei ihm mehr Zeit als notwendig war. Rattke fragte sie nach ihrem Namen.

»Mirja«, antwortete sie. »Ich aus Moldawien.« Sie sei erst seit einigen Wochen in der Stadt und froh, überhaupt eine kleine Beschäftigung erhalten zu haben. Aber der Inhaber habe ihr schon zu verstehen gegeben, dass sie bald wieder auf der Straße stehen würde. Ob er, Rattke, nicht etwas für sie wisse.

»Wie kommen Sie darauf, dass ich Ihnen einen Job verschaffen könnte?«, fragte er verblüfft.

»Sie sehen so seriös aus.«

Er lachte laut auf und schüttelte nur den Kopf. Sie lächelte zurück und ging mit wiegenden Hüften davon. Rattke sah ihr nach, wie sie andere Gäste bediente, dabei aber immer wieder zu ihm hinschaute.

Nach einer Viertelstunde hatte er sich entschlossen, sie zum Abendessen einzuladen, nach weiteren zwei Minuten war sein Vorhaben jäh geplatzt. Sein Handy klingelte.

»Guten Tag, Herr Rattke.« Es war Kriminalrat Hartung. »Wo stecken Sie denn?«

»Ich habe mir erlaubt, einen Tag Urlaub zu nehmen.«

»Der von mir nicht abgezeichnet wurde.«

»Sie haben doch ausdrücklich gesagt, dass wir …«

»Ich weiß, was ich gesagt habe«, unterbrach Hartung ihn. »Aber das heißt nicht, dass alle machen können, was sie wollen. Gut, gut, ich will mal ein Auge zudrücken und Ihre Entscheidung nicht kritisieren, aber ich brauche Sie.«

»Was ist passiert?«

»Ein Mord, wie er scheußlicher nicht sein könnte. Leider sind alle anderen Leute im Einsatz. Wir haben doch diese Open-Air-Veranstaltung im Signal-Iduna-Park, gleichzeitig kommt heute eine Abordnung des Innenministeriums zur Einweihung der Ruhrfestspiele nach Essen, bei der wir Amtshilfe leisten, in der Innenstadt ist eine Demonstration gegen die Rechtspartei und am Dortmunder Flughafen wird gegen den weiteren Ausbau der Start- und Landebahn demonstriert. Es steht niemand zur Verfügung.«

»Was ist mit Wahrholz und Vollmar?«

»Sind bereits am Tatort.«

»Wie schön.«

»Haben Sie etwas zu schreiben? Dann notieren Sie sich die Adresse.«

Rattke kritzelte sie auf die Serviette.

»Wann können Sie hier sein?«, fragte Hartung weiter.

»In fünfzig Minuten.«

Kriminalrat Hartung hatte ihm das Hotel Weißenhof im Stadtteil Brackel als Tatort genannt. Rattke kannte das Hotel nicht, und das war auch gut so, denn es machte auf ihn keinen besonderen Eindruck.

Seine beiden Kollegen Paul Wahrholz und Peter Vollmar empfingen ihn bereits ungeduldig. Wahrholz schien eine schlaflose Nacht hinter sich zu haben, er konnte sich kaum auf den Beinen halten. Seit er vor ein paar Wochen seinem Nachbarn beim Umzug geholfen und beim Kistenschleppen eine falsche Bewegung gemacht hatte, plagten ihn unerträgliche Rückenschmerzen. Es sei wie ein Pistolenschuss gewesen, der ihn im Rücken getroffen habe, hatte Wahrholz erzählt. Und seitdem könne er sich nur noch eingeschränkt bewegen. Zum Arzt wollte er nicht. So schlimm sei es nicht. Es war falscher Stolz, denn sein Gesichtsausdruck zeigte, dass er sich quälte.

Die Männer der Spurensicherung arbeiteten schweigend und zielsicher. Wahrholz deutete auf einen jungen Mann, der am Türrahmen lehnte und sich eine Hand vor den Mund hielt.

»Ein Praktikant«, erklärte er Rattke. »Ich frage mich, warum sie den Kerl mitgebracht haben. Der steht nur im Weg herum und kriegt den ersten Schock seines Lebens. Nach zwei Stunden müsste er sich eigentlich erholt haben. Wenn er so weitermacht, sollte er sich einen anderen Beruf suchen.«

»Mir ging es anfangs auch nicht viel besser, Paul. Was wissen wir von der Toten?«

»Sie heißt Julia Flemming, siebenundzwanzig Jahre alt, lebt in Dortmund-Dorstfeld. Eine Handtasche mit ihrem Ausweis haben wir im Zimmer gefunden.«

Sie hatten nichts verändert. Es war wichtig, dass Rattke sich als Leiter der Ermittlungen einen eigenen Eindruck verschaffte.

Er starrte auf die brünette Frau auf dem Bett. Sie lag auf der linken Seite. Von ihrem Gesicht war nur eine Hälfte zu sehen. Ihr Mund war geöffnet, und als man sie jetzt auf seinen Wink hin auf den Rücken drehte, bemerkte Rattke die seltsamen rotbraunen Flecken auf ihren Lippen. Auch die Haut darum herum zeigte diese Merkmale. Rattke fragte jemanden von der Spurensicherung danach.

»Wir sind noch nicht ganz sicher, aber es sieht so aus, als sei sie mit einem festen Klebeband geknebelt worden, das dann brutal abgezogen wurde.«

Der geöffnete Mund ließ schöne weiße Zähne erkennen. Ihre Augen waren geschlossen, was die Betrachtung erleichterte. In tote Augen zu blicken, war immer einer der schwersten Momente. Rattke konnte sich nie daran gewöhnen. Manchmal verfolgte ihn dieser Blick noch nächtelang.

Um ihren Hals hing ein dunkelbraunes Seil. Das Ende war nicht verschnürt. Aus der Nase war eine dünne Blutspur über das Kinn bis zum Hals gelaufen.

»Stammt vom Nasenbluten«, erklärte der Mann der Spurensicherung.

Rattke beugte sich näher heran. Am Hals befanden sich dicke, bläuliche Abdrücke. Ganz eindeutig Zeichen von Erdrosseln.

»Gibt es Fingerabdrücke?«, fragte er.

»Eine Menge. Wir sind schon dabei, sie zu überprüfen.«

Neben Rattke tauchte die Staatsanwältin Anna Langner auf. Sie hielt eine dünne Aktenmappe wie ein Schild an ihren Körper gepresst. Ihr Gesicht war bleich, und unruhig trat sie von einem Bein auf das andere. Rattke hob eine Augenbraue.

»Geht´s Ihnen nicht gut, Anna?«

Seit einiger Zeit redeten sie sich mit dem Vornamen an.

Sie schüttelte den Kopf. »Ich weiß nicht, woran das liegt, aber immer, wenn ich zu einem Vergewaltigungsopfer gerufen werde, überkommt mich eine Hilflosigkeit, die kaum zu beschreiben ist. Sie ist doch vergewaltigt worden, oder?«

»Das steht noch nicht einwandfrei fest. Aber es ist anzunehmen.«

Der Leiter der Spurensicherung trat näher. Er hatte Rattkes letzte Worte gehört. »Alles deutet darauf hin. Es gibt Kampfspuren auf dem Bett. Die Verletzungen an ihren Handgelenken zeigen, dass sie sich gewehrt hat, aber die Decke, auf der sie liegt, ist anschließend wieder glattgezogen worden.«

»Kann das der Täter gemacht haben?«

»Wer sonst?«

Rattke sah Anna Langner an. »Was denken Sie?«

Die Staatsanwältin zuckte die Schultern. »Er hat sie getötet und dann versucht, die Spuren zu verwischen. Als ihm das nicht gelang, hat er es sein lassen. Das sieht nach einem abgebrochenen Versuch aus. Was ist mit dem Portier? Hat denn niemand den Mann gesehen, wie er mit ihr auf dies Zimmer gegangen ist? Wer hat das Zimmer überhaupt gebucht? Sie oder er?«

»Seien Sie doch nicht so nervös«, sagte Rattke. »Wir werden alles Notwendige veranlassen.« Er nickte Peter Vollmar zu, der durch die Tür trat. In seinem Schlepptau befand sich ein älterer Mann in seltsam bunter Uniform.

»GE«, sagte Vollmar. »Das hier ist Herr Langenbach. Er ist der Empfangschef des Hotels.« Vollmar verdrehte dabei die Augen. Es war klar, was er von diesem Mann hielt. »Herr Langenbach hat die Tote gefunden und dann von der Rezeption des Hotels aus die Polizei angerufen.«

Rattke roch den Alkohol des Uniformierten, obwohl dieser gut zwei Meter von ihm entfernt stand. Er schaute Langenbach an. Seine randlose Brille saß etwas schief auf der Nase, am Kinn klebte noch etwas Erbrochenes. Es war wohl kein schöner Anblick für ihn gewesen.

»Es war schrecklich«, sagte er auch schon. »Grauenvoll. Entschuldigen Sie, aber ich musste erst mal ein paar Schnäpse trinken.«

»Kannten Sie die Tote?«, fragte Rattke.

»Nein. Das heißt, ich habe sie schon einige Male hier in unserem Etablissement gesehen, aber ich kannte ihren Namen nicht.«

Rattke hätte wegen der Formulierung des Hotels fast laut aufgelacht, wenn die Situation nicht so ernst gewesen wäre.

»Erzählen Sie bitte, wie Sie die Tote gefunden haben.«

»Ich habe gegen zehn Uhr meinen Dienst angetreten. Ich gehe dann immer durch das Hotel, um zu sehen, ob alles ordentlich gereinigt ist. Die Putzkolonne fängt so gegen sieben

Uhr an, allerdings gibt es da eine Putzfrau, die angeblich nachts nicht schlafen kann und manchmal schon um fünf oder sechs Uhr auftaucht. Leider ist sie nicht immer sorgfältig mit ihrer Arbeit. Die Putzfirma kümmert das wenig. Geputzt ist geputzt, sagen sie. Also muss ich ständig kontrollieren. Es sah alles ganz normal aus, so wie immer. An der Tür hing das Schild >Bitte nicht stören<. Ich ging dann wieder hinunter und sah mir das Gästebuch an. Tja, und da stieß ich auf die Eintragung, dass dieses Zimmer nur bis Mitternacht gebucht worden war.«

»So etwas gibt es?«

»Natürlich«, nickte Langenbach. Er ignorierte den entrüsteten Blick des Kommissars. »Ich bin dann abermals hinaufgegangen und habe an die Tür geklopft. Ich wollte die Herrschaften darauf aufmerksam machen, dass sie mit einer saftigen Nachzahlung rechnen müssen. Als keine Antwort kam, habe ich die Klinke heruntergedrückt. Die Tür war nicht verschlossen. Ich stieß sie weiter auf, und da sah ich die Frau auf dem Bett liegen, splitternackt.«

»Sie sind dann ganz ins Zimmer gegangen?«, fragte Rattke, als Langenbach wieder Luft holte.

Der Empfangschef nickte heftig.

»Ohne etwas zu sagen? Ich meine, wenn eine Frau nackt auf dem Bett liegt, dann kann der Partner doch nicht weit sein, oder?«

»Schon, ja natürlich. Ich glaube … ich glaube, ich habe auch etwas gesagt. Hallo oder so was. Ich weiß es nicht mehr. Ich bin immer noch ganz durcheinander. Ja, ich habe Hallo gerufen.«

»Laut?«

»Wie?«

»Haben Sie laut gerufen? So, dass die Frau Sie auch gehört hätte?«

Langenbach sah ihn einen Moment lang sprachlos an. »Ich weiß gar nicht, was Sie meinen, Herr Kommissar.«

»Wenn man eine nackte Frau auf dem Bett liegen sieht, könnte man auch auf andere Gedanken kommen.«

Langenbach schnappte nach Luft. »Nein, nein, nein. Daran habe ich nicht eine Minute gedacht. Ich bin doch kein Spanner. Wenn ich eine Frau brauchte, könnte ich das einfacher haben.«

»Natürlich«, nickte Rattke. »Sie sind also ins Zimmer gegangen und haben die Frau gefunden. Haben Sie gleich erkannt, dass sie tot war?«

»Ja. Ihre Haltung war so verdreht, dass ich sofort ahnte, dass etwas nicht stimmte.«

»Und dann?«

»Dann bin ich zurück zur Rezeption und habe die Polizei angerufen.«

»Gut. Sie können sich jetzt etwas erholen. Aber halten Sie sich bitte zu unserer Verfügung.«

Langenbach entfernte sich schnell. Er war froh, von hier fortkommen zu können.

Rattke trat wieder näher an das Bett heran. Nach dem ersten Blick auf einen Toten ließ er stets einige Zeit verstreichen, um sich dann noch einmal über die Leiche zu beugen. Beim zweiten oder sogar dritten Mal sah man oft mehr als beim ersten.

Jemand hatte sie inzwischen zugedeckt, und ein Mitarbeiter der Spurensicherung zog das Tuch beiseite. Rattke beugte sich über das Gesicht. Außer den blaugrünen Striemen am Hals war keine weitere Gewaltanwendung festzustellen. Er zog das Tuch bis zur Hüfte hinab.

»Sehen Sie sich das an«, sagte der Mann von der Spurensicherung. Er deutete auf den rechten Busen der Toten. Rattke entdeckte dort zwei kleine rötliche Punkte.

»Was ist das?«

»Vermutlich Bisswunden.«

»Er hat sie gebissen?«

»Warum nicht. Bei solchen Perversen ist alles möglich.«

Wenn es so wäre, dann könnten sie einen Anhaltspunkt haben, einen Ausgangspunkt. Bisswunden hinterließen immer eine Spur.

Rattke verzichtete darauf, die Tote weiterhin anzusehen. Das war nun Sache des Gerichtsmediziners. Er sah sich nach seinen Kollegen um. Paul Wahrholz lehnte in der Tür und sprach auf den jungen Praktikanten ein, der inzwischen wieder Farbe im Gesicht hatte und ab und zu einen scheuen Blick auf das Bett warf. Rattke war sich sicher, dass sein älterer Kollege genau die richtigen Worte fand.

»Wenn du hier fertig bist, Paul«, rief Rattke ihm zu, »dann nimm dir mal das Gästebuch vor.«

»Geht in Ordnung, GE.« Paul Wahrholz verschwand.

Peter Vollmar war im Treppenhaus. Er sah sehr unzufrieden aus.

»In Zimmer 106 wohnt ein älteres Ehepaar. Sie sind auf der Durchreise vom Allgäu zur Nordsee und machen hier Zwischenstation. Die Nacht über haben sie fest geschlafen und den Vormittag mit Fernsehen verbracht. In 109 haust ein junges Mädchen von höchstens achtzehn Jahren. Französin. Sie kann kaum Deutsch. Mit viel Mühe habe ich rausbekommen, dass sie mit Kopfhörern gepennt hat.« Vollmar schüttelte den Kopf. »Tss, tss, die Jugend von heute. Die anderen Zimmer sind leer. Wo ist Paul?«

»Er sieht sich gerade das Gästebuch an«, antwortete Rattke.

»Gut.«

Ein Polizeibeamter kam näher. »Der Mann, der gestern Abend hier Dienst hatte, ist gekommen.«

Rattke ging hinunter. Der Mann war über siebzig und sehr schlank, fast dürr. Seine Hand zitterte wie Espenlaub, als Rattke sie drückte.

»Holm«, stellte er sich vor. »Matthias Holm. Ich – eh – ich weiß gar nicht, was ich sagen soll. Ich bin noch völlig durcheinander. Wissen Sie, ich mache den Job doch nur aushilfsweise. Ein bisschen Geld nebenbei verdienen, mehr nicht.«

»Herr Holm, können Sie sich noch an die Frau erinnern?«

Der schmächtige Mann fuhr sich über die vor Schweiß glänzende Stirn. »Natürlich.« Er lächelte unsicher. »Sie war nervös oder besser gesagt: eilig. Ja, sie wirkte wie aufgezogen. Gerötetes Gesicht, aufgerissene Augen. Ich glaube, die konnte es gar nicht erwarten, ins Zimmer zu kommen. Sie hat ihren Namen ja auch so hastig hingekritzelt, dass man ihn kaum entziffern kann. Ich weiß immer noch nicht, wie sie heißt.«

Rattke verzichtete darauf, ihm den Namen der Toten zu sagen. »War sie allein?«

»Nein.« Holm schüttelte so energisch, wie es ihm seine Gestalt erlaubte, den Kopf. »Den Mann habe ich erst gesehen, als sie schon die Treppe hinaufgingen. Er drehte mir den Rücken zu.«

»Wie würden Sie ihn beschreiben?«

»Beschreiben? Tja, vielleicht eins fünfundsiebzig groß. Das ist schon alles. Er drehte mir ja wie gesagt den Rücken zu.«

»Trug er eine Jacke oder nur ein T-Shirt oder ein Hemd?«

»Ich glaube, er hatte eine kurze Jacke an und eine Baseballkappe auf dem Kopf.«

»Welche Farbe hatten die Sachen?«

»Keine Ahnung. Im Treppenhaus war es dämmrig. Sie können dunkelgrün, dunkelgrau oder auch schwarz gewesen sein, was weiß ich denn? Ich kann doch nicht jeden genau beobachten, nur weil mal ein Verbrechen passieren könnte.«

Nein, dachte Rattke, das kannst du natürlich nicht. Diese Aussage war keinen Pfifferling wert.

Er bedankte sich bei Matthias Holm und bat ihn, sofort die Polizei anzurufen, wenn ihm noch etwas einfallen würde.

Paul Wahrholz kam aus dem kleinen Raum hinter der Rezeption.

»Die Tote hatte zwei Telefonnummern auf einem Zettel notiert«, erklärte er. »Er lag sorgfältig in einer Klarsichthülle in ihrer Handtasche. Bei der einen Nummer handelt es sich offenbar um ihre eigene, denn dort meldet sich niemand. Der andere Anschluss gehört einer Maria Seliger. Als ich ihr sagte, dass ich von der Polizei sei und im Rahmen einer Ermittlung einige Fragen über Julia Flemming habe, gab sie sich als deren Mutter zu erkennen. Ich habe uns bei ihr angekündigt.«

»Gut.« Rattke wandte sich an Vollmar. »Peter, du kümmerst dich bitte um diese Putzfrau, die morgens früh hier aufkreuzt. Such auch die Firma auf, bei der sie arbeitet, und befrag die anderen Frauen. Es muss doch irgendjemanden geben, der uns helfen kann. So blind können die Menschen doch nicht sein.«

Vollmar nickte und verschwand.

Nach einem letzten Blick durch die Hotelhalle gingen auch Rattke und Wahrholz hinaus zum Auto. Rattke setzte sich hinter das Steuer. Wahrholz ließ sich stöhnend auf den Beifahrersitz fallen.

Im Wagen herrschte gedrücktes Schweigen. Paul Wahrholz sah zur Seite hinaus und kaute auf seiner Unterlippe. Er musste unmenschliche Schmerzen haben.

»Du solltest besser einen Arzt aufsuchen«, sagte Rattke mit besorgtem Blick. »So geht's doch nicht weiter.«

Wahrholz winkte ab. »Mach dir keine Sorgen um mich. Denk

lieber an die tote Frau.«

»Wie du willst. Eine Vergewaltigung mit anschließendem Tötungsdelikt ist immer eines der schlimmsten Verbrechen. Noch mehr würde uns ein Sexualmord an einem Kind belasten, was nicht heißen soll, dass mir das hier nicht nahegeht.«

Sein Kollege nickte. Es war auch nicht nötig, zu antworten. Sie dachten beide das Gleiche.

5

Der Gemüsegroßhändler Adrian Stollberg verließ die Sparkasse in Dortmund an diesem Dienstag gegen halb zwei. Er hatte dem Filialleiter einen Teil seiner Mittagspause geraubt, aber Stollberg machte sich deswegen keine Vorwürfe. Er blieb einen Augenblick auf dem Bürgersteig stehen und sog die Luft ein. Sie war von Abgasen durchsetzt. Die Sparkasse lag im Herzen Dortmunds, und auf der Straße davor rollten die Wagen Stoßstange an Stoßstange vorbei. Trotzdem kam es Stollberg so vor, als sei die Luft nie frischer oder klarer gewesen als heute.

Am liebsten wäre er sofort nach Hause gefahren, um seiner Lebensgefährtin alles zu berichten, aber sie hatte ja nie viel für seine Arbeit übrig. Sie liebte sein Geld, das war ihm klar, aber sie kümmerte sich keinen Deut um seine Firma.

Stollberg setzte seinen Hut auf, überquerte die Freistuhlstraße und gelangte bald zum Königswall. Hier schlenderte er langsam nach rechts, bevor er an einer Fußgängerampel zum Königshof ging, in dessen Nähe er seinen Wagen geparkt hatte. Diese beiden Straßennamen mochte er, er fand, dass sie genau zu ihm passten.

Im Wagen bemerkte er, dass er noch fast eine halbe Stunde Parkzeit übrighatte. So blieb er hinter dem Lenkrad sitzen und dachte über die letzte Stunde nach.

Sein Gespräch mit dem Filialleiter der Sparkasse war sehr erfreulich gewesen. Der Kredit, den er vor Jahren aufgenommen hatte, war nun endlich getilgt. Ja, er hatte sogar schon wieder ein kleines Guthaben auf seinem Konto. Und ab sofort, das hatte ihm der Filialleiter zugesichert, könnte er wieder ohne Probleme ein neues Darlehen beantragen.

»Werden Sie denn in Kürze wieder investieren?«, hatte der Mann am Ende des Gesprächs gefragt.

»Das ist durchaus möglich. Ich werde Sie rechtzeitig informieren.«

Der Kerl braucht jetzt noch nicht zu wissen, was ich vorhabe, dachte Stollberg.

Er startete seinen Wagen und fuhr los. Sein Weg führte ihn über den Ostwall in die Hamburger Straße. Kurz darauf erreichte er den Großmarkt von Dortmund. Er wusste zwar, dass um diese Zeit nur noch ein paar Männer mit Aufräumungsarbeiten beschäftigt waren, aber dieses Ziel war ihm seit Jahren so in Fleisch und Blut übergegangen, dass er gar kein anderes hatte.

Er besaß einen reservierten Parkplatz, hätte jedoch um diese Tageszeit seinen Wagen überall und sogar quer stellen können. Aber Adrian Stollberg legte Wert auf Disziplin. Deshalb parkte er vorschriftsmäßig in der für ihn gekennzeichneten Zone.

Langsam ging er in das Gebäude hinein. Rechts von ihm lag die Halle C. Dorthin führten ihn seine Schritte. Die Geräusche waren ihm ebenso vertraut wie die Gerüche. Einige Stimmen riefen durcheinander, er hörte kurze Befehle und brummige Antworten und lächelte still vor sich hin. Ja, das war die Atmosphäre, die er liebte.

Stollberg erreichte seinen Stand und sah hinauf zu dem Schild, das quer über dem Eingang hing: »Adrian Stollberg, Gemüse- und Obstgroßhandlung«.

Eigentlich sagt das überhaupt nichts aus, dachte er. Ich muss es gelegentlich ändern. Das Schild muss mehr Pepp haben, mehr auffallen. Es muss eine Textzeile werden, die nicht nur in Dortmund, sondern in ganz Deutschland zum Slogan wird.

Er drehte den Kopf und sah zum Stand neben dem seinen. Dieser gehörte Ingo Theissen. Der Name war jedoch nirgends zu sehen. Stollberg stellte sich vor, wie groß sein Schriftzug erst wäre, wenn er endlich über beide Verkaufsfronten verlaufen würde.

»He, Marius, pass doch auf«, ertönte eine Stimme aus dem Hintergrund.

Stollberg drehte sich um. Der Angerufene kam mit einer Sackkarre, auf der etwa zehn leere Kisten gestapelt waren, um die Ecke. Es war Marius Flemming, einer von Stollbergs Arbeitern. Flemming war untersetzt, ein wenig zu dick, mit einem runden Gesicht und einer zu spitzen Nase. Sein rotblondes Haar hatte er wie immer zu einem Zopf gebunden. Er lugte um die Kisten herum, um zu sehen, ob der Weg frei war.

»Ah, Herr Stollberg«, sagte er. »Was machen Sie denn noch hier?«

»Nichts. Wie kommen Sie voran, Herr Flemming?«

»Gut. Wir sind gleich fertig. Nur Klaus steht mir dauernd im Weg. Das nächste Mal räume ich hier allein auf.«

Stolberg mochte Marius Flemming. Der Mann war ein guter Arbeiter, ein kleines Großmaul zwar, aber er trug das Herz am rechten Fleck.

»Marius«, rief die unbekannte Stimme wieder. »Du hast was vergessen. Wo hast du nur deine Gedanken? Bei deiner Alten?« Der Mann kicherte. »Wann bringst du sie mal wieder mit? Wir vermissen sie schon. Haben lange nichts mehr von ihr gehört oder besser gesagt gesehen.«

Marius Flemming biss sich auf die Lippen. Es schien ihm peinlich zu sein, dass sein Arbeitgeber Stollberg alles mit anhören konnte.

»Ach, halt doch die Klappe«, rief er zurück. »Mach lieber deine Arbeit.«

Adrian Stollberg legte Marius Flemming eine Hand auf die Schulter. »Machen Sie sich nichts daraus, Herr Flemming. Derbe Sprüche sind nun mal am Großmarkt gang und gäbe. Wissen Sie, ob Theissen noch im Markt ist?«

Flemming schüttelte den Kopf. »Ich habe ihn heute gar nicht gesehen.«

»So?« Stollberg wurde wütend. Er hatte Theissen ausdrücklich angewiesen, während seiner Abwesenheit die Verhandlungen mit den Einzelhändlern nicht seinen Arbeitern zu überlassen. Obwohl er sich gerade auf Marius Flemming in dieser Hinsicht verlassen konnte. Der Mann hatte sowieso einen besseren Job verdient als Kisten zu schleppen. Stollberg nahm sich vor, bei nächster Gelegenheit noch einmal darüber nachzudenken.

Er betrat sein Büro. Es befand sich oberhalb der Verkaufsflächen und bestand nur aus Glaswänden, durch die er einen weiten Blick über sein Reich, wie er es nannte, werfen konnte. In Wirklichkeit wollte er von hier aus den Überblick haben und die Arbeiter kontrollieren.

Zufrieden legte er die Hände in den Schoß und sah hinaus. Der Gemüse- und Obstgroßhandel hatte in letzter Zeit nach der allgemeinen Finanzkrise wieder an Aufschwung gewonnen. Essen mussten alle, und besonders Bio-Obst und Bio-Gemüse waren auf den Wochenmärkten gefragt. Auf dem Großmarkt in Dortmund wurde das ganze Jahr über Obst und Gemüse, das aus der ganzen Welt importiert wurde, im Wert von mehreren Millionen Euro umgeschlagen. Das Gewicht der gesamten Waren betrug dabei rund 250.000 Tonnen. Das Absatzgebiet war grenzenlos. Über drei Millionen Verbraucher wurden mit frischen Lebensmitteln versorgt. Die Ausstattung des Großmarktes bot die besten Voraussetzungen für einen schnellen und professionellen Warenumschlag.

Adrian Stollberg war einer von fünfundzwanzig Großhändlern im Markt in Dortmund. Die Größe seines Geschäftes nahm fast ein Sechstel der gesamten Fläche ein. Bauern aus allen Teilen Deutschlands lieferten gern ihre Erzeugnisse bei ihm ab, zahlte er doch die besten Preise und zog niemanden über den Tisch. Stollberg verkaufte täglich ab drei Uhr früh an die Zwischenhändler. Damit war er reich geworden.

Wie die meisten hier befand sich auch sein Unternehmen seit Jahren in Familienhand. Er hatte sich fundierte Fachkenntnisse angeeignet, und mit seinen Erfahrungen war er so etwas wie der Sprecher der ansässigen Großhändler geworden.

Und das sollte auch so bleiben, nahm Stollberg sich vor. Darum musste er dringend für Ordnung sorgen. Seit einiger Zeit drehte sich nämlich alles nur um Flemmings Frau Julia. Als wenn es kein anderes Thema hier gäbe. Das passte Adrian Stollberg gar nicht. Wenn die Männer zu sehr mit anderen Gedanken als mit ihrer Arbeit beschäftigt waren, wurden sie leichtsinnig und unaufmerksam. Das konnte er sich nicht leisten. Stollberg nahm sich vor, die versammelte Mannschaft bei nächster Gelegenheit darauf hinzuweisen, dass Weibergeschichten hier am Großmarkt nichts zu suchen hatten.

Aber diese Julia Flemming war auch eine attraktive Frau, die die Blicke der Männer magisch auf sich zog. Wie hatte dieser unscheinbare Arbeiter Marius Flemming sie sich nur geangelt?

Jetzt bin ich schon wieder in Gedanken bei diesem Weib,

dachte Adrian Stollberg wütend über sich selbst. Er verstand das nicht. Er hatte doch eine Lebensgefährtin, der Julia Flemming nicht mal das Wasser reichen konnte. Am besten wäre es, sie käme nie mehr hierher, sie lenkte nur alle ab. Sie musste von hier fernbleiben, notfalls mit Gewalt. Er musste mit Ingo sprechen, er hatte den besten Kontakt zu ihr, außer Marius natürlich.

Stollbergs Blick fiel wieder auf den Stand von Ingo Theissen. Dort war alles ruhig. Es sah so aus, als sei dort heute gar nicht gearbeitet worden. Es war nur noch eine Frage der Zeit, wann Theissen sein Geschäft an Stollberg abtreten würde. Abtreten war das richtige Wort, verkaufen konnte man wohl kaum sagen.

Er verzog das Gesicht. Das bisschen, das er Ingo Theissen zahlte, war eigentlich noch zu viel. Aber er wollte nicht, dass sein Kollege und Freund ohne Geld auf der Straße lag. Ingo würde das einsehen, er musste es. Eine andere Wahl ließ Stollberg ihm sowieso nicht.

Er sah ein wenig gedankenverloren durch die Scheiben über seinen Gemüsestand. Am Eingang war völlig unverhofft ein Mann aufgetaucht. Stollberg kniff die Augen zusammen, als er seinen Sohn Jochen erkannte. Ihn hatte Stollberg hier am wenigsten erwartet. Er wusste nicht, ob er sich darüber freuen oder ärgern sollte. Auf jeden Fall würde er ihn begrüßen.

Stollberg erhob sich rasch. Als er die wenigen Stufen hinabgestiegen war und aus der Halle hinaustrat, war sein Sohn schon wieder verschwunden. Adrian Stollberg fluchte unterdrückt. Das Verhältnis zu Jochen war seit Jahren gestört. Aber wenn sein Unternehmen auch weiterhin im Familienbesitz bleiben sollte, musste sich daran etwas Entscheidendes ändern. Nur wie er das anstellen sollte, war Adrian Stollberg in diesen Minuten nicht klar.

Marius Flemming hasste die Anspielungen seiner Kollegen, ganz besonders dann, wenn sein Chef in der Nähe war. Kein Tag verging, an dem sie ihn nicht nach Julia ausfragten. Und das immer mit anzüglichen Bemerkungen. Dabei waren sie seit drei Jahren getrennt, wenigstes rechtlich gesehen, innerlich kam er wohl nie von ihr los. Sie war für ihn überall. Morgens, wenn er aufstand, am Tag bei der Arbeit, mittags, wenn er eine Kleinigkeit aß und abends, wenn er zurückfuhr. Ihr Geist schien nicht von ihm weichen zu wollen. Oft genug hatte er sich gewünscht, dass sie für immer aus seinem Leben verschwinden würde.

Um zwei Uhr war Marius Flemmings Arbeit auf dem Großmarkt beendet. Er stieg in seinen Wagen und startete den Motor. Aber er fuhr nicht nach Hause. Er lenkte seinen Kleinwagen vielmehr zu einem sechsstöckigen Mehrfamilienhaus mit insgesamt zwölf Parteien. Sieben weitere Häuser, die sich alle wie ein Ei dem anderen glichen, standen im gleichen Abstand nebeneinander. Sozialer Wohnungsbau aus den Sechzigern. Damals wurden diese Blöcke geradezu in jeder Stadt aus dem Boden gestampft.

Am Straßenrand ließ Marius Flemming seinen Wagen ausrollen, parkte hinter einem Lieferwagen und stieg aus. Drei bis viermal im Monat kam er zur Wohnung seiner Exfrau. Er besaß noch einen eigenen Schlüssel. Nach der Trennung hatte Julia ihn nicht zurückgefordert. So konnte er kommen und gehen, wann er wollte. Aber er hatte sich angewöhnt, immer erst zu läuten, bevor er die Wohnung betrat. Eine Minute später drückte er auf den Klingelknopf. In letzter Zeit kam es sehr häufig vor, dass sie nicht anwesend war. Auch diesmal wartete er vergeblich. Er überlegte, ob er drinnen auf sie warten sollte, aber dann ließ er es sein. Er hatte keine Lust, sich auf einen Disput mit seiner Exschwiegermutter einzulassen. Ihre Sorgen und Nöte hingen ihm zum Hals hinaus. Ihm war sowieso alles gleichgültig, was Julias Mutter machte und dachte. Er hatte auch jetzt längst die Gestalt hinter der Scheibe im fünften Stock ausgemacht. Marius grinste frech. Die alte Schachtel passte wieder auf wie ein Schießhund. Sollte sie ruhig sehen, dass er sich noch immer um ihre Tochter bemühte, dass er auch heute noch zu ihr gewollt hatte.

Wieder einmal fragte sich Marius Flemming, warum er und Julia nicht zusammengeblieben waren und vor allem, warum Julia nicht wie er am Großmarkt arbeiten konnte, statt sich dort wie eine Nutte herumzutreiben und den Männern den Kopf zu verdrehen. Es hätte so schön sein können.

Wie ein nasser Hund schüttelte er den Kopf und damit die Gedanken von sich. Ein Weilchen blieb er unschlüssig stehen, dann machte er frustriert kehrt und ging davon.

Als die Straße eine Biegung machte, drehte er sich noch einmal nach dem Haus, in dem Julia wohnte, um. Er hatte schon lange beschlossen, die unverbindliche Beziehung zu ihr abzubrechen, und in diesen Minuten stand sein Entschluss endgültig fest. Es kam ihm vor wie eine Befreiung. Er war zu jung, um nur auf sie zu warten.

6

GE Rattke und Paul Wahrholz standen vor dem Mehrfamilienhaus und schauten auf die Schilder an der Eingangstür. Neben Julia Flemming stand der Name Maria Seliger. Rattke läutete bei ihr. Wenig später summte der Türöffner, ohne dass jemand durch den Lautsprecher nachgefragt hatte.

Im Treppenhaus ging das Licht an, ein Aufzug befand sich links von ihnen. Wahrholz drückte schon auf den Knopf. Er hatte nicht vor, die fünf Stockwerke hinaufzulaufen.

Maria Seliger erwartete sie in der offenen Wohnungstür. Rattke schätzte sie auf über siebzig. Demnach musste sie ihre Tochter Julia in einem sehr hohen Alter geboren haben. Sie stützte sich auf einen Stock. Das graue Haar war zu einem Zopf geflochten und mit einer Spange am Hinterkopf befestigt. Ihr Gesicht war runzelig und bleich. Neben ihr stand eine Frau mittleren Alters in schwarzer Schwesterntracht, die Maria Seligers Arm untergehakt hatte.

»Ich bin Schwester Elisabeth von der katholischen Kirchengemeinde Dorstfeld«, stellte sie sich vor. »Frau Seliger ist seit ihrer Geburt Gemeindemitglied. Wir kümmern uns um alte und gebrechliche Menschen und unterstützen die Familienmitglieder. Frau Seligers Tochter Julia Flemming hat uns um Hilfe für ihre Mutter gebeten und wir gewähren sie natürlich. Ich komme dreimal am Tag und war gerade bei ihr, als Sie anriefen. Frau Seliger bat mich, zu bleiben. Ich hoffe, Sie haben nichts dagegen.«

»Aber ganz und gar nicht«, sagte Rattke. Er war sogar froh, nicht allein mit der alten Dame sprechen zu müssen. Er stellte sich und Wahrholz vor.

»Kommen Sie herein«, sagte Maria Seliger.

Sie musste von der Schwester gestützt werden. Maria Seliger

ließ sich in einen breiten Sessel nieder, der mit einer dunklen Decke ausgelegt war, die Schwester bat die Beamten, auf der Couch oder auf den Stühlen Platz zu nehmen.

»Worum geht es denn? Sie sagten am Telefon, dass Sie mich wegen meiner Tochter sprechen müssten. Was ist ihr passiert?«

Rattke zog überrascht die Stirn kraus. »Wie kommen Sie denn darauf?«

Maria Seliger winkte fast unwirsch ab. »Ich weiß, dass ihr etwas passiert ist oder dass sie eine Dummheit gemacht hat. Sonst würde die Polizei sich nicht hierherbemühen. Also? Was ist los mit Julia?«

»Nun …« Rattke räusperte sich umständlich. »Es ist so, dass wir Ihre Tochter im Hotel Weißenhof in Dortmund-Brackel aufgefunden haben.«

»Hotel Weißenhof? Kenn ich nicht. Was soll sie dort gemacht haben?«

»Ihre Tochter ist tot. Sie wurde ermordet.«

Zwei geschlagene Minuten vergingen, in denen sich Maria Seliger nicht rührte. Sie saß wie eingefroren in ihrem Sessel, die Augen weit aufgerissen auf Rattke gerichtet.

Dieser beugte sich vor und legte seine Hand auf ihre Knie. »Haben Sie mich gehört, Frau Seliger? Ihre Tochter Julia …«

»Ist tot, haben Sie gesagt«, kam es unerwartet klar über ihre Lippen. »Ich habe Sie laut und deutlich verstanden.«

Die alte Dame ließ die Schultern nach vorne sinken. Rattke erwartete einen Weinkrampf, einen Aufschrei oder sonst eine Gefühlsregung, aber alles, was von ihr kam, war ein tiefer Seufzer.

»Immer habe ich Angst gehabt, dass jemand mal mit dieser Nachricht kommen würde«, flüsterte Maria Seliger plötzlich, während ihr Blick ins Leere wanderte.

»Wie meinen Sie denn das?«, fragte Rattke leise.

Es schien gerade so, als würde ein Schatten über ihr Gesicht fallen.

»Nun ja, ich bin eine alte Frau und brauche ein wenig Zuwendung. Ich habe zwar Schwester Elisabeth, die sich rührend um mich kümmert, aber ich habe auch eine Tochter. Sie war so voller Lebensfreude. Aber sie war auch manchmal schrecklich anstrengend und dauernd unterwegs. Fast jeden Abend ließ sie mich allein.«

»Ihre Tochter war nicht verheiratet?«

»Sie ist geschieden. Seit drei Jahren.«

»Wie heißt der Exmann Ihrer Tochter?«

»Marius Flemming.« Sie sagte es mit einem seltsam abweisenden Ton, der Rattke sofort auffiel.

»Sie mögen ihn nicht?«

Die alte Dame zuckte kurz die Schultern. »Ich bin nie so richtig mit ihm warm geworden, wenn Sie verstehen, was ich meine. Wir liegen auf verschiedenen Wellenlängen und das hat nichts mit dem Altersunterschied zu tun.«

»Wie lange waren die beiden verheiratet?«

»Acht Monate.«

»Das ist nicht sehr lange. Und vor drei Jahren haben sie sich getrennt?«

»Genau. Sie haben mich damals vor vollendete Tatsachen gestellt. Eines Tages kamen sie nach Hause und sagten, dass sie geheiratet hätten. Sie zeigten mir ganz stolz ihre Ringe und die Urkunde. Ich war völlig perplex, können Sie sich vorstellen. Ich glaube, ich habe zwei Tage nicht mit ihnen gesprochen.«

»Sie waren enttäuscht, weil Sie nicht eingeweiht waren?«

»Natürlich. Wären Sie das nicht auch?«

»Ich bin nicht verheiratet und habe keine Kinder. Es fällt mir daher schwer, mich in diese Situation hineinzuversetzen. Hat Ihre Tochter Ihnen gegenüber mal Namen von Männern erwähnt, mit denen sie ausgehen wollte? Sie war immerhin erst siebenundzwanzig Jahre alt. In diesem Alter ist es normal, sich nach einem neuen Partner umzusehen.«

Maria Seliger schüttelte bekümmert den Kopf.

»Hat sie Ihnen denn gesagt, wohin sie wollte, wenn sie abends das Haus verließ?«

»Eben nicht.« Die alte Dame wurde richtig böse. »Sie hat mir nie erzählt, was sie machte. Ist das denn eine Vertrauensbasis, Herr Kommissar? Wir sind doch ein Fleisch und Blut, da sollte es keine Heimlichkeiten geben. Und wenn sie mal hier war, dann gab es fast nur Streit zwischen Julia und mir.« Sie legte eine Pause ein. »Eigentlich dürfte ich nicht so abfällig über meine Tochter reden, nicht wahr?«

»Dann hatte Ihre Tochter keinen neuen festen Freund?«,

fragte Rattke, ohne auf ihre Selbstvorwürfe einzugehen.

»Manchmal kam schon mal jemand mit hierher, aber die habe ich danach nie wiedergesehen. Julia wollte wohl nicht, dass ich die Männer unter die Lupe nahm. Und ich wollte sie doch nur davor bewahren, nicht wieder so einen Fehler zu machen wie bei Marius.«

Rattke sah sich um. Das Wohnzimmer machte nicht den Eindruck, als würden hier mehr als nur eine Person wohnen. Außer einer Couch, auf der soeben zwei Personen Platz hatten und einem Sessel gab es noch einen altmodischen Wandschrank mit einer breiten Glastür, hinter der sich allerlei buntes Geschirr versteckte, deren Tassen seitlich auf die Untertassen gelegt waren wie in einem Porzellangeschäft. Neben dem Schrank stand ein dunkelbrauner Tisch mit zwei Korbstühlen.

»Sie wohnten mit Ihrer Tochter zusammen?«

»Julia Flemmings Wohnung ist nebenan«, erklärte die Schwester anstelle von Maria Seliger. »Hier war früher mal eine Wohngemeinschaft, getrennte Wohnräume mit Bad und WC aber eine gemeinsame Küche.«

»Aha.« Er wandte sich wieder an die alte Dame. »Wie lange wohnen Sie schon mit Ihrer Tochter zusammen?«

»Seit etwa fünf Jahren.«

Schwester Elisabeth reichte ihr ein Glas Wasser. Sie trank nur ein paar Schlucke.

Rattke betrachtete Maria Seliger. Ihre Stimme war ganz normal, ohne Trauer oder Verzweiflung, und Rattke vermutete, dass sie sich wie in einem Film fühlen musste, dass für sie alles so unwirklich war.

»Wann haben Sie Ihre Tochter das letzte Mal gesehen?«

»Gestern«, kam sofort die Antwort.

»Können Sie etwas genauer sagen, wann das war?«, hakte Rattke freundlich nach.

»So gegen zehn Uhr morgens. Sie kam gerade nach Hause. Sie war müde und wollte sich noch etwas hinlegen. Ich habe mich dann um meinen kleinen Haushalt gekümmert und auch ein Mittagsschläfchen gemacht, bis vier. Als ich wach wurde, war Julia wieder weg.«

»Woher wissen Sie das?«

»Ich habe bei ihr geklopft. Mir fehlte etwas Milch für den

Kaffee, und ich wollte sie fragen, ob ich mir von ihrem etwas nehmen könne. Wir gehen nämlich nicht einfach an die Sachen des anderen. Aber sie machte nicht auf.«

»Was haben Sie dann getan?«

»Ich habe den Kaffee schwarz getrunken.«

Mit dieser Antwort hatte Rattke nicht gerechnet. Sie war so banal, so einfach und schien fast aus einem Comedyfilm zu kommen. Ihre Stimme klang plötzlich belegt, und Rattke befürchtete, dass sie nun doch in Tränen ausbrechen würde. Aber Maria Seliger wischte sich nur kurz durch die Augen.

»Waren Sie vorgestern den ganzen Tag über hier in Ihrer Wohnung?«, ergriff Wahrholz das Wort.

»Ja.«

»Und Sie haben nicht gehört, dass Ihre Tochter wegging? Ich meine, so schalldicht sind diese Wände doch nicht, oder?«

»Das stimmt. Hier kann man jede Maus hören. Aber man kann nicht wissen, woher die Geräusche kommen, ob von nebenan, von oben oder unten. Und selbst wenn es da irgendetwas gegeben hätte, ich wäre doch nicht rübergegangen, um nachzusehen.«

»Ich kann mir vorstellen, wie Sie sich fühlen, Frau Seliger«, sagte Rattke leise, »aber es ist notwendig, dass ich noch mehr über Ihre Tochter erfahre. Nur so können wir hoffen, den oder die Täter schnell zu fassen. Was tat Ihre Tochter? Ich meine, welchen Beruf übte sie aus?«

»Julia hatte nichts gelernt. Sie jobbte mal hier, mal da. Sie konnte sich für keinen Beruf entscheiden. In den letzten Jahren war sie arbeitslos.«

Die alte Dame ließ keinen Zweifel daran aufkommen, dass sie die Arbeitsweise ihrer Tochter nicht billigte. Dabei hatte sicher auch ein großer Teil der Verantwortung für Julias Ausbildung in der Hand Maria Seligers gelegen. Aber davon wollte sie nun offenbar nichts mehr wissen.

Sie atmete plötzlich etwas schneller und legte eine Hand auf ihr Herz. Schwester Elisabeth griff sofort nach ihrer Hand.

»Geht es dir nicht gut? Was ist los?«

Maria Seliger winkte ab. »Nur ein bisschen Atemnot. Das vergeht gleich wieder.«

»Das sagst du immer«, schimpfte die Schwester, und zu Rattke gewandt: »Frau Seliger hatte bereits einen Herzinfarkt. Sie müsste sich schonen, aber sie hört weder auf ihren Arzt noch auf uns. Und dann diese ganze Aufregung jetzt. Ich denke, Sie sollten es mit Ihrer Fragerei für heute genug sein lassen.«

Rattke nickte sofort und stand auf. »Wir wollen Sie nicht länger belästigen, Frau Seliger. Wir würden aber gern noch einen Blick in die Wohnung Ihrer Tochter werfen, wenn Sie gestatten.«

Julia Flemmings Wohnung war fast identisch mit der ihrer Mutter. Es gab eine Schrankwand mit großen Scheiben, hinter denen sich Porzellanfiguren und Geschirr befanden, eine zweisitzige Couch und die gleichen alten Korbsessel wie nebenan. Möglicherweise hatten Mutter und Tochter alles zusammen günstig erworben. Neben der Couch stand ein kleiner, ziemlich neuer Schreibtisch. Darauf tummelte sich allerlei Krimskrams, wie Rattke auf den ersten Blick feststellte: ein kleines Ringbuch mit vielen Blättern, ein Schlüsselbund, ein Labello, und sogar ein Kamm und ein Fünfzigeuroschein.

Zwischen Wohnzimmer und Schlafzimmer lag ein großes Bad, in dem es neben einer Badewanne auch eine Dusche gab.

Die weißen Fliesen glänzten, die Handtücher waren fein zusammengefaltet und hingen akkurat wie in einem frisch gemachten Hotelzimmer über dem Handtuchhalter.

Mit den Ellbogen stieß Rattke die Tür zum Schlafzimmer auf. Die Rollos waren heruntergelassen, das Bett war ungemacht und die Decke zurückgeschlagen, als sei gerade erst jemand aus der Bettwärme gekrochen.

Wahrholz trat neben Rattke.

»Das verstehe ich nicht«, murmelte er mit zusammengezogenen Augenbrauen. »Das Bad ist picobello und das Schlafzimmer völlig unaufgeräumt. Es sieht aus, als wenn jemand mitten in der Arbeit gestört wurde.«

Rattke drehte sich zu Maria Seliger um. Die alte Dame schien genauso ratlos zu sein.

»Julia hat immer sorgfältig aufgeräumt und geputzt. Sie war nie phlegmatisch, sie legte Wert auf Sauberkeit. Bei ihr musste immer alles ordentlich sein.«

Auf dem Nachttisch drängten sich ein weißer Radiowecker,

ein altes Tastentelefon und ein Notizblock.

Rattke zog ein Tuch aus der Tasche, wickelte es um seine Hand und öffnete vorsichtig die Schublade. Wie nicht anders zu erwarten war, lagen hier die üblichen Utensilien: Unterwäsche, Seidenstrümpfe und Schals. Er schloss sie wieder, ging um das Bett herum und zog auch die Schublade des zweiten Nachttisches auf. Hier befanden sich Badeanzüge, ein paar Socken und Nylonstrümpfe.

Er schob die Lade wieder zu und ging ins Wohnzimmer zurück.

»Soll ich dir sagen, was ich vermute?«, knurrte Wahrholz. »Jemand hat angerufen, und Julia Flemming hat alles stehen und liegen lassen.«

»Das würde bedeuten, dass sie den Anrufer kannte, und dass es eine spontane Verabredung war. Ich kann mir nicht vorstellen, dass ihr von einer Sekunde zur anderen ein Date wieder eingefallen wäre.«

»Stimmt«, nickte Wahrholz.

»Ich werde mich mal bei dem Doc umhören. Vielleicht hat er schon was Neues für uns.« Rattke wandte sich erneut an Maria Seliger.

»Frau Seliger, haben Sie etwas dagegen, wenn sich mein Kollege die Wohnung Ihrer Tochter genauer ansieht? Wir haben zwar keinen Durchsuchungsbefehl, aber da wir einmal hier sind, könnten wir gleich die nötige Arbeit erledigen.«

Die alte Dame schüttelte den Kopf. »Tun Sie nur Ihre Pflicht.«

»Danke. Wir werden sicher weitere Fragen an Sie haben und Sie deswegen noch mal aufsuchen. Wenn Ihnen noch etwas einfällt, dann wenden Sie sich an meinen Kollegen, solange er hier ist. Ansonsten rufen Sie im Präsidium an.« Er legte eine Visitenkarte auf den Tisch. »Ach ja, geben Sie meinem Kollegen doch bitte die Adresse Ihres Schwiegersohnes, pardon Exschwiegersohnes.«

Rattke sah Wahrholz an. »Geht das in Ordnung? Ich meine, dass du hierbleibst und dich noch einmal umsiehst?«

»Natürlich.«

Rattke gab Maria Seliger die Hand. Schwester Elisabeth begleitete ihn zur Tür.

»Ich werde noch einige Zeit bei ihr bleiben«, raunte sie Rattke dort zu. »Ich fürchte, dass das notwendig ist. Der Zusammenbruch kommt noch, glauben Sie mir, ich weiß so etwas aus Erfahrung.«

»Danke«, sagte Rattke.

»Dieser Marius«, fuhr die Schwester fort, »war übrigens heute hier, vor etwa einer Stunde. Er stand auf dem Bürgersteig vor dem Haus. Er hat nebenan geläutet und dann hier hochgesehen. Ich stand hinter der Gardine. Frau Seliger weiß nichts davon. Sie hätte sich nur aufgeregt. Er ist dann aber wieder gegangen.«

»Kam Marius Flemming öfter hierher?«

»Soviel ich von Frau Seliger weiß, besuchte er Julia mehrmals im Monat. Er besitzt sogar noch einen eigenen Schlüssel zu ihrer Wohnung. Sagen Sie selbst: Ist das eine Art und Weise? Sie sind doch lange geschieden.«

»Na ja, normal scheint das nicht zu sein.«

»Unmoralisch ist das«, empörte sich die Schwester. »Richtig unmoralisch.«

Rattke nickte nur und ging schnell zum Wagen.

7

»Sie haben sie erst vor zehn Minuten gebracht«, sagte Doktor Mürselen. »Bis dahin lag sie im Keller. Ich hatte noch zwei andere Fälle auf dem Tisch. Hier geht es immer der Reihe nach.«

Wieder wunderte sich Rattke über die Nüchternheit, mit der der Gerichtsmediziner über Tote sprach.

Mürselen schaltete die Deckenbeleuchtung an. Helles Neonlicht flutete den Raum. Rattke schloss einen Moment lang geblendet die Augen. Er fror, und das lag nicht nur an der kühleren Temperatur im Raum, sondern an der gesamten Atmosphäre hier.

Der Doktor begann mit seiner Arbeit. Sein Assistent stand neben ihm. Der hagere Mann sagte kein Wort, und Mürselen sah ihn auch nicht an, als er die Hand ausstreckte und ein Skalpell und einen Wattebausch entgegennahm. Sie waren ein eingespieltes Team, sie benötigten nicht viele Worte.

Mürselen hob das Laken an. Das Erste, was Rattke sah, waren die langen brünetten Haare, die zu beiden Seiten des bleichen Gesichts auf dem Gummikissen ruhten. Mürselen beugte sich über den Leichnam und fuhr mit einem Wattestäbchen vorsichtig über die Lippen und das Kinn. Dann hielt er das Stäbchen gegen das Licht und betrachtete es eine Weile. Dabei brummte er mehrmals »Hmm, hmm« vor sich hin, bevor er das Stäbchen vorsichtig in eine Schale legte. Mit den weiß behandschuhten Fingern begann er anschließend im Mund der Frau herumzutasten. Danach tupfte er die Brust der Frau mit einem Wattestäbchen ab.

»Das sind die Stellen, an denen Vergewaltiger ihre Opfer küssen. Er hat sie aber nicht gebissen. Die kleinen Wunden, die so aussehen, stammen von einer anderen Verletzung, von einem spitzen Gegenstand, einer Feile oder auch einem Nagel. Vielleicht hat sie versucht, sich handwerklich zu betätigen und sich dabei verletzt.«

Sein Assistent schnitt derweil der Toten die Fingernägel ab und nahm eine Haarprobe. Mürselen wischte über das Kinn der Frau, warf das Tuch aber nicht in den Abfall, sondern legte es auch in eine Blechschale. Als er die Beine der Frau spreizte, sah Rattke zur Seite und lehnte sich an die Wand. Er hörte, wie Mürselen sich mit seinem Assistenten kurz unterhielt, bekam aber kein Wort mit. Er hasste es, wenn er einer Obduktion zusehen sollte, aber die Staatsanwaltschaft bestand darauf, dass mindestens am Anfang einer der ermittelnden Kommissare dabei war. Nun wollte er sich vor dem Arzt und seinem Helfer keine Blöße geben. Es war nicht das erste Mal, dass er den Gerichtsmedizinern bei ihrer Arbeit zusah und sich Notizen machte, aber jedes Mal war ihm danach tagelang übel, und er konnte keine vernünftige Nahrung zu sich nehmen. Auch jetzt wusste er wieder, dass es ihm nicht anders ergehen würde.

»Möchten Sie beim Öffnen des Körpers auch dabei sein?«

Mürselens Stimme riss ihn zurück. Der Gerichtsmediziner stand direkt vor ihm und schaute ihn fragend an. Rattke schüttelte den Kopf. Das wäre dann doch zu viel gewesen.

»Übrigens, die Scheide ist mit einem rauen Gegenstand, vermutlich mit einer Bürste oder einem Lappen laienhaft gesäubert worden. Wir haben noch kein Sperma gefunden. Und das ist verwunderlich, es sei denn, er hat ein Kondom benutzt. Dann wird es schwierig, fast unmöglich, genug Spuren für ein DNA-Profil zu finden.«

Nach weiteren zehn Minuten hatte Rattke genug. Er ging zur Tür. Dort riskierte er noch einen kurzen Blick zurück. Mürselens Assistent schaltete gerade eine kleine Bohrmaschine an.

»Ich fahre jetzt zum Präsidium. Schicken Sie mir doch bitte den Bericht dorthin.«

Mürselen antwortete nicht. Er hatte sich schon interessiert über den Leichnam gebeugt.

8

Auf dem Weg vom gerichtsmedizinischen Institut zum Wagen klingelte Rattkes Handy. Es war Wahrholz.

»Ich habe die Adresse dieses Marius Flemming, GE. Er wohnt im Süden Dortmunds, in Aplerbeck. Soll ich dich abholen oder treffen wir uns dort?«

Rattke überlegte nur kurz.

»Ich fahr selbst.«

Etwa zehn Minuten später war Rattke an Ort und Stelle. Paul Wahrholz kam an den Wagen.

»Hast du noch etwas Wichtiges gefunden?«

Wahrholz schüttelte den Kopf. »Keine Spur. Maria Seliger war die ganze Zeit über in der Nähe und hat aufgepasst wie ein Schießhund. Die war neugieriger als ich. Als ich gehen wollte, war es jedoch mit ihrer Fassung vorbei. Sie ist zusammengebrochen, ganz genau so, wie es Schwester Elisabeth vorausgesagt hatte. Zum Glück kennt die sich in Erster Hilfe aus und konnte die alte Dame versorgen.«

Rattke sah zum gegenüberliegenden Haus. »Wohnt Marius Flemming dort?«

»Genau.«

Die Häuser in dem Wohnviertel waren etwas gegeneinander verschoben, sodass der Eingangsbereich vor den Blicken der Nachbarn geschützt war. Der schmale Weg von der Straße zur Haustür war mit Büschen oder kleinen Buchsbäumen bepflanzt.

Rattke öffnete das Gartentor und ging über die Pflastersteine auf die Haustür zu. Marius Flemming wohnte offenbar im oberen Stock. Der Name auf der unteren Klingel war von der Witterung unleserlich geworden. Rattke schellte.

Wenig später hörten die beiden Beamten Schritte im Treppenhaus, und dann wurde die Haustür geöffnet.

Der Mann vor ihnen trug einen weißblauen Trainingsanzug, dessen Jacke vorn geöffnet war und ein ehemals weißes T-Shirt freigab. Mit einem teilnahmslos wirkenden Blick sah er die beiden Kommissare an.

»Ja?«

»Herr Marius Flemming?«, fragte Rattke.

Der Mann nickte.

Rattke zückte seinen Ausweis.

»Hauptkommissar Rattke, das ist mein Kollege Wahrholz.« Dabei deutete er auf Paul neben sich.

Marius Flemming runzelte die Stirn. »Und? Was wollen Sie von mir?«

Rattke hatte das Gefühl, die ungeschminkte Wahrheit übermitteln zu können. Dieser Mann wirkte nicht so, als würde er sich über den Tod seiner Exfrau grämen. Als Rattke endete, vergingen etwa drei Sekunden, in denen Marius Flemming wie eine Statue vor ihnen stand, dann zur Seite trat und Rattke und Wahrholz hereinbat.

Flemming ging die Treppe hinauf und führte sie in ein Wohnzimmer, das genau das Gegenteil dessen war, was Rattke beim ersten Blick auf Marius Flemming erwartet hatte.

Es war mit Laminatboden ausgelegt. Eine dunkelgrüne Couchgarnitur mit einem Glastisch stand in der Mitte. An der rechten Wand lehnte eine Vitrine, in der sich eine Stereoanlage mit zwei großen Boxen befand. Darauf standen drei Fotos. Sie zeigten Marius und Julia in unterschiedlichen, aber dezenten Posen auf einer Bank, an einem See und vor einem Hotel, hinter dem sich das Bergmassiv der Alpen erhob. In der Ecke stand ein LCD-Fernseher.

»Wie ist es passiert?«, fragte Flemming mit ruhigen, gefassten Worten.

»Sie wurde im Hotel Weißenhof gefunden, Zimmer 104. Der Täter hat sie gefesselt, geknebelt und dann erdrosselt.«

Flemming schaute zur Seite, sodass sein Gesicht im Schatten lag.

»Hat er …« er schluckte und räusperte sich. »Haben sie … Sex gehabt …? Oder wurde sie … vergewaltigt?«

»Das wird die Untersuchung ergeben. Wir wissen noch nicht, was genau passiert ist. Kennen Sie das Hotel Weißenhof?«

»Nie gehört.«

»Wann haben Sie Ihre ehemalige Frau zuletzt gesehen oder gesprochen?«

Flemming hob die Schultern. Er zog die Stirn kraus und dachte einen Moment lang nach.

»Letzten Montag. Wir treffen uns manchmal, gehen essen oder ins Kino oder ins Freibad. Wir haben uns nicht im Streit getrennt. Am Montag waren wir im Kino.«

»Hat sie Ihnen gegenüber von anderen Bekannten oder neuen Liebhabern gesprochen?«

Flemming schüttelte den Kopf.

»Niemals?«, hakte Rattke nach. »Auch nicht während Ihrer Ehe?«

Flemming zog die Stirn kraus. »Ja«, sagte er langsam, »da gab es mal einen Kerl. Aber das ist lange her. Julia sagte zwar, dass es nur eine lockere Freundschaft gewesen sei, aber ich glaube, von ihm steckte mehr dahinter.«

»Wie kommen Sie darauf?«

»Er hat uns beschattet, aber sehr plump.« Flemming lachte meckernd. »Der stand stundenlang mit seinem Wagen vor Julias Wohnung. Dann kamen Briefe. Einmal hat sie mir einen gezeigt.«

»Und was stand drin?«, fragte Wahrholz.

Flemming stieß kurz verächtlich die Luft aus. »Dass er sie noch immer liebt, dass sie zu ihm zurückkommen soll und so´n Quatsch.«

»Was tat sie mit dem Brief?«

»Sie hat ihn verbrannt. Irgendwann war der Kerl dann verschwunden.«

»Wissen Sie noch, wann das war?«

»Das weiß ich sogar noch ganz genau. Am Tag unserer Hochzeit. Da hat er wohl eingesehen, dass es keinen Zweck mehr hatte.«

»Wie heißt der Mann?«

»Oliver. Oliver Menge. Aber den können Sie gleich wieder

vergessen. Der ist vor Jahren beim Fallschirmspringen abgestürzt. Sein Schirm hat sich nicht geöffnet. Es stand in allen Zeitungen.«

Rattke erklärte ihm nicht, dass er kaum Zeitungen las und dass ihn solche Unfälle nur interessierten, wenn sie in seinen Aufgabenbereich gehörten.

»Andere Namen sind Ihnen nicht mehr geläufig?«

Flemming zuckte die Achseln. »Nee, keine Ahnung.«

»Frau Seliger gab an, dass ihre Tochter fast jeden Abend das Haus verließ. Können Sie das bestätigen? Tat sie das während Ihrer Ehe auch schon?«

»Na klar«, antwortete Flemming. »Sie ging gern in die Disco, ins Kino, oder einfach in Lokale zum Chillen. Sie war auch während unserer Ehe oft unterwegs.«

»Und das hat Sie nicht gestört?«

Flemming zuckte die Achseln. »Ich wusste ja, wo sie war. Außerdem hätte ich mitgehen können.«

»Warum taten Sie das nicht?«

»Weil ich morgens um drei raus muss.«

»Das ist allerdings ein Grund. Was machen Sie beruflich?«

»Ich arbeite auf dem Gemüsegroßmarkt. Meine Schicht beginnt zwar früh, dafür habe ich ab mittags frei.«

»Sehr praktisch. Wann haben Sie heute Morgen dort angefangen?«

»Wie immer um drei Uhr.«

»Und Sie waren die ganze Zeit über dort?«

»Ja.«

Rattke nickte leicht. »Herr Flemming, Sie waren heute bei der Wohnung Ihrer Exfrau. Sie sind aber nicht hineingegangen, obwohl Sie noch einen Schlüssel besitzen. Warum blieben Sie draußen?«

Flemming grinste zynisch. »Habe ich also doch richtig gesehen, dass die Alte am Fenster stand.«

»Nein. Das war Schwester Elisabeth von der katholischen Kirchengemeinde. Sie kennen die Schwester?«

»Ich habe sie einige Male gesehen.«

»Nun? Was wollten Sie von Ihrer Exfrau?«

»Ich wollte sie besuchen. Ich sagte doch, dass wir keinen Stunk haben. Als Julia nicht aufmachte, bin ich wieder gegangen.

Ich hatte keine Lust, mit ihrer Alten zu sprechen.«

»Sonst wollten Sie nichts von ihr?«

Flemming schüttelte den Kopf.

Rattke stand auf. »Gut. Das wär´s fürs Erste. Ich möchte Sie bitten, morgen nach Ihrer Arbeit ins Präsidium zu kommen. Wir möchten eine Speichelprobe von Ihnen nehmen. Nur für alle Fälle. Sie verstehen das doch, nicht wahr?«

Marius Flemming verzog nur kurz das Gesicht, antwortete aber nicht.

9

Seit er als kleiner Junge von einem viel Älteren einmal windelweich geschlagen worden war, hatte sich Peter Vollmar vorgenommen, Polizist zu werden. Er war ein schmächtiger Bursche gewesen und nicht sehr groß. Immer hatte er gehofft, im Laufe der Schuljahre zu wachsen, aber an die eins siebzig war er nicht herangekommen. Man rief ihn nur »Kleiner« oder »Hänfling«, und das ärgerte ihn nicht nur, sondern es schmerzte auch.

Mit sechzehn kam er dann zum ersten Mal mit einem Fitnessstudio in Berührung. Seitdem faszinierten ihn Kraftsport und Lauftraining. Er wurde dadurch zwar nicht größer, nur sein Muskelumfang nahm zu, und bei seiner eher gedrungenen Gestalt wirkte das umso imposanter. Niemand hänselte ihn mehr, sondern buhlte um seine Freundschaft. Aber Peter Vollmar ließ sich von niemandem einwickeln. Er blieb immer auf Distanz, hatte keine festen Freunde, nur wenige Bekannte, mit denen er sich unregelmäßig traf.

In Vollmars Kind- und Jugendzeit hatte es nicht viel Platz für Euphorie gegeben. Er war früh Waise geworden. Es gab noch eine Tante und einen Onkel im Süden Deutschlands, bei denen er abwechselnd wohnte, die aber nie so recht Zeit für ihn gehabt hatten. Nach der Schulzeit sorgte dann sein Onkel, ein Bundeswehroffizier dafür, dass er mit knapp achtzehn Jahren zur Bundeswehr eingezogen wurde.

Nach der Bundeswehrzeit bewarb er sich bei der Polizei und wurde auch gleich angenommen. Er durchlief sämtliche Ausbildungen, wohnte stets in Sammelunterkünften und lernte unaufhörlich, mit dem Ergebnis, dass er einen tadellosen Abschluss machte. Bald darauf wurde er Assistent bei seinem Kumpel Bodo, den er von der Polizeischule her kannte. Als Bodo den Dienst quittierte und nach Spanien zog, wurde Vollmar zu GE Rattke versetzt.

Was ihm bis dahin gefehlt hatte, war die Anerkennung. Die bekam er, seit er mit GE Rattke und Paul Wahrholz zusammen ein Team bildete. Diese beiden Kollegen waren es auch, die Peter Vollmar fast schon »Freunde« zu nennen pflegte.

Für seinen Chef Rattke würde er inzwischen durch dick und dünn gehen. Vollmar wusste, dass Rattke es gern sah, wenn seine beiden »Untergebenen« auf eigene Faust handelten und somit mit neuen Ergebnissen zur Lösung eines Falles beitrugen.

Nun befand Vollmar sich auf dem Weg zu dieser Putzfrau Gerlinde Lamers. Der Portier des Hotels Weißenhof hatte ihm den Weg beschrieben. »Es ist keine schöne Gegend«, hatte er dabei gesagt. Und in der Tat. Hier mochte selbst Vollmer abends nicht gern allein durch die Straßen gehen. Alte Häuser, von deren Fassaden der Putz abblätterte, standen dicht an dicht. Vor den Fenstern hingen noch Fensterläden, die meisten schief in den Angeln. Manche waren offenbar neu gestrichen, aber mit solch einer scheußlichen orangenen Farbe, dass der Anblick schmerzte. Was ihn erstaunte, war, dass überall auf den Dächern die neusten Satellitenschüsseln hingen.

In einem Hinterhof spielten Kinder. Ihr Gebrüll drang wie das Kreischen einer Kreissäge bis auf die Straße. Ein paar herrenlose Hunde streunten über die Bordsteine und schnüffelten in jede Ecke, um dann mit ihrem Urin den Gestank noch zu verstärken.

Gerlinde Lamers wohnte in einem Eckhaus. Das Gebäude war eines der wenigen, das noch einigermaßen in Schuss war.

Vollmar hatte seinen Besuch angekündigt. Er läutete dreimal, so wie es Gerlinde Lamers ihm empfohlen hatte. »Ich öffne sonst niemandem«, hatte sie gesagt.

Im Haus hörte er plötzlich eilige Schritte. Die Frau, die die Tür öffnete, sah auf den ersten Blick alt aus, und erst beim zweiten Hinsehen erkannte Vollmar, dass sie höchstens vierzig Jahre sein musste. Sie stellte sich als Gerlinde Lamers vor.

Er zückte seinen Ausweis. »Wir haben telefoniert.«

Sie sah sich rasch nach allen Seiten um und zog ihn dann in den dunklen, muffig riechenden Flur. »Kommen Sie herein.«

Gerlinde Lamers ging vor ihm her. Sie bewegte sich geschmeidig und flink. Ihre Schultern hielt sie jedoch etwas verkrampft, vermutlich eine Folge ihrer dauernden gebückten Arbeit.

Sie vermied es, ihm in die Augen zu sehen, als sie ihre Wohnung erreichten. Es roch sehr sauber, aber überall lag etwas herum. Kleidung, Bücher, Zeitungen, Kartons.

Gerlinde bot ihm einen Stuhl an, den sie schnell freimachte.

Vollmar setzte sich langsam und sah durch die offene Tür in die Küche. Auf der Spüle lag ein großer Klumpen Teig.

»Ich bereite gerade einen Kuchen vor. Haben Sie etwas dagegen, wenn ich weitermache? Wir können uns ja dabei unterhalten.«

»Natürlich.«

Von seinem Platz aus verfolgte er ihre Bewegungen mit den Augen. Sie knetete den Teig.

»Ich weiß immer noch nicht, warum mich die Polizei sprechen will«, sagte sie. »Ich habe noch niemals etwas mit der Polizei zu tun gehabt.«

»Es ist nur eine Routineangelegenheit«, antwortete Vollmar. »Sie arbeiten für eine Reinigungsfirma und sind unter anderem auch im Hotel Weißenhof tätig?«

»Ja, das ist richtig.«

Sie breitete den Klumpen aus und wickelte ihn in ein Küchentuch.

»Es ist kein angenehmer Job, müssen Sie wissen, aber mir bleibt keine andere Wahl. Ich habe nichts gelernt und muss Geld verdienen.«

Sie legte das Küchentuch mit dem Teig in den Kühlschrank, nahm eine Bürste und schrubbte die Arbeitsfläche sauber. »Warum wollen Sie das denn überhaupt wissen?«

»Im Hotel Weißenhof wurde eine Frau ermordet aufgefunden. Heute Morgen.«

Gerlinde Lamers hörte abrupt mit ihrer Arbeit auf. Sie starrte Vollmar an, als habe er ihr eben selbst das Todesurteil mitgeteilt. »Frau? Ermordet?«

»Ja«, nickte Vollmar. »Julia Flemming heißt sie. Sagt Ihnen

der Name etwas?«

Sie schüttelte den Kopf. So ganz langsam kam wieder Leben in ihre Gestalt. Sie wusch sich die Hände sorgfältig unter dem fließenden Wasser, drehte den Hahn wieder zu und trocknete sich an einem blau karierten Trockentuch ab.

»Die Tote lag in Zimmer 104. Ist das Ihr Revier?«

Sie nickte. »Diese Etage putze ich auch.«

»Ist Ihnen dort heute Morgen etwas aufgefallen?«

Sie stützte sich am Tisch ab und schüttelte den Kopf. »Nein, nicht dass ich wüsste.« Sie hielt inne und zog die Stirn kraus. »Julia Flemming sagten Sie?«

»Hm.«

Gerlinde Lamers legte den rechten Finger unter ihre Nase. »Ich meine, den Namen schon mal gehört zu haben, aber in welchem Zusammenhang kann ich nicht sagen.«

Gerlinde Lamers fuhr sich mit den Händen durchs Haar. Es hing ihr bis auf die Schultern und war nicht sehr gepflegt. Eigentlich schade, dachte Vollmar, dass sie so wenig aus ihrer Frisur macht.

»Wie – wie ist sie denn ermordet worden?«

»Sie wurde erdrosselt.«

»Oh Gott, wie schrecklich. Das muss ja ein furchtbarer Tod gewesen sein. Hat sie – hat sie sehr leiden müssen?«

»Das weiß ich nicht. Aber ich glaube nicht. Frau Lamers, auch wenn Sie stets sehr früh im Hotel Weißenhof angefangen haben zu arbeiten – können Sie sich vielleicht an einige Gäste erinnern?«

»Nee.« Sie schüttelte den Kopf. »Leider nicht. Ich hatte meistens mit mir selbst genug zu tun. Ich musste aufpassen, dass ich nicht vor Müdigkeit einschlief. Das ist ja das Verzwickte. Nachts kriege ich kein Auge zu und bei der Arbeit sind meine Glieder wie Blei. Tut mir leid. Jetzt haben Sie die ganze Fahrt hierher umsonst auf sich genommen.«

»So kann man das nicht sehen, Frau Lamers.« Vollmar stand auf. »Es war auf jeden Fall nett, mit Ihnen zu plaudern. Wenn Ihnen noch etwas einfällt, hier ist meine Karte. Rufen Sie mich ruhig an.«

Sie ergriff seine Visitenkarte mit spitzen Fingern und betrachtete sie. »Na ja, die Polizei werde ich wohl so schnell nicht anrufen.«

»Dann eben meine Handynummer. Sie steht auch darauf. Auf Wiedersehen.«

Sie begleitete ihn zur Tür. Als Vollmar draußen noch auf der obersten Treppenstufe stand, hörte er schon, wie sie von innen verriegelte. Er atmete tief ein und aus. Er hatte sie nicht beleidigen wollen und deshalb gesagt, dass seine Fahrt zu ihr nicht vergebens gewesen war, aber die Wahrheit war, dass das Gespräch mit Gerlinde Lamers nichts gebracht hatte. Sie war eine naive Frau, die allein lebte und deshalb einen Besucher vollquasselte. So etwas kannte er zur Genüge. Seine Tante war nicht anders gewesen. Jeder Alleinstehende, der nichts mit sich anzufangen wusste, verhielt sich so.

Er stieg in seinen Wagen und fuhr los. Inzwischen hatte der Feierabendverkehr eingesetzt. Im Schneckentempo lenkte Vollmar seinen Wagen durch die Stadt. Er fühlte sich müde und ausgelaugt. Der Tag war anstrengend gewesen, ein Mordopfer zu finden ging ihm immer wieder an die Nieren.

Vollmar war gerade in Höhe der Westfalenhalle und wollte ein wenig mehr Gas geben, als sein Handy klingelte. Er fuhr sofort rechts ran und meldete sich.

»Herr Vollmar?«

Es war Gerlinde Lamers.

»Ich – ich – mir ist gerade noch etwas eingefallen. Ich weiß aber nicht, ob es von Bedeutung ist.«

»Um was handelt es sich denn?«, fragte Vollmar, bemüht, nicht zu ungehalten zu klingen.

»Es geht um einen Gast im Hotel Weißenhof. Er verhielt sich so merkwürdig.«

Jetzt war Vollmar wie elektrisiert.

»Ich bin gleich wieder bei Ihnen.«

10

GE Rattke und Paul Wahrholz benötigten fast eine halbe Stunde, um ins Präsidium in der Markgrafenstraße zu kommen. Die Veranstaltungen in der Westfalenhalle waren vor wenigen Minuten zu Ende gegangen, und die Straßen der Stadt waren so voll wie sonst nur bei einem Bundesligaspiel gegen die Bayern aus München oder den FC Schalke.

Rattke fuhr auf den Hof, ließ Wahrholz aussteigen und stellte den Wagen in der für ihn reservierten Parkbucht ab. Besorgt sah er hinter Paul Wahrholz her. Der Gang seines Kollegen war nicht normal. Der ganze Körper wirkte schief, sein Kopf schien vor der Brust zu sein und nicht darüber.

Rattke stieg aus und betrat das Dienstgebäude durch den Seiteneingang. Sein Büro lag im dritten Stock. Er wunderte sich, dass seine Sekretärin noch da war.

»Sie haben doch längst Feierabend. Warum gehen Sie nicht nach Hause?«

Sie deutete mit einem kurzen Kopfnicken hinüber zum Konferenzraum. »Herr Vollmar wartet dort auf Sie. Er hat auch der Staatsanwältin Bescheid gesagt. Sie will in wenigen Augenblicken kommen.«

»Und deswegen sind Sie noch hier?«

»Vielleicht braucht man mich ja noch für das Protokoll.«

Marion Peters war Ende dreißig und vor drei Monaten eingestellt worden. Sie war brünett, trug ihr Haar kurz wie ein Junge, aber das passte zu ihrem schmalen Gesicht mit der kleinen Nase und den grünen Augen. Sie schien sich nicht viel aus Mode zu machen, denn meistens kam sie in Jeans und einem zu weiten Sweatshirt ins Büro.

Rattke war froh, dass es sie gab. Sie war verheiratet und hatte zwei Kinder, die jetzt aufs Gymnasium gingen. Deshalb konnte sie ihren alten Beruf wiederaufnehmen. Sie war bereits Sekretärin im Präsidium gewesen, bevor Rattke dorthin versetzt wurde.

Diese Lagebesprechungen behagten Rattke überhaupt nicht. Er kam sich vor wie jemand, der einen Rechenschaftsbericht abgeben musste. Aber der Kriminalrat und die Staatsanwaltschaft wollten immer auf dem Laufenden gehalten werden. Nun gut, sie mussten ja auch ihren Kopf hinhalten, wenn etwas schiefging.

Normalerweise fanden die Besprechungen am nächsten Tag statt, frühmorgens, wenn alle frisch waren, wie der Kriminalrat sich auszudrücken pflegte. Wenn der wüsste, dachte Rattke. Morgens sind wir doch alle ungenießbar, weil wir schlecht oder kaum geschlafen haben.

»Ist der Bericht vom Doc schon da?«

Marion Peters schüttelte den Kopf.

»Dann hol ich ihn persönlich«, sagte Rattke und lief zur Tür.

Marion Peters war völlig verdattert. »Aber Herr Rattke, nebenan warten …«

Er hob die Hand. »Das hat Zeit bis später.«

Und schon war er draußen. Im Treppenhaus begegnete ihm ein Schutzpolizist, den er fast umgerannt hätte. Rattke entschuldigte sich hastig.

Bis zum Rechtsmedizinischen Institut in der Bünnerhelfstraße benötigte Rattke über eine Viertelstunde. Es war schon geschlossen. Rattke betätigte die unscheinbare Klingel, die in dem Backsteingemäuer eingebaut worden war. Kurz darauf erschien Mürselen.

»Ach, der Herr Kommissar«, brummte er, aber nicht unfreundlich.

Er drehte sich um und schlurfte zurück. Rattke folgte ihm. Jetzt, da sich niemand mehr in den Kellern der Rechtsmedizin aufhielt, erschien ihm dieses Gebäude noch unheimlicher. Er stellte sich vor, dass überall rechts und links Leichen in den Nischen lagen, und ein Schauer kroch über seinen Rücken. Schon wollte er den Doc fragen, ob er nicht mal einen Scheintoten auf seinem Tisch gehabt habe, aber Mürselen hatte schon seinen Raum erreicht. Er nahm einen dünnen gelben Hefter vom Tisch.

»Der Bericht ist fertig. Ich wollte ihn gerade losschicken.«

»Ich nehme ihn mit.« Rattke griff nach dem Hefter, den Mürselen ihm bereitwillig überließ.

»Gibt es was Besonderes?«, fragte Rattke

Mürselen nickte.

»Die Tote war schwanger. Im dritten Monat. Der Fötus war bereits abgestorben. Außerdem hat sie vor Jahren bereits ein Kind geboren.«

Rattke starrte ihn überrascht an.

»Man kann nicht mehr genau feststellen, wie lange das her ist, aber es ist sicher.«

»Und was bedeutet das jetzt?«

Mürselen klimperte kurz mit den Augen. »Das ist ja nun Ihre Aufgabe, Herr Kommissar.«

»Natürlich. Es war mir auch nur so rausgerutscht.«

»Unter ihren Fingernägeln haben wir Hautpartikel gefunden. Machen Sie sich aber keine große Hoffnung, Herr Rattke. Sie stammen von ihr selbst. Sie muss sich kurz vor ihrem Tod noch gekratzt haben. Entsprechende Abschürfungen habe ich in ihrem Nacken gefunden. Spuren von Sperma gibt es nicht. Aber etwas anderes könnte interessant sein. Die Wunden, die zunächst wie Bisswunden aussahen, stammen von einer Tätowierung, das heißt von einer angefangenen Tätowierung. Sie wurde nie zu Ende geführt.«

»Danke Doc.«

»Dann kann ich jetzt endlich Feierabend machen?«

»Natürlich.«

Gemeinsam gingen sie nach draußen. Während Mürselen zu seinem Wagen schlurfte, blieb Rattke noch einige Augenblicke neben der Tür zur Rechtsmedizin stehen. Der Ansatz einer Tätowierung musste nichts bedeuten, so etwas taten Menschen in Julia Flemmings Alter häufig. Aber dass sie ein Kind geboren hatte, konnte eine Spur sein. Jetzt musste er nur noch erfahren, ob das Kind noch lebte und wer der Vater war.

Rattke war noch keine zwei Minuten von Doktor Mürselen weg, als sein Telefon klingelte.

»GE, wo bist du denn?«

Es war Peter Vollmar.

»Wir haben hier auf dich gewartet, verdammt. Du warst doch schon im Präsidium. Warum bist du denn wieder abgefahren?«

»Ich war bei Mürselen. Ich bin in zehn Minuten bei euch.«

»Das kannst du dir jetzt sparen. Hartung und die Langner sind längst fort. Die machen nicht so schnell Überstunden wie wir. Und ich haue jetzt auch ab. Ich bin hundemüde.«

»Dann sehen wir uns eben morgen früh«, sagte Rattke. »Ist auch besser so.«

»Wie du meinst. Bis morgen dann.«

Rattke konnte nicht sagen, dass er traurig über diese Entwicklung war. Ein Gespräch mit Hartung und Anna Langner hätte ihm jetzt nicht so sehr in den Kram gepasst. Seit er Mürselen verlassen hatte, kreisten seine Gedanken nur noch um Marius Flemming.

Rattke schaute auf die Uhr. Gut, der Mann stieg morgens

frühzeitig aus dem Bett und würde vermutlich jetzt schon schlafen, aber dennoch kam es auf einen Versuch an. Schließlich ging es um Mord.

11

Marius Flemming trug immer noch denselben Trainingsanzug und das verwaschene T-Shirt. Nur mit dem Unterschied, dass sich ein großer Flecken vom Halsausschnitt bis zum Bauchnabel breitgemacht hatte.

»Ich wollte mich besaufen«, sagte Flemming, während er über den Flecken rieb. »Beim Aufmachen ist das Bier rausgespritzt. Ich muss die Flasche vorher wohl geschüttelt haben. Schlafen kann ich sowieso noch nicht. Kommen Sie herein!«

Aus der offenen Tür zur Küche krochen kleine Rauchschwaden ins Wohnzimmer. Es roch nach Speck. Marius Flemming deutete zur Küche.

»Wissen Sie, dass ich mich nicht konzentrieren konnte? Alles ist mir verbrannt.« Er wischte sich durch die Augen, in denen ganz plötzlich kleine Tränen schimmerten.

»Sie haben geweint?«, rutschte es Rattke heraus.

»Ja, ja, verdammt, ich habe geweint. Ist das verboten? Ich habe meine Frau verloren. Soll ich da etwa feiern?«

Rattke biss sich auf die Lippen. Hatte er Marius Flemming falsch eingeschätzt, hatte ihn seine Menschenkenntnis getäuscht? Nach dem ersten Besuch hätte Rattke geschworen, in Marius Flemming einen Mann vor sich zu haben, der Nerven wie Drahtseile hatte.

Flemmings Hände zitterten, als er die leere Flasche Bier vom Tisch neben den Mülleimer stellte.

»Was wollen Sie denn schon wieder von mir?«, fragte er, während er sich Rattke gegenüber auf den einfachen Stuhl setzte.

»Wussten Sie, dass Ihre Exfrau schwanger war?«

Flemming zuckte so sehr zusammen, dass es Rattke leidtat, ihn so unverblümt mit der Wahrheit konfrontiert zu haben.

»Nein, das … das glaube ich nicht«, kam es über seine Lippen.

»Es stimmt aber.«

Flemming fuhr sich mit der Hand über die Stirn, auf der mit einem Mal kleine Schweißperlen auftauchten. »In welchem Monat war sie denn?«

»Spielt das eine Rolle?«, fragte Rattke.

»Ich will nur wissen, ob ich der Vater sein kann.« Er winkte ab. »Ach, egal. Es spielt natürlich keine Rolle. Oder ist das Kind gerettet worden?«

»Nein.«

Flemming nickte traurig.

»Sie war im dritten Monat.«

»Ach du Scheiße«, sagte Flemming.

»Sie hatten keine Ahnung?«

»Nein, ich …«

»Ja?«

Flemming stand auf, steckte die Hände in die Taschen und ging auf und ab. »Ich hatte mir immer ein Kind gewünscht, aber Julia sagte, dass sie keine bekommen kann.«

Er ging zum Fenster, lehnte die Stirn gegen die Scheibe und starrte hinaus.

Rattke betrachtete seinen Hinterkopf, den langen Zopf, den zu breiten Nacken und seine nach vorn gebeugten Schultern. Dieser Mann schien wirklich zu trauern und am Boden zerstört zu sein, und deshalb kamen Rattkes nächste Worte ganz offensichtlich wie ein Donnerschlag für Flemming.

»Unser Arzt hat weiterhin festgestellt, dass Ihre Exfrau schon mal ein Kind geboren hat.«

Flemming fuhr herum. »Was?«

»Ihre Frau hat vor Jahren bereits ein Kind zur Welt gebracht«, wiederholte Rattke. »Die Obduktion hat dies zweifelsfrei ergeben. Wir wissen nicht, wann diese Geburt gewesen ist, und ob das Kind überhaupt noch lebt. Ich hatte gehofft, Sie könnten uns dabei helfen.«

Flemming stand nur da und schüttelte fassungslos den Kopf. »Warum hat sie mir das denn nicht gesagt?«, fragte er mehr zu sich selbst.

»Wie alt war Ihre Frau, als Sie sich kennenlernten?«

»Zweiundzwanzig«, antwortete Flemming sofort. Er stockte. »Sie glauben, dass Sie davor das Kind geboren hat? Aber das hätte ich doch merken müssen. Ich meine, so etwas kann man doch nicht geheim halten.«

»Es sei denn, das Kind ist gestorben, oder man gibt es zur Adoption frei.«

»Ja«, nickte Flemming langsam. »Das wäre möglich. Kann man – ich meine, ist herauszufinden, ob es noch lebt und wo es ist, bei welchen Eltern, meine ich?«

»Ich denke schon. Aber wollen Sie das wirklich?«

Flemming presste die Lippen zusammen. Er sah in diesen Minuten aus wie ein alter Mann. »Vergessen Sie es.«

»Glauben Sie, dass ihre Mutter mehr weiß?«

Flemming lachte auf. »Das wäre das Neueste. Die hat doch rein gar nichts von ihrer Tochter gewusst. Nur herumspioniert hat die. Abends, wenn wir es im Bett getrieben haben, hat sie immer ein Ohr an die Tür gelegt, und morgens hat sie uns vorwurfsvoll angesehen, als hätten wir eine Todsünde begangen.« Er lachte noch lauter. »Manchmal haben wir es auf die Spitze getrieben, einfach nur so gestöhnt und das Bett bewegt, dass der Rahmen quietschte. Die muss vor der Tür verrückt geworden sein.« Er fuhr sich mit der Hand durchs Haar. »Julia hätte ihr nie erzählt, dass sie ein Kind hat.«

Er setzte sich wieder.

»Wollen Sie was trinken?«

Rattke schüttelte den Kopf.

Als der Hauptkommissar das Haus in Dortmund-Aplerbeck verließ, war es spät am Abend. Marius Flemming hatte über eine Stunde geredet. Rattkes zweiter Eindruck hatte sich dabei vollständig bestätigt. Flemming war weder dumm noch gefühllos. Sein phlegmatisches Aussehen glich einer Fassade, hinter der sich ein sensibler Charakter verbarg.

Nach einer Lehre als Werkzeugmacher hatte Marius Flemming als Hauswart in einem Krankenhaus gearbeitet, weil die Firma ihn nicht übernommen hatte. Doch dem Anblick der Leiden und den Krankheiten der Menschen, die ihm täglich zwangsläufig zu Gesicht kamen, war er nicht gewachsen. Schließlich heuerte er als Malocher im Großmarkt an. Das war zwar keine gesellschaftlich angesehene Stellung, aber sie wurde gut bezahlt. Marius Flemming war zufrieden.

Die Trennung von Julia hatte er bis heute nicht überwunden. Rattke glaubte ihm in dieser Hinsicht jedes Wort.

Marius Flemming hatte Julia geliebt und wäre gern der Vater ihres ungeborenen Kindes gewesen, aber er hatte beteuert, zuletzt vor etwa fünf Monaten mit ihr geschlafen zu haben. Und das auch nur, weil sie sich auf der Geburtstagsfeier eines Bekannten zufällig wieder getroffen und zu tief ins Glas geblickt hatten. Es war einer dieser One-Night-Stands gewesen. Auf dieser Feier war auch der Ansatz der Tätowierung entstanden, die der Gerichtsmediziner Doktor Mürselen an der Toten entdeckt hatte. Marius Flemming hatte seinen rechten Unterarm entblößt und Rattke eine eintätowierte Schlange gezeigt. Für genau dasselbe Motiv hatte Julia sich entschieden, dann aber kalte Füße bekommen und die Tätowierung abgebrochen.

Sie hatten sich auf einer Kegeltour in Willingen im Sauerland, nicht mehr als eine Stunde von Dortmund entfernt, kennengelernt. Sie waren sich noch niemals zuvor begegnet, obwohl sie in derselben Stadt, sogar im selben Stadtteil wohnten. Zuerst war es ein Abenteuer gewesen. Sie hatten Spaß gehabt, viel gelacht und getrunken, und – Rattke konnte es kaum glauben – es war nichts passiert. Obwohl Marius Flemming damals schon den Verdacht hegte, dass sie sich nicht nur für einen Mann interessierte. Sie benahm sich sehr freizügig, umarmte viele und küsste manche auch ungeniert auf den Mund. Aber Marius Flemming schob das auf die allgemeine gute Stimmung zurück, es störte ihn nicht. Am Ende tauschten sie ihre Adressen. Irgendwann nach Wochen hat Marius Flemming dann bei Julia Seliger angerufen und sie ins Kino eingeladen. So hat es angefangen, und so bitter, mit einem Mord, musste es enden.

12

Am nächsten Morgen wurde Rattke im Präsidium bereits erwartet. Die Blicke, die ihm der Kriminalrat im Konferenzzimmer entgegenwarf, waren nicht gerade freundlich.

»Es gehört sich nicht, Herr Rattke, jemanden in einer wichtigen Angelegenheit zu versetzen«, kritisierte Hartung. »Wir haben unsere Zeit nicht gestohlen. Ich weiß, dass Sie bei Mürselen waren, aber auch das hätte warten können.«

»Wird nicht wieder vorkommen«, entgegnete Rattke.

Er setzte sich auf seinen Platz. Dabei ließ er den Kriminalrat nicht aus den Augen. Hartung war in den letzten Monaten sehr gealtert, seit er wusste, dass man ihn nach Berlin abordnen würde. Es sollte zwar eine Beförderung darstellen, aber Hartung war darüber gar nicht glücklich. Über zwanzig Jahre hatte er hier in diesem Gebäude verbracht, und nun wurde er komplimentiert, zum BKA nach Berlin. Wem er diese Beförderung zu verdanken hatte, wusste niemand, aber kaum einer im Präsidium würde ihm eine Träne nachweinen.

Anna Langner kaute auf dem Ende eines Bleistiftes herum. Auf den ersten Blick schien sie gelangweilt zu sein, aber Rattke wusste, dass sie die weitere Vorgehensweise sehr genau verfolgte.

»Wo ist Paul?«

»Im Krankenhaus«, antwortete Vollmar.

»Ich hab´s geahnt. Wann kommt er unters Messer?«

»Wissen wir noch nicht.«

Rattke fuhr sich mit der rechten Hand über die Stirn und presste seine Schläfen, weil es darin seit dem Aufstehen unaufhaltsam pochte. Immer und immer wieder war er in der Nacht in Gedanken den Zusammenhang durchgegangen. Rattke wandte sich an Vollmar. Das tat er gern, wenn die Staatsanwältin mit dabei war. So wollte er Vollmar in ihren Augen in ein besseres Licht setzen. Außerdem wollte er die Chronologie der Ereignisse einhalten und nicht mit seinen Erkenntnissen vorgreifen. »Bitte, fass die Situation doch mal zusammen, Peter. Du hast ja alles vor dir liegen.«

»Danke.« Vollmar schlug den Hefter auf. »Was wir mit ziemlicher Sicherheit wissen, ist Folgendes: Julia Flemming wurde gestern in den Morgenstunden, die Zeit schwankt zwischen vier Uhr früh bis sechs Uhr, erdrosselt. Der Täter ging besonders brutal vor, denn nach Auskunft des Gerichtsmediziners war ihr Mund während der Tötung verklebt. Man muss sich das so vorstellen: Die Kehle wird zugedrückt, man reißt automatisch den Mund auf, um nach Luft zu schnappen. Julia Flemming konnte das jedoch nicht mehr. Ihr Todeskampf hat etwa zehn Minuten gedauert. Bei dem Strick handelte es sich um eine handelsübliche Sisalkordel, die in jedem Geschäft zu erwerben ist.« Er hob den Kopf. »Ich frage mich, warum der Mörder so grausam gewesen ist und bin zu folgender Erklärung gekommen: Er wollte das Schauspiel genießen.«

»Schauspiel?«, fragte Hartung entrüstet.

»Anders kann man es nicht nennen. Jedenfalls nicht aus seiner Sicht.«

Danach blieb es eine Weile lang still im Raum. Jeder versuchte, sich vorzustellen, was Julia Flemming kurz vor ihrem Tod gefühlt haben musste.

»Fahren Sie fort, Herr Vollmar«, sagte Anna Langner schließlich.

Sie war sehr freundlich zu ihm, überhaupt war das Verhältnis zwischen den beiden seit Wochen merklich besser. Rattke hatte Peter einmal gefragt, wie das gekommen sei, und er hatte nur geantwortet, dass er noch fast zwanzig Jahre Dienst vor sich habe und Anna Langer wohl immer seine Vorgesetzte bleiben würde. Warum sich also das Leben schwermachen?

»Für die Tat gibt es keine brauchbaren Zeugen. Der Aushilfsportier des Hotels Weißenhof, Herr Holm, kann sich nur noch daran erinnern, dass Julia Flemming sich eingetragen hat. Er hat zwar eine männliche Person am Fuß der Treppe stehen sehen, aber die Beschreibung, die er daraufhin machen konnte, passt so ungefähr auf zwei Drittel der männlichen Bevölkerung Deutschlands. Die Aussage von Gerlinde Lamers ist leider auch nicht viel besser.«

Rattke sah Vollmar überrascht an. Dieser bemerkte den Blick und kniff wütend die Lippen zusammen.

»Das war es, was ich dir gestern Abend noch sagen wollte«, knurrte er. »Du willst doch immer von den Ermittlungen sofort unterrichtet werden. Deshalb habe ich alle herbeigerufen, aber du konntest ja nicht kommen.«

»Wer ist Gerlinde Lamers?«

»Die Putzfrau, die morgens häufig früher anfängt als alle anderen. Also, Gerlinde Lamers hat einen Mann auf dem Flur gesehen. Sie vermutet, dass er aus dem besagten Zimmer kam.«

»Und sie konnte eine Beschreibung geben?«

»Sie hat den Mann nur von hinten gesehen. Alles was wir haben, ist seine ungefähre Körpergröße und Haarfarbe. Sie wusste aber nicht, was er angehabt hatte. Auf dem Flur war es halt nicht hell genug. Ich habe trotzdem eine Zeichnung anfertigen lassen. Hier!« Er schob Rattke über den Tisch ein Plakat zu. »Das ist alles!«

Rattke sah eine Weile darauf und schüttelte dann den Kopf.

»Was willst du damit anfangen, Peter? Wenn du das auf dem Westenhellweg aushängst, erhältst du innerhalb einer halben Stunde zwanzig Anrufe von Passanten, die ihn gesehen haben wollen.«

Vollmar seufzte. »Ich dachte, besser als nichts.«

Rattke schob das Phantombild zur Mitte zurück.

»Die anderen Frauen der Reinigungsfirma haben mir nicht weiterhelfen können. Die wussten noch nicht mal, was im Hotel Weißenhof passiert war. Ihre Arbeit war längst beendet, als die Leiche gefunden wurde.«

Rattke verzog entnervt den Mund.

»Was ist mit dem Exmann der Toten?«, wollte der Kriminalrat wissen.

Rattke berichtete über seine Gespräche mit Marius Flemming und schloss mit den Worten, dass er ein Alibi für die Tatzeit habe, weil er seit drei Uhr morgens auf dem Großmarkt gewesen sei.

»DNA-Werte?«, fragte Hartung weiter.

»Schlecht«, antwortete Rattke. »Der Täter hat alle möglichen Spuren mit einem harten Schwamm oder etwas Ähnlichem abgewischt. Hast du von Paul die Gästeliste des Hotels Weißenhof bekommen?«

Die Frage galt Vollmar. Dieser zog überrascht die Augenbrauen hoch.

»Nein, ich dachte, er habe sie dir gegeben.«

Rattke zerquetschte einen Fluch zwischen den Lippen. »Dann hat er die Liste offenbar eingesteckt. Er muss ganz schön mit den Nerven fertig sein, wenn er so was Wichtiges vergisst.«

Obwohl er Wahrholz wegen seiner Krankheit bedauerte und Verständnis für seinen Fehler hatte, war Rattke ärgerlich. Jetzt musste er warten, bis Paul Wahrholz ihm die Namen aus dem Gästebuch telefonisch durchgab oder durchfaxte.

»In welchem Krankenhaus liegt er denn?«, fragte er Vollmar.

»Im Bethanien-Krankenhaus in seiner Heimatstadt Iserlohn.

Die Durchwahl liegt auf seinem Platz.«

»Gut«, nickte Rattke. Er blickte Hartung und Anna Langner an und begann bedächtig und sorgfältig von seinen Gesprächen mit Doktor Mürselen und Marius Flemming zu erzählen. Als er endete, waren alle sehr betroffen.

»Sie erwartete also ein Kind«, murmelte Anna Langner. Obwohl sie weder verheiratet war noch Kinder hatte, musste für sie als Frau der Verlust eines Babys besonders schmerzvoll sein.

»Glauben Sie, dass der Täter auch der Vater des Ungeborenen ist?«, wollte Hartung wissen.

»Das kann man nicht sagen.«

»Es ist möglich, dass er keine Kinder haben wollte, weil er verheiratet ist«, sagte Vollmar.

»Oder sich vor der Verantwortung drücken wollte«, meinte Hartung.

»Ich denke, wir sind da auf dem falschen Weg«, widersprach Rattke. »Dann hätte er Julia Flemming nicht auf solch brutale Art und Weise umgebracht. Allerdings werden wir diese Spur aufmerksam verfolgen.«

»Was gedenken Sie in der Sache mit dem ersten Kind zu tun?«, fragte die Staatsanwältin.

»Vorläufig nichts. Übrigens, erhalten wir Verstärkung? Wir sind nur zu zweit.«

Der Kriminalrat verzog das Gesicht. »Ich werde tun, was ich kann.«

Rattke hatte keine andere Antwort erwartet. Seine Frage war auch nur rein rhetorisch gewesen.

Kurz darauf erhoben sich der Kriminalrat und die Staatsanwältin und verließen den Konferenzraum. Rattke und Vollmar blieben allein zurück.

Rattke schlug mit der flachen Hand auf die Platte des runden Tisches. »Das kann ja heiter werden«, stieß er ironisch aus. »Hast du mal daran gedacht, wieviel Stunden unsere nächsten Tage haben werden, Peter? Vierundzwanzig werden wohl nicht reichen.«

»Ich hole mir am besten einen Schlafsack«, grinste Vollmar, »und quartiere mich hier im Präsidium ein.«

»Etwas anderes wird uns wohl auch nicht übrigbleiben.«

13

Nur gut, dass die Besprechung nicht zu lange gedauert hat, dachte Anna Langner, während sie mit dem Fahrstuhl zum Erdgeschoss fuhr.

Sie hatte sich heute nicht konzentrieren können. Zu viel ging ihr durch den Kopf. Sie wusste nicht, woran das lag, aber seit einiger Zeit fragte sie sich, ob der berufliche Ehrgeiz für eine Frau alles im Leben sein sollte. Seit fast zehn Jahren kannte sie nichts anderes als Arbeit.

Bei der Besprechung im Präsidium waren diese Gedanken wieder wie ein Pfeil genau in dem Augenblick durch den Kopf geschossen, als GE Rattke von der Schwangerschaft der Toten und von ihrem ersten Kind gesprochen hatte.

Wie schön wäre es, dachte Anna, mit einem Mann, zwei oder drei Kindern am Tisch zu sitzen, darauf zu warten, bis die Kinder zur Schule fuhren und der Mann zur Arbeit ging, um sich dann den üblichen Hausarbeiten zu widmen.

Sie hatte daraufhin oft zu Rattke hingeschielt. Ihm musste es doch nicht anders gehen, auch er war allein. Ob sie …?

Den Gedanken hatte sie schnell wieder verworfen. Kommissar GE Rattke war eine stattliche Erscheinung, charmant und stets höflich, aber als Ehemann konnte sie ihn sich nicht vorstellen.

Anna schmunzelte über ihre Backfischfantasien, und sie stellte sich vor, wie Rattke reagieren würde, wenn er davon wüsste.

Sie ging die Brückenstraße entlang nach Hause. Ihre Wohnung lag nur knapp zwei Kilometer vom Präsidium entfernt. Wenn sie zu Fuß ging, hatte sie den Kopf frei und konnte über so vieles nachdenken.

Auf ihrem Weg lagen zwei Cafés, in denen sie schon mal eine Tasse Tee trank, eine Sparkasse und ein Supermarkt. Sie kaufte nur das Nötigste ein. Wenn sie ohne Auto unterwegs war, bemühte sie sich, nicht zu viel tragen zu müssen. Einmal hatte sie aus Versehen einen fünf Kilo schweren Kartoffelsack in ihren Einkaufskorb gelegt. Als sie danach ihre Wohnung erreichte, glaubte sie, statt der fünf Kilo fünfzig Kilo geschleppt zu haben.

Dem Supermarkt war ein Blumenladen angeschlossen, und Anna ging spontan darauf zu. Ein paar frische Blumen in der

Wohnung wirkten immer wie ein neu gewonnener Morgen.

Mit einem frischen Strauß Narzissen verließ sie wenig später wieder das Geschäft. Sie nickte ein paar Leuten zu, die sie kannte. Die meisten waren Nachbarn, mit denen sie einen freundlichen, aber distanzierten Umgang pflegte.

Plötzlich hörte sie eine Stimme hinter sich.

»Anna? Bist du es wirklich?«

Sie drehte sich um. Die Frau in ihrem Alter hätte Anna Langner noch in vierzig Jahren erkannt, denn sie hatte sich so gut wie gar nicht verändert.

»Das ist aber ein Zufall, dass wir uns hier treffen«, sagte Susan Kempke übertrieben herzlich, aber auch so laut, dass sich die meisten Personen auf dem Gehweg für einen kurzen Moment nach ihnen umdrehten. Ehe Anna sich versah, hatte Susan ihr schon ihre Hand mit den rot lackierten Fingernägeln auf den Arm gelegt. Dabei rasselten ihre zahlreichen goldenen Armreifen wie ein Weihnachtsbaum.

»Wann haben wir uns denn zuletzt gesehen?«

Anna betrachtete die großen Klunker auf Susans Ring. Ob sie echt waren oder nur Imitationen war Anna nicht klar. Schon immer hatte Susan einen Hang für Oberflächliches.

»Ja, das ist lange her«, sagte Anna etwas lahm. »Fünf oder sechs Jahre bestimmt.«

Susan lachte. »Viel länger, meine Liebe. Du warst gerade erst im Referendarjahr und wie lange bist du jetzt schon Staatsanwältin? Du bist doch Staatsanwältin, nicht wahr?«

Anna nickte.

»Na also. Du hast deinen Traum verwirklicht, aber sieh mich an. Ich habe zwar Psychologie studiert, aber nur kurz praktiziert. Meine Güte, was hatte ich damals für Illusionen.«

Susan war der Typ Frau, der sich am ehesten mit einem Rennauto vergleichen ließ: Immer auf vollen Touren. Sie trug ein dunkelgrünes Kleid, dazu passende Sommerschuhe und eine Handtasche, auf der das Markenlogo »Gucci« übergroß zu sehen war. Susans Haare waren eine Idee zu dunkel für eine natürliche Haarfarbe.

»Wie geht's dir denn?«, fragte Anna, ohne auf Susans Worte einzugehen.

»Mir? Hervorragend. Wie schon gesagt, arbeite ich im Augenblick nicht mehr. Ich brauche das nicht. Ich habe einen ganz wunderbaren Mann kennengelernt. Er liest mir jeden Wunsch von den Lippen ab, und er ist so lieb und so gescheit. Wo steckt er denn nur?«

Sie drehte sich um und sah sich suchend um. »Ah, da ist er ja.«

Sie hob beide Hände und winkte in irgendeine Richtung. Und ganz allmählich schälte sich dort ein Mann aus der Menge hervor. Wie ein schüchterner Pennäler kam er näher.

»Das ist Adrian Stollberg«, strahlte Susan und hakte sich bei ihm unter. »Adrian ist Geschäftsmann, Anna. Wieviel Firmen hast du, Schatz? Zehn oder zwanzig?«

Stollberg wirkte richtig verlegen, was Anna ein leichtes Lächeln hervorzuzaubern. Er war eher klein, reichte Anna gerade bis zum Kinn und hatte eine stämmige Figur, die um den Bauch herum bereits dick wurde. Sein breites Gesicht wirkte nicht unfreundlich, wenn auch die hellen Augen darin viel zu klein waren und unter den wulstigen Backen fast verschwanden. Nein, diese Verbindung war Susan bestimmt nicht aus Liebe eingegangen, hier steckten Geltungssucht, Vermögen und die Gier nach Reichtum dahinter.

Stollberg gab Anna Langner seine Hand. Sie zog die ihre schnell zurück, denn dieser feuchte Händedruck passte zu dem Mann, und er war ihr unangenehm. Überhaupt hatte sie den Eindruck, Stollberg schon mal begegnet zu sein. Aber wo? Das konnte sie im Moment nicht lokalisieren.

»Tja, ich muss gehen«, sagte sie rasch. »Ich habe noch einiges aufzuarbeiten.«

»Jaja, die Arbeit«, lachte Susan. »Du warst schon immer ein Arbeitstier. Hoffentlich bereust du es nicht, die besten Jahre deines Lebens versäumt zu haben. Da machen wir es doch anders, nicht wahr, Schatz?«

Und wie ein gehorsamer Hund nickte Stollberg, ohne allerdings Anna aus den Augen zu lassen.

Sie lächelte kurz zurück, drehte sich um und ging davon. Auf dem Weg zu ihrer Wohnung dachte sie noch einmal über Susan nach. Was Susan wohl für ihre Garderobe ausgab? An sich war es Anna gleichgültig, was andere mit ihrem Geld machten. Dieses banale Thema hatte Anna im Gegensatz zu Susan nie sonderlich interessiert. Anna legte schon Wert auf einen ordentlichen Dress, aber sie kaufte fast alles von der Stange und wenn möglich im Sonderangebot. Außergewöhnlich teure Ausgaben scheute sie wie der Teufel das Weihwasser.

Eigentlich war Susan während der Schulzeit immer nett und großzügig gewesen. Einige Zeitlang hatten sie nebeneinandergesessen und waren sogar mal in denselben Jungen verliebt gewesen. Aber das war lange her.

Auch Adrian Stollberg ging ihr nicht aus dem Kopf. Woher kannte sie ihn nur?

Anna erreichte ihre Wohnung, öffnete den Briefkasten und nahm die Post heraus. Sie klemmte sie sich unter den Arm und trat ein. Die Lebensmittel legte sie auf den Tisch, denn sie wollte zuerst die Blumen in eine Vase stellen. Schon von dem kurzen Weg ließen sie die Köpfe hängen. Frisch waren sie also auch nicht mehr gewesen. Dann sah sie sich die Post genauer an.

Das meiste war wie immer Werbung. Ein Brief war von der Stadtverwaltung. Die neue Stromabrechnung. Ach ja, man hatte ja alle Mieter vor kurzem informiert, dass eine Erhöhung ins Haus stand. Sie riss den Umschlag auf. Die Zahlung hielt sich in Grenzen, damit konnte sie leben.

Die Werbungen öffnete sie erst gar nicht. So etwas warf sie gleich in den Papierkorb im Arbeitszimmer. Sie ging hinüber, als ein weiterer Umschlag zwischen den Werbeunterlagen herausfiel.

Anna bückte sich und hob ihn hoch. Er war ohne Absender und ohne Briefmarke. Das bedeutete, dass ihn jemand persönlich in den Kasten geworfen haben musste.

Normalerweise öffnete Anna anonyme Briefe nicht, es gab viel zu viele davon, aber diesmal änderte sie ihre Meinung.

Es lag kein Brief im Couvert, sondern eine ganz plumpe Bleistiftskizze, die erst nach genauem Hinsehen als einen Mann auszumachen war, der sich über eine Frau beugte und seine Hände wie einen Schraubstock um deren Hals gedrückt hatte. Dahinter klebte noch ein Foto aus einem Glanzmagazin, und es war eindeutig aus einer Pornozeitschrift. Obwohl Anna Langner noch nie prüde gewesen war und mit einigen Männern heftige Affären gehabt hatte, trieb ihr dieses Bild doch das Blut ins Gesicht.

Wütend schob sie die Unterlippe vor. Briefe bekam sie seit

sie im Amt war häufig. Immer wieder ließen es sich Straftäter nicht nehmen, sie nach einem Verfahren anzuschreiben, und sie manchmal auch mit perversen Sprüchen zu beleidigen, aber diese Skizze hier war an Obszönität nicht zu überbieten.

Anna verwünschte ihren Entschluss, den Brief geöffnet zu haben. Wie die Werbeschreiben landete auch er im Müllcontainer.

14

»Woher kennst du die Frau?«, fragte Adrian Stollberg, als sie wieder im Wagen saßen und langsam nach Hause fuhren.

»Anna? Das war mal meine Schulfreundin«, sagte Susan.

Er warf ihr einen kurzen Blick zu. »Dein Ton sagt mir aber, dass sie mehr deine Schulkameradin als Freundin war. Du magst sie nicht?«

Susan zuckte die Schultern und blickte zur Seite hinaus. »So kann man das nicht sagen. Wir waren mal in einer Klasse. Anna war immer eine gute Schülerin. Wir nannten sie damals die Streberin, weil sie nur Einsen und Zweien nach Hause brachte. >Willst du nicht mal eine gute Note wie Anna nach Hause bringen?<«, äffte sie ihre Mutter nach. »>Nimm dir mal ein Beispiel an der Anna. Aus der wird mal was.<« Susan seufzte tief. »Es war nicht schön, immer mit ihr verglichen zu werden. In den ersten Jahren haben wir sie gehänselt, dann waren wir eifersüchtig auf sie und schließlich haben wir sie beneidet. Heute ist sie eine große Staatsanwältin.«

Ja, ich weiß, hätte Stollberg fast gesagt, konnte sich aber im letzten Moment noch auf die Lippen beißen.

Den weiteren Weg über schwiegen sie. Bald darauf waren sie am Ziel. In der Garageneinfahrt hielt Stollberg an und ließ Susan aussteigen. Dann öffnete er das automatische Garagentor und fuhr hinein. Durch die Verbindungstür gelangte er ins Haus, das mehr einer Villa glich. Es war pompös und mit drei Bädern, vier Schlafzimmern und einem Wohnzimmer eingerichtet, in das allein eine Eigentumswohnung von mittlerer Größe gepasst hätte. Dazu gab es ein Kaminzimmer und sogar einen Konzertraum, in dem des Öfteren Kammermusik gespielt wurde.

Im oberen Stock lag Stollbergs Arbeitszimmer. Hier war sein Lieblingsplatz, und hierhin zog er sich auch jetzt zurück. Er hatte immer zu tun, Langeweile gab es für einen Geschäftsmann wie ihn sowieso nie.

Während er in den Akten blätterte, spürte er, wie die Anspannung in seiner Brust zunahm. Sein Herz pochte stärker, und der Magen zog sich zusammen. Mit einer Hand massierte er seine Brust. Er hatte Angst vor einem Herzanfall. Einmal war er bereits mit Beschwerden in ein Krankenhaus eingeliefert worden, aber Gott sei Dank hatte es sich nur um einen Schwächeanfall gehandelt.

Er wusste, dass er kürzertreten musste. Wenn doch wenigstens Jochen etwas für meine Arbeit übrighätte, dachte er. Aber sein Sohn hatte keine Ambitionen, in seinen Gemüsehandel, wie Jochen ihn abfällig nannte, einzusteigen. Stattdessen träumte er von einer Karriere als Maler. In seiner Dachgeschosswohnung stapelten sich die Staffeleien und an den Wänden hingen unzählige Aquarelle und Ölzeichnungen, für die sich allerdings bisher noch kein Käufer interessiert hatte. Nicht mal eine Ausstellung hatte Jochen arrangieren können. Und Adrian Stollberg war nicht gewillt, für das Hobby seines Sohnes auch nur einen Finger zu krümmen.

Jochen war neunundzwanzig Jahre alt, hatte ein mittelmäßiges Abitur gemacht und dann Betriebswirtschaft studiert. Dass er nebenbei auch noch Abendkurse an der Volkshochschule für Malerei absolvierte, hatte Stollberg nur zufällig herausbekommen, als er von einem Geschäftsessen nach Hause gefahren war und seinen Sohn vor der Volkshochschule mit anderen Kollegen stehen sah. Zuerst hatte Jochen sich gewunden und versucht, sich herauszureden, aber dann hatte er eingesehen, dass es keinen Zweck hatte, zu leugnen. Er erzählte seinem Vater ganz forsch, was er machte und in Zukunft vorhatte. Jochen war von zu Hause ausgezogen und lebte seitdem in einer schäbigen Wohnung im Norden Dortmunds.

Adrian Stollberg stützte seinen Kopf in beide Hände. Er musste Jochen bei Gelegenheit fragen, was er am Großmarkt gewollt hatte. Vielleicht gab es ja noch die Hoffnung, dass er seine beruflichen Pläne änderte und Gemüsehändler werden wollte. Adrian lachte auf. Auf Jochen war kein Verlass, und auf seine Tochter Clarissa wohl auch nicht. Sie war achtzehn und würde bald ihr Medizinstudium aufnehmen. Bei ihr war er großzüger gewesen. Er hatte mit keinem Wort protestiert, als sie ihren Wunsch, Ärztin zu werden, äußerte. Sicher würde sie später mal ihre Patienten auf biologische Kost hinweisen und ihnen empfehlen, viel Gemüse und Obst zu essen, aber damit allein war sein Unternehmen immer noch nicht gesichert.

Stollberg hob den Kopf, als unten eine Tür klappte. Wenig später hörte er weibliches Geplapper. Clarissa war gekommen. Er lächelte unwillkürlich. Clarissa war sein Sonnenstern.

Kaum jemand hatte mit der Partnerwahl so viel Glück gehabt wie er. Simone war seine große Liebe gewesen, aber er hatte jahrelang gebraucht, bis er um sie warb. Denn sie war schön, er eher hässlich. Dennoch hatte sie ihn genommen. Er war damals noch nicht reich, aber er konnte ihr ein solides Leben bieten. Er glaubte, dass er sie das überzeugt habe, doch Simone beteuerte stets, dass sie ihn liebe, dass es doch nicht aufs Aussehen ankomme. Mit ihr zusammen hatte er sein Gemüseimperium aufgebaut, und als sie ihm zwei Kinder schenkte, schien ihr Glück vollkommen. Bis Simone bei einem Verkehrsunfall ums Leben kam.

Das war zu der Zeit, als er mit dem Gesetz in Konflikt geriet und in der er dieser Staatsanwältin zum ersten Mal begegnet war. Nur mit viel Glück war er mit einem blauen Auge davongekommen, aber sein Lebenswerk wäre beinahe zerstört worden. Die Anzeige hatte ihn so sehr geschockt, dass er weitere Fehler begangen hatte. Er war blind gewesen, und angesichts des Vorwurfes, der gegen ihn erhoben wurde, hatte sein Verstand ausgesetzt. Das alles nur, weil Simone nicht mehr bei ihm war. Er hatte einfach nicht mehr klar denken können. Schließlich war er psychisch so sehr am Ende, dass er Hilfe in Anspruch nehmen musste. So lernte er die Psychologin Susan Kempke kennen. Mit ihrer frischen und unbekümmerten Art holte sie ihn ins Leben zurück. Sie würden nie heiraten, das stand für beide von vornherein fest, aber sie würden zusammenbleiben, zumal Susan sich mit seinen beiden Kindern blendend verstand. Adrian hoffte nur, dass das alles so bleiben würde. In dieser Hinsicht war er mehr als skeptisch.

Er dachte an Anna Langner. Dass er ihr wieder begegnet war,

passte ihm überhaupt nicht. Das konnte nur zu neuen Komplikationen führen. Er schüttelte den Gedanken jedoch ab. Es war vorbei, und er war nicht gewillt, sein jetziges Leben und seinen Wohlstand aufs Spiel zu setzen.

»Hallo, Paps.«

Er hob fast erschrocken den Kopf. Er hatte gar nicht gehört, dass Clarissa die Treppe hinaufgekommen war.

Wie ein Engel stand sie in der Tür, Sie war ein hübsches Mädchen, mit langem blonden Haar und einem ebenmäßigen Gesicht, aus dem zwei blaue Augen ihn strahlend ansahen. Clarissa war etwa eins siebzig groß, schlank, aber mit einer sehr weiblichen Figur und einem kleinen, aber festen Busen, wie er einmal unbewusst bei einem Blick durch die offene Tür ins Bad feststellen konnte. Stollberg war jetzt schon eifersüchtig auf den Mann, der seine Tochter einmal in die Finger kriegen würde. Sie kam wohl weniger auf ihn als vielmehr auf ihre Mutter. Simone war viel zu früh gestorben, aber weil Clarissa ihr so ähnlich sah, dachte er oft an sie.

Ehe er sich versah, war sie schon bei ihm und hatte ihm einen Kuss auf der Wange gedrückt.

»Musst du wieder nur arbeiten?«

»Ja, mein Kind, was soll ich sonst tun. Wie geht es dir?«

Und statt zu sagen »Gut«, schwoll eine ganze Litanei ihrer letzten Wochen auf ihn ein. Er verstand nur so viel, dass sie mit ihrer Clique im Casino gewesen war, aber nicht viel verloren habe, dann zum Rudern gefahren war und demnächst zum Segelfliegen nach Oberstdorf wollte. Auf jeden Fall ging es ihr gut. Das erfuhr er noch zuletzt.

»Du sieht müde aus«, sagte Clarissa plötzlich.

»Ja? Ach, das hat nichts zu sagen. Du weißt ja, dass ich jeden Morgen ab drei Uhr auf den Beinen bin.«

»Hast du was von Jochen gehört?«

»Nein, ich dachte du könntest mir etwas über ihn sagen.«

»Er hat sich seit Tagen nicht mehr bei mir gemeldet. Vor einer Woche noch hat er von einer Ausstellung geredet, aber ich glaube, das ist wieder nur ein Traum von ihm. Ich weiß ja, dass du nicht gern über Jochens Leidenschaft redest, Paps, aber er ist nun mal so. Warum lässt du ihm nicht seinen Spaß und unterstützt ihn?«

»Weil ich ihn brauche, mein Kind. Ich hatte gedacht …«

»Nicht schon wieder, Paps.« Sie rutschte vom Schreibtisch. »Ich muss los.« Sie lief zur Tür.

»Wann kommst du wieder?«

»Ich weiß nicht, ich habe viel zu tun.«

»Jaja. Pass auf dich auf.«

Er winkte ihr gequält lächelnd nach und widmete sich wieder seinen Unterlagen. Man wusste nie, wie der Arbeitstag wurde. Es war für ihn fast unmöglich, sich zu entspannen.

Er stöhnte auf, als sein Telefon klingelte. Nach einem kurzen Blick auf das Display hob er ab.

»Hallo Ingo«, sagte er. »Was gibt´s?«

»Wir müssen miteinander reden«, sagte Ingo Theissen am anderen Ende der Leitung.

»Worüber?«

»Du weißt genau, was mir auf den Nägeln brennt. Ich habe seit Tagen nichts von dir gehört. Ist dein Interesse an meiner Firma vorbei?«

»Nein, natürlich nicht. Ich hatte nur viel zu tun. Wann und wo wollen wir uns treffen?«

Theissen zögerte. »Wie wär´s bei Carlo? In einer Stunde?«

»Das passt mir ausgezeichnet.«

Als Adrian Stollberg auflegte, starrte er noch einige Zeitlang auf den Hörer. Vor einem Vierteljahr hatte er Ingo Theissen das Angebot unterbreitet, seine Firma zu kaufen. Er hatte sehr wenig geboten, eigentlich war der Betrag ein Witz, aber Stollberg wusste, dass Theissen das Wasser bis zum Hals stand. Natürlich hatte der entrüstet abgelehnt, aber Stollberg brauchte nur zu warten. Darin war er geübt, das musste ein Geschäftsmann, wenn er es zu etwas bringen wollte. So sehr Adrian Stollberg seine Familie liebte und verwöhnte, bei seinen Geschäftskonkurrenten war er gnadenlos.

Nun gut, dachte er. Jetzt habe ich ihn offenbar weichgeklopft.

Carlos Restaurant war in Dortmund ein Geheimtipp. Vor fünf Jahren hatte Carlo es übernommen. Das Restaurant war heruntergekommen und sollte von der Gesundheitsbehörde geschlossen werden. Aber dann gab man Carlo eine Chance, die er zweifelsohne genutzt hatte, denn auch heute Abend waren mindestens dreißig Gäste anwesend.

Adrian Stollberg wurde schon am Eingang von einem Kellner in Empfang genommen. Er war hier bekannt und wurde zu seinem Stammplatz geführt. Es war ein Tisch, an dem er mit dem Rücken zur Wand saß und das gesamte Restaurant überblicken konnte. Stollberg hatte es sich angewöhnt, immer den Raum, indem er sich gerade aufhielt, zu beobachten. Eine Marotte, die ihm bereits viel Ärger mit Susan eingebracht hatte, weil er nur selten einen geeigneten Platz fand.

Ingo Theissen kam etwa zwanzig Minuten später. Sie gaben sich die Hand und setzten sich.

Stollberg kniff die Augen zusammen. Er hatte das Gefühl, als habe sich Theissen seit dem letzten Treffen sehr verändert. Er wirkte irgendwie fahrig und nervös, stieß gleich beim Hinsetzen gegen den Tisch, so dass Stollberg nur im letzten Moment sein halbvolles Weinglas festhalten konnte. Die kräftige, untersetzte Gestalt Theissens wirkte noch gedrungener. Er hatte ein großes Gesicht und dünne helle Haare, die ungekämmt waren, als wäre er gerade erst aus dem Bett gestiegen. Seine Augen glänzten, aber nicht vor Freude.

»Bist du krank?«, fragte Stollberg.

Theissen schüttelte den Kopf.

»Also? Warum wolltest du mich sprechen? Hast du über mein Angebot nachgedacht?«

Theissen leckte sich über die spröden Lippen. Wieder fragte er sich, was aus ihrer Freundschaft geworden war. Der harte Geschäftskampf hatte sie fast total auseinandergebracht. »Ich habe noch keine Entscheidung getroffen«, antwortete er. »Der Preis … Weißt du, der scheint mir zu niedrig zu sein.«

Stollberg lehnte sich zurück, stützte die Ellenbogen auf die Armlehnen und legte die Fingerspitzen aneinander. »Es gehört sich für einen Kaufmann, dass er handelt und feilscht. Du machst deine Sache gut, Ingo. Aber ich biete dir mehr, als dein Laden wert ist. Übrigens bin ich heute einer alten Bekannten begegnet. Anna Langner. Sagt dir der Name noch was?«

Theissen wurde blass. »Gibt es die immer noch?«

»Und wie es die gibt. Sie ist besser denn je im Geschäft. Susan kennt sie. Die beiden waren Schulkollegen.«

Theissen schluckte. »Glaubst du, dass da noch was nachkommt?«

Stollberg hob die Achseln. »Wohl kaum. Ich sage es nicht gerne, aber du weißt, dass ich dich in der Hand habe. Das soll keine Drohung sein, wirklich nicht, noch nicht mal eine Einschüchterung. Das siehst du daran, dass ich dir Geld für deinen Marktstand biete und ihn mir nicht einfach nehme – unserer langen Freundschaft wegen. Aber meine Geduld ist auch nur begrenzt. Warum zögerst du? Ich biete dir eine einmalige Chance. Findest du das nicht großzügig?«

Nein, wollte Theissen sagen. Du nimmst mir meinen Lebensunterhalt, alles, wofür ich Jahre gearbeitet habe. Aber er brachte kein Wort heraus.

»Ich lege noch zehntausend drauf. Das ist mein letztes Angebot.«

»Gut«, nickte Theissen. »Einverstanden. Wann unterschreiben wir den Deal?«

»Sobald wie möglich. Ich rufe morgen meinen Notar an.«

15

Im Präsidium ging es hektisch weiter. Zwei verschwundene Kinder, die gerade in den Zug Richtung München steigen wollten, waren am Hauptbahnhof aufgegriffen worden. Sie hatten doch nur ihre Großeltern besuchen wollen und waren vollkommen überrascht, als die Beamten sie abfingen.

Ein alter Mann, der an Alzheimer litt, war aus dem Seniorenheim ausgerissen. Die Angestellten hatten ihn über eine halbe Stunde vergeblich gesucht, bis sie die Polizei benachrichtigten.

Auf der Veranstaltung in der Westfalenhalle hatte es einen Unfall gegeben. Drei Personen mussten ins Krankenhaus gebracht werden, und die Angehörigen gaben dem Veranstalter die Schuld. Sie mussten von erfahrenen und besonnenen Beamten zur Vernunft gebracht werden.

All das lief zwar nicht im Kommissariat neun bei GE Rattke ein, aber er bekam doch genug davon mit, um in seiner Arbeit gestört zu werden. Als endlich wieder so etwas wie Normalität eingetreten war, ging Rattke hinüber zu Marion Peters, um sie zu fragen, ob eine Nachricht von Paul Wahrholz eingetroffen sei.

»Nein, nichts. Auch keine email.«

Rattke fluchte. »Rufen Sie doch bitte das Krankenhaus an, in dem er liegt. Ich bin in meinem Büro.«

Wenig später war er mit dem Bethanien-Krankenhaus in Iserlohn verbunden. Eine freundliche Schwester teilte ihm mit, dass es unmöglich sei, Herrn Wahrholz zu sprechen. Man habe ihn dazwischenschieben können. Er sei bereits operiert worden und noch gar nicht aus der Narkose erwacht. Er befinde sich auf der Intensivstation. Vor heute Abend oder besser noch morgen früh sei er auf keinen Fall ansprechbar.

Rattke hatte schon eine scharfe Erwiderung auf den Lippen, ließ es dann aber und legte auf. Peter Vollmar hinter ihm grinste.

»Das heißt, wir müssen noch mal zum Hotel Weißenhof, wie?«

»Genau.«

Zehn Minuten später saß Rattke in seinem Wagen auf dem Weg zum Hotel. Wieder wurde er von Langenbach empfangen. Heute trug er einen ganz normalen Anzug mit einer dezenten Krawatte und sah richtig brav und gepflegt aus. Zu Rattkes Überraschung stellte sich heraus, dass Langenbach auch gleichzeitig der Besitzer des Hotels war.

»Warum haben Sie mir das nicht gleich gesagt?«, fragte Rattke.

»Nun ja.« Langenbach war sichtlich verlegen. »Erstens habe ich nicht daran gedacht und zweitens war mir das in meiner damaligen Aufmachung auch nicht gerade angenehm. Manchmal trage ich halt solche Sachen. Was kann ich für Sie tun?«

Rattke verlangte das Gästebuch.

»Das hat doch Ihr Kollege schon eingesehen.«

»Ja, das stimmt, aber ich möchte es selbst inspizieren. Haben Sie etwas dagegen, wenn ich es ins Präsidium mitnehme? Sie bekommen es spätestens morgen zurück.«

Langenbach schüttelte schweigend den Kopf.

Rattke betrachtete sein Ermittlungsteam. Zwei Beamte hatte der Kriminalrat zu ihm abgestellt. Beate Albrecht war Ende zwanzig und noch in der Ausbildung. Ihr Ausbildungstutor war erkrankt, und da sie sich keinem zugehörig fühlte, hatte der Kriminalrat sie kurzerhand Rattke zugewiesen. Sie war klein und schmächtig mit kurzen, braunen Haaren, aber wie Peter Vollmar wusste, eine ausgezeichnete Sportlerin. Ihre Paradedisziplin waren die achthundert Meter. Tobias Branchini war Mitte vierzig, hager und mit lichtem Haar, das an den Schläfen bereits ergraut war. Branchini war bisher nur im Innendienst tätig gewesen, hauptsächlich in der Registratur. Er hatte einen italienischen Vater und eine deutsche Mutter. Rattke fragte sich, was er mit den beiden anfangen sollte.

»Man kann nicht gerade behaupten, dass es vorwärtsgeht«, sagte er. Sie wussten nicht, wen oder was er meinte, nur Peter Vollmar durchschaute ihn.

»Andererseits geht es aber auch nicht rückwärts«, antwortete er sarkastisch. Vollmar hatte Albrecht und Branchini in groben Zügen in ihre Arbeit eingewiesen.

Rattke zog das abgegriffene Gästebuch hervor, blätterte darin herum und machte ein besorgtes Gesicht.

»Verdammt viele Leute«, murmelte er.

»Was haben Sie da?«, fragte Albrecht.

Rattke erklärte es ihr.

»Dabei würde ich gerne helfen«, sagte sie und strahlte ihn an.

Rattke hatte nichts dagegen.

Während Peter Vollmar mit Tobias Branchini zum Großmarkt fuhr, um sich über Marius Flemming zu erkundigen, nahmen sich Rattke und Albrecht das Gästebuch vor.

Rattke wunderte sich, dass Langenbach damit beim Finanzamt zurechtgekommen war. Unvollständige Angaben auf jeder Seite. Fast überall fehlten die Adressen.

Nur die ausländischen Gäste, in der Regel Japaner, Engländer und Franzosen, hatten sich sorgfältig eingetragen.

Nach einer halben Stunde standen auf seinem Zettel die Namen und Telefonnummern von vierzehn Personen, die in den letzten acht Wochen im Hotel Weißenhof übernachtet hatten. Alle anderen Gäste waren Ausländer, und die ließ Rattke außen vor.

Er sah Albrecht an. »Wir teilen die Aufgaben auf. Es gibt fünf Personen, die in Dortmund und Umgebung wohnen. Die lassen wir herkommen, die anderen werden angerufen. Sie übernehmen diesen Part. Einverstanden?«

»Natürlich.«

Beate Albrecht ging ins Nebenzimmer, um ungestört telefonieren zu können.

Rattke bat Marion Peters, diejenigen, die in Dortmund und in der Nähe wohnten, anzurufen und herzubitten. Sollte jemand aus gesundheitlichen und beruflichen Gründen verhindert sein, so würde Rattke ihn aufsuchen, falls das möglich war. Sollte sich jemand weigern, würde er vorgeladen werden. Diese Drohung half immer.

Zwanzig Minuten später tauchte der Erste auf. Es war ein achtundfünfzigjähriger Bankangestellter, der am ganzen Körper zitterte. Er habe noch nie mit der Polizei zu tun gehabt, betonte er, und in dem Hotel habe er nur übernachtet, weil er es bei seiner Frau nicht mehr ausgehalten hatte und Hals über Kopf am Abend ausgezogen sei. Er schob seine Brille auf die Stirn und musterte das Foto, das Rattke ihm zeigte. Nein, sagte er, diese Frau habe er noch nie gesehen.

Die nächsten waren ein Ehepaar, das sich einen Jux daraus gemacht hatte, mal wieder in einem Hotel zu übernachten. Da sie wenig Geld hatten, musste es ein preiswertes sein, und so waren sie auf das Hotel Weißenhof gestoßen. Auch sie kannten Julia Flemming nicht.

Der dritte war ein ehemaliger Richter, der höchst ungehalten war. Er war mit dem Flieger verspätet eingetroffen. Sein gesamtes Gepäck war nicht im Flugzeug gewesen, und da er, schlau wie er war, seinen Wohnungsschlüssel mit in den Koffer gepackt hatte, musste er sich eine Bleibe für die Nacht suchen. Er war froh, dass er dieses Hotel gegen Mitternacht noch gefunden hatte.

Hiernach machte Rattke eine längere Pause. Er lauschte nach nebenan, hörte Beate Albrecht reden und war von ihrer Geduld und Ausdauer beeindruckt.

Marion Peters brachte ihm einen starken Kaffee und ein halbes belegtes Brötchen.

»Die beiden letzten Gäste können nicht kommen«, sagte sie. »Einer liegt im Krankenhaus und der andere ist auf Geschäftsreise in Spanien. Ich habe von seinem Büro die Handynummer.«

»Wir warten, bis er zurück ist.«

Er hörte, wie Beate Albrecht den Hörer auflegte. Einige Minuten blieb es nebenan still, dann wurde ein Stuhl über den Boden geschoben und Albrecht erschien in der Tür. Ihr Gesicht war verschwitzt, die dunklen Haare ein wenig wirr.

»Ich glaube, ich habe einen Treffer gelandet«, sagte sie. »Harald Buchner aus Essen. Er war in einer Besprechung und ruft gleich zurück. Ich habe mir daraufhin noch mal das Gästebuch angesehen. Buchner war vor fünf Wochen eingetragen und auch in der Nacht auf Dienstag, als Julia Flemming ermordet wurde.«

»Das kann natürlich alles Zufall sein und muss nichts bedeuten«, sagte Rattke. Er konnte aber nicht verhindern, dass sein Herz plötzlich eine Spur heftiger schlug.

Nur fünf Minuten später klingelte das Telefon. Eine Männerstimme, die unsicher und rau klang, meldete sich: »Harald Buchner. Sie baten um Rückruf?«

»Ja«, sagte Rattke. »Es geht um Julia Flemming. Sie kennen sie.«

»Ja.«

»Können Sie mir sagen woher?«

»Darf ich erst erfahren, warum Sie das wissen wollen?«

»Sie wurde ermordet.«

Eine ungeheuer lange Zeit des Schweigens verging.

»Scheiße«, sagte dann Buchner. »Das ist übel.« Eine weitere Minute verstrich. »Haben Sie schon bei mir zu Hause angerufen?«

»Nein.«

Rattke hörte das erleichterte Ausatmen am anderen Ende. Es war ihm klar, welche Natur Buchners Verhältnis zu Julia Flemming gewesen war.

»Wann kann ich Sie sprechen?«, fragte Rattke.

»Wann immer Sie wollen. Ich kann allerdings jetzt schlecht weg. Ich …«

»Ich komme zu Ihnen.«

»Nein!« Es klang fast wie ein Schrei. »Nein, nein, nur das nicht. Verstehen Sie mich bitte. Ich will ja mit Ihnen reden, aber weder hier noch im Präsidium, wenn sich das vermeiden lässt.«

Rattke überlegte kurz. »In Ordnung. Wir können uns in einer Gaststätte treffen.«

»Das wäre mir sehr lieb.«

Buchner nannte ihm eine Adresse in der Klosterstraße. Das sei drei Straßenblöcke von seinem Büro entfernt.

Rattke war einverstanden. Er ging rasch hinüber zum Büro der Staatsanwältin. Anna Langner sah von ihrem Schreibtisch auf, als er ohne anzuklopfen eintrat.

»Wir haben möglicherweise eine heiße Spur. Ich wollte Ihnen nur kurz mitteilen, dass …«

Als sie keine Reaktion zeigte, stockte Rattke. Er kniff die Augen zusammen und sah die Staatsanwältin genauer an. Sie sah nicht gut aus, ihre Augen wirkten übermüdet, ihr Gesicht blass.

»Geht es Ihnen nicht gut, Anna?«

»Wie …? Nein, nein, es ist nichts. Ich habe nur schlecht oder genauer gesagt fast gar nicht geschlafen. Ich glaube, das liegt am Wetter. Vielleicht bin ich wetterfühlig geworden.«

Rattke sah hinaus. Die Temperaturen waren nicht ungewöhnlich für die Jahreszeit. Es war sogar sehr angenehm draußen.

»Na ja«, meinte er, »Sie scheinen offenbar überarbeitet zu sein. Wie gesagt, ich bin auf dem Weg nach Essen. Noch handelt es sich vermutlich nur um einen Zeugen, aber vielleicht sind wir danach schlauer.«

Er warf noch einen besorgten Blick zu Anna Langner, aber als sie schon wieder den Kopf gesenkt und sich auf ihre Akten konzentrierte, verließ Rattke leise das Zimmer. Er bat Beate Albrecht, die Stellung zu halten und fuhr allein los. Zehn Minuten später hatte er die A 40, den Ruhrschnellweg, erreicht. In Höhe der Anschlussstelle Essen-Frillen verließ er die Autobahn. Er benötigte noch eine Viertelstunde. In der Innenstadt fand er zu seiner Überraschung schnell einen freien Parkplatz, etwa fünfzig Meter von seinem Ziel entfernt.

Harald Buchner war schon anwesend. Sie hatten als Erkennungszeichen einen Espresso und eine aufgeschlagene Tageszeitung ausgemacht.

Buchner war etwa Mitte dreißig, schlank und hatte ein gebräuntes Gesicht. Er trug einen dunklen Anzug mit einer dezenten Krawatte. Er erhob sich höflich, als Rattke sich vorstellte und wartete, bis der Kommissar Platz genommen hatte. Buchners ruhige Art war auf eine gewisse Art angenehm.

Er erzählte, er sei erst am Sonntag mit zwei Freunden von einer längeren Urlaubsreise zurückgekommen, und er habe bis gestern noch Urlaub gehabt, den er mit Spaziergängen am Rhein in Düsseldorf und mit einem Messebesuch in Dortmund verbracht hatte.

Buchner verzog die Mundwinkel. »Ich habe kein berufliches Interesse an der Messe, nur Neugierde. Ich bin Anlageberater. Ich habe nicht nur kleine Kunden. Ich jongliere mit Hunderttausenden, manchmal mit Millionenbeträgen. Verstehen Sie mich jetzt? Ich möchte nicht, dass jemand von meinen Kunden erfährt, dass ich wegen eines Mordes befragt werde. So etwas wirft immer ein schlechtes Licht auf einen, oder sehen Sie das anders?«

»Nein«, bestätigte Rattke. »Aber ich muss Sie dennoch fragen, warum Sie gerade in dem Hotel Weißenhof abgestiegen sind. Es gibt doch viele gute Hotels in Dortmund.«

Buchner hob fast verzweifelt die Hände in Schulterhöhe. »Ich weiß, ich weiß. Sehen Sie, auf der Messe habe ich einige Bekannte getroffen. Wir haben getrunken, gegessen und irgendwann musste ich mich entscheiden, entweder mit dem Taxi nach Hause zu fahren oder in Dortmund zu bleiben. Da ich das Hotel Weißenhof kannte, habe ich mich dorthin bringen lassen.«

»Ich begreife allerdings nicht, was das mit Julia Flemming zu tun hat.«

»Ach ja, natürlich. Vor einigen Wochen hatte mich ein Kunde auf das Hotel aufmerksam gemacht.«

»Wie heißt der Mann?«

»Ingo Theissen. Er ist Geschäftsmann aus Dortmund. Ich habe einige kleinere Finanzanlagen für ihn arrangiert. Also, was soll ich sagen. Theissen machte mich mit Julia Flemming bekannt und nannte mir auch sofort das Hotel Weißenhof, wo man nicht viele Fragen stellte.«

»Das war vor fünf Wochen?«

Buchner überlegte kurz. »Ja, das kann hinkommen. Aber warum fragen Sie danach?«

»Weil Julia Flemming schwanger war. Wenn Sie sie aber erst seit fünf Wochen kennen, dann kommen Sie als Vater nicht infrage.«

Man konnte förmlich hören, wie Buchner ein Stein vom Herzen fiel. Er griff zu seiner Tasse und trank hastig. Dabei zitterten seine Hände so stark, dass er einen Teil des Espressos verschüttete.

»Haben Sie Julia Flemming später noch mal getroffen?«, fragte Rattke weiter.

»Ja, zweimal.«

»Und Sie waren stets im Hotel Weißenhof?«

»Nein, nein, nein. Ich – ich habe einmal mit ihr geschlafen, nicht mehr. Die beiden anderen Male trafen wir uns im Café Caruso. Wenn ich in Dortmund bin, gehe ich gern in das Café auf dem Westenhellweg.« Buchner rieb nervös seine Hände. Er vermied es, Rattke anzusehen.

»Haben Sie Julia Flemming für ihre Dienste bezahlt?«

Buchner schüttelte den Kopf. »Sie wollte nichts. Sie machte das nicht zum ersten Mal, da bin ich mir ziemlich sicher. Aber sie nahm kein Geld. Ich glaube gar, dass – dass sie es gerne machte, ich meine, mit den Männern zu schlafen. Aber ich würde sie nicht als Prostituierte bezeichnen. Ganz und gar nicht.«

»Wann haben Sie das Hotel Weißenhof am Dienstag verlassen?«

Buchner überlegte keine Sekunde. »Schon kurz nach sieben Uhr. Ich war bereits um acht im Büro.«

»Haben Sie im Hotel etwas bemerkt oder beobachtet?«

»Nein, nicht das Geringste«

Buchner drehte sich um und winkte der Kellnerin, um noch einen Espresso zu bestellen. Rattke beobachtete ihn dabei. Dieser Mann wirkte zwar seriös, aufrichtig und ehrlich, und vermutlich bereute er schon längst seine Affäre mit Julia Flemming, aber dennoch blieb Rattke bei einem gesunden Misstrauen dem Mann gegenüber.

»Es ist furchtbar, dass man sie ermordet hat«, murmelte Buchner. »Sie war nicht schlecht, Herr Kommissar. Sie war auch nicht ungebildet. Wissen Sie, wir haben kleine Rätselspiele miteinander gemacht, Themen aus der Geographie, der Musikgeschichte und sogar aus der Wissenschaft behandelt. Sie wusste erstaunlich viel. Ich habe sie gefragt, warum sie nicht mehr aus ihrem Leben gemacht habe, aber sie hat mir nicht geantwortet. Haben Sie eine Ahnung, warum sie keinen Beruf gelernt hat?«

»Nein«, antwortete Rattke.

»Ich habe sogar einmal mit dem Gedanken gespielt, sie bei mir als Bürogehilfin einzustellen.« Buchner lächelte. »Aber dann habe ich das wieder verworfen. Meine Angestellten hätten ihr die Augen ausgekratzt. Die haben alle eine harte Lehre hinter sich mit vielen Entbehrungen. Die hätten sich nie mit einer ungelernten Kraft arrangiert. Tja, das ist alles, was ich über Julia Flemming weiß, Herr Kommissar.«

Rattke überlegte, was er noch von Harald Buchner wissen wollte, aber er fand im Augenblick keinen Grund, den Anlageberater weiter zu behelligen. Er griff in seine Tasche und zog seine Geldbörse.

»Lassen Sie mal stecken«, wehrte Buchner ab. »Sie sind selbstverständlich mein Gast.«

»Danke.«

Rattke stand auf. Buchner sah ihn schräg von unter herauf an. »Sie glauben mir, dass ich mit dem Mord an Julia Flemming nichts zu tun habe?«

Rattke zögerte. »Sagen wir es mal so, Herr Buchner. Sie haben sich im zweiten Stock des Hotels ein Zimmer gemietet und sich mit vollem Namen und Adresse eingetragen. Jemand, der einen Mord plant, würde so etwas wohl kaum tun. Aber glauben ist nicht wissen. Eins noch: Hat Julia Flemming mal erwähnt, dass sie bereits ein Kind zur Welt gebracht hat?«

Buchner klimperte plötzlich mit den Augen und wischte sich über die Stirn. »Wie bitte?«

»Nun ja, das hat vermutlich keine weitere Bedeutung. Aber es hätte sein können, dass sie davon gesprochen hat.«

»Nein, ich – ich kann mich nicht daran erinnern.«

»Gut. Wenn ich weitere Fragen habe, dann komme ich noch einmal wieder.«

»Ich stehe Ihnen immer zur Verfügung. Allerdings – wie gesagt – nicht in meinem Büro oder zu Hause. Einverstanden?«

»Einverstanden.«

16

Als Peter Vollmar und Tobias Branchini am Großmarkt in Dortmund ankamen, war die Hauptgeschäftszeit so gut wie vorüber. Vollmar fuhr so dicht wie möglich an den Haupteingang heran.

Sofort nach dem Aussteigen stieg ihnen der Duft von frischem Obst und Gemüse in die Nase, ein wenig gewürzt mit frischen Brötchen. Am Eingang stand ein Bäckerwagen, der den Arbeitern des Großmarktes und den Kunden ein komplettes Frühstück anbot. Jetzt war er gerade dabei, die übrig gebliebenen Brotwaren zu verstauen.

Die beiden traten durch die breite Tür in eine Halle, die so groß wie drei Fußballfelder war. Überall wurde geputzt und gefegt, Kisten wurden von einer Stelle zur anderen getragen und Autotüren zugeschlagen.

»Waren Sie schon mal hier?«, fragte Vollmar.

Branchini schüttelte den Kopf.

Vollmar erhielt einen Stoß in den Rücken. Ein alter Mann mit mehreren Obstkisten auf der rechten Schulter hatte ihn unabsichtlich angerempelt.

»Tschuldigung«, raunte er, dann war er schon vorbei.

Ein paar Meter weiter lockten Äpfel und Birnen. Vollmar deutete auf einen roten Apfel. »Darf ich?«

»Klar«, sagte der dicke Mann mit einem schwarzen, speckigen Lederschurz. »Bedienen Sie sich, bevor ich das Obst in die Kühlboxen lege. Ich habe Sie ja noch nie hier gesehen. Sind wohl neu im Geschäft, was?«

»So ungefähr«, nickte Vollmar und biss in den saftigen Apfel. »Gut«, schmatzte er, »ausgezeichnet.«

»Wie viel wollen Sie denn davon haben? Sie sind spät dran heute, aber Sie haben Glück. Es gibt auch noch Bananen und Ananas.«

Vollmar winkte ab. »Wir sind keine Obsthändler. Wir kommen von der Polizei.«

»Was? Aber wieso denn das? Hier war doch heute schon Kontrolle. Es ist alles paletti, das können Sie mir glauben.«

»Ich möchte nur eine Auskunft haben.«

Der Dicke kniff die Augen zusammen. »Das sagt ihr alle. Und hinterher stellt sich raus, dass man jemanden mit seiner Klappe an den Galgen gebracht hat. Was wollen Sie denn wissen?«

»Kennen Sie einen Marius Flemming.«

»Nie gehört den Namen.«

»Er soll hier arbeiten.«

Der Dicke lachte und zeigte mit seinen Speckarmen in die Runde. »Was glauben Sie wohl, wie viele Leute hier arbeiten? Wir versorgen über tausend Wochenmärkte, Hotels und Restaurants sowie Krankenhäuser, Kantinen und Imbissbetriebe. Allein von denen kommen jeden Tag Tausende hierher. Da kann man doch nicht alle Arbeiter kennen.«

»Dann meinen Sie, dass ich ihn nicht finden werde?«

Der Dicke zuckte die Schultern. »Da müssen Sie schon Glück haben. Wollen Sie sich nicht noch einen Apfel mitnehmen?«

»Gern«, sagte Vollmar, griff in eine Kiste mit grasgrünen Äpfeln, wischte ihn an seinem Ärmel ab und ging dankend weiter. Branchini folgte ihm wie ein gehorsamer Hund.

»Im Urlaub fahren wir stets nach Italien«, sagte er. »In die Nähe von Neapel. Als meine Großeltern noch lebten, besaßen sie eine riesige Obst- und Gemüseplantage. Ich konnte den ganzen Tag eine Frucht nach der anderen essen. Aber glauben Sie mir, zu viel Obst verursacht Bauchschmerzen. Nachts habe ich mich manchmal gekrümmt vor Krämpfen.«

»Und seitdem essen Sie kein Obst mehr?«

Branchini lachte. »Doch, natürlich. Aber in Maßen. Wenn Sie so weitermachen, werden Sie Ihr blaues Wunder erleben.«

Vollmar ließ sich davon keine Angst machen. Nach einer Viertelstunde und weiteren zwei Bananen, einer Birne und einer Handvoll Kirschen fand er jemanden, der Marius Flemming kannte, oder zumindest seinen Namen gehört hatte. Er solle bei einem Adrian Stollberg arbeiten. Das sei einer der einflussreichsten Großhändler hier am Markt.

Vollmar und Branchini benötigten fünf Minuten, um Stollbergs Stand zu finden. Die meiste Ware war bereits in kleine LKWs verladen. Vollmar hielt den erstbesten Mann an und fragte ihn nach Marius Flemming.

»Marius? Der war heute nicht hier. Ich nehme an, er hat sich seinen freien Tag genommen. Da der Großteil der Arbeit samstags ist, dürfen wir uns einen Tag in der Woche aussuchen, an dem wir nicht kommen. Wollen Sie seine Adresse haben?«

»Nicht nötig«, antwortete Vollmar. »Kennen Sie Flemming gut?«

Der Mann grinste. »Sogar sehr gut. Wir arbeiten jeden Tag

zusammen.«

»Dann erzählen Sie mir doch etwas über ihn.«

Der Mann kniff die Augen zusammen. »Wie komme ich denn dazu? Wer sind Sie überhaupt.«

Vollmar stellte sich vor und erfuhr, dass der Mann Klaus hieß. »Einfach Klaus, mehr nicht. Also, Sie wollen was über Marius wissen? Hat er was ausgefressen?«

Komisch, dachte Vollmar. Immer wenn man Informationen über jemanden haben möchte, glauben die Gesprächspartner, dass dieser Jemand ein Delikt begangen hat.

»Wir recherchieren in einem Fall und möchten nur ein paar Auskünfte über ihn.« Und bevor Klaus eine weitere dumme Frage stellen konnte, fuhr Vollmar fort: »Was für ein Mensch ist Marius Flemming? Wie würden Sie ihn beschreiben?«

»Marius ist schwer in Ordnung. Er ist ein Kumpel, hilfsbereit und immer zu Scherzen aufgelegt. Ich find es echt schade, wenn er sich freigenommen hat. Dann ist hier tote Hose, abgesehen von der Arbeit natürlich.«

»Gab es nie Schwierigkeiten mit ihm?«

»Gott bewahre. Wissen Sie, Marius sieht zwar auf den ersten Blick nicht gerade vertrauenswürdig aus, aber ...«

»Was meinen Sie denn damit?«, unterbrach ihn Vollmar überrascht.

»Nun ja, er hat lange Haare und trägt sie meistens als Zopf. So was ist doch heute total out. Sie glauben gar nicht, wie schief er von manchen Leuten angesehen wird, besonders von den Älteren. Aber er macht sich nichts draus. Der ist wie er ist. Marius sagt von sich selbst, dass man ihn wohl nur einmal irgendwo hin mitnehmen würde.«

»Warum denn das?« Wieder war Vollmar arg verwundert.

»Weil er eine große Klappe hat. Der sagt was er denkt oder besser, der redet erst und denkt dann darüber nach. Den kann man hundert Meter gegen den Wind hören. Er lacht über jeden Scheiß, kann ich sagen.«

»Auch auf Kosten anderer?«

»Natürlich«, nickte Klaus. »Aber er kann auch gut einstecken. Der ist nie beleidigt. Wie schon gesagt, Marius ist große Klasse.«

»Wann haben Sie denn gestern Morgen angefangen zu arbeiten?«

»Wie jeden Tag, um drei.«

»Und Marius Flemming war um diese Zeit schon hier?«

»Ich habe ihn kurz vor halb vier gesehen.«

»Danach nicht mehr?«

Klaus schüttelte den Kopf. »Wir haben hier viel zu tun. Da läuft man sich nicht immer über den Weg.«

»Dann könnte es sein, dass Marius Flemming den Markt für kurze Zeit verlassen hat?«

»Klar ist das möglich, aber sehr unwahrscheinlich. Warum wollen Sie das denn wissen?«

»Nur so«, antwortete Vollmar ausweichend.

Das Aufheulen zweier schwerer Lastwagen ließ den Redefluss des Mannes stocken. Vollmar deutete in die Runde. Etwa fünfzehn bis zwanzig Personen liefen herum.

»Ist hier immer so viel los?«, wollte Branchini wissen.

Klaus kniff die Augen zusammen. »Los? Hier ist doch nichts mehr los. Das sind die letzten Leute. Sie hätten um vier oder fünf Uhr kommen sollen, da war richtig was los. Hier wird das ganze Jahr über Obst und Gemüse aus der ganzen Welt umgeschlagen. Da wechseln Millionen von Euro den Mann.«

»Wohin liefern Sie denn hauptsächlich?«

»Ach, ins gesamte Ruhrgebiet und bis ins Sauerland. Ich habe mal gehört, dass über dreieinhalb Millionen Verbraucher von Dortmund aus mit Lebensmitteln versorgt werden.«

»Und das machen nur fünfundzwanzig Großhändler und Importeure?«

»Oh, Sie wissen ja schon erstaunlich viel. Hätte ich gar nicht gedacht. Na ja, einen Großhändler haben wir jetzt ja leider weniger haben.«

»Wieso denn das?«

»Theissen will verkaufen. Ingo Theissen.« Klaus hob den Arm und zeigte nach rechts in die Richtung, die hinter Stollbergs Stand lag. »Da ist seine Bude. Ist etwa halb so groß wie die von Stollberg. Der wird sie Theissen abkaufen. So was ist nicht ungewöhnlich, wissen Sie. Obwohl es mir leid tut wegen Theissen. Der war ein guter Kerl.«

»Haben Sie auch für ihn gearbeitet?«

Klaus nickte. »Für Theissen und Stollberg zu arbeiten, das ist ungefähr das gleiche. Die beiden hätten auch Partner werden können.«

Er packte sich einen Stapel leerer Kisten auf die Schulter und verschwand hinter einer Tür, die quietschend zu schwang. Wenige Minuten später tauchte er wieder auf.

»Gibt´s noch was?«

Vollmar dachte kurz nach. Obwohl er diesen Klaus als nicht sonderlich intelligent einstufte, musste er mit seinen Fragen doch vorsichtig sein. Solche Leute zogen immer die unmöglichsten Schlüsse und dann liefen die Gerüchte herum wie Waschweiber.

»Arbeiten hier auch Frauen?«

»Ein paar. Aber die stehen uns nur im Weg.«

»Ist Flemming verheiratet?«

»Nicht mehr.«

»Kennen Sie seine ehemalige Frau?«

»Natürlich. Die kennt hier jeder. Vor einem Jahr oder so brachte sie ihn mehrere Tage lang zur Arbeit. Vermutlich brauchte sie seinen Wagen. Sie fuhr oft nach Duisburg.«

»Woher wissen Sie das?«

Klaus lächelte verschmitzt. »Sie hat es mir nicht gesagt, aber ich habe mal gesehen, dass sie eine Fahrkarte hat. Von Dortmund nach Duisburg. Sie war ihr aus der Handtasche gefallen, und ich als Kavalier habe sie natürlich aufgehoben. Es war eine Monatskarte, falls Sie das interessiert.«

»Natürlich interessiert mich das«, antwortete Vollmar rasch.

»Na ja, sie war damit ein bisschen merkwürdig. Sie steckte sie schnell wieder ein, sagte, dass es mit dem Auto bequemer sei. Es kam mir so vor, als sei es ihr peinlich, dass ich die Karte gesehen habe.«

»Was kann denn daran peinlich sein?«

»Das habe ich mich auch gefragt. Aber vielleicht hatte sie in Duisburg einen Lover und wollte nicht, dass jemand davon erfährt.« Sein Gesicht wurde richtig verklärt. »Die hatte es faustdick hinter den Ohren.«

»Wieso?«

»Sie machte mit jedem Mann rum und das ganz ungeniert. Einige Male stand Marius sogar neben ihr, als sie mit einem Kerl flirtete, und er hat überhaupt nicht reagiert.«

»Kaum zu glauben, dass sich jemand von seiner eigenen Frau

lächerlich machen lässt.«

»Das habe ich auch nicht verstanden. Ich habe ihn darauf angesprochen, aber er hat nichts gesagt, kein Wort.«

»Geschah es öfter, dass Julia Flemming sich anderen Männern näherte, dass sie sich ihnen an den Hals warf?«

Das ohnehin dunkle Gesicht des Mannes verdüsterte sich noch ein wenig. »Ja, natürlich.«

»Haben Sie auch mit ihr geflirtet?«

»Aber nein!«, wehrte Klaus entschieden ab. »Marius ist mein Freund. Die Frau eines Freundes ist absolut tabu.«

Er sagte es eine Spur zu überzeugend. Für Peter Vollmar stand fest, dass Klaus auch hinter Julia Flemming her gewesen war. Der Arbeiter ergriff drei weitere leere Kisten und schulterte sie. Schon wollte er an Vollmar vorbei, als er stehen blieb.

»Warum wollen Sie das alles eigentlich wissen, Herr Kommissar? Was ist denn nun mit Marius?«

»Gar nichts«, antwortete Vollmar. »Es geht um seine Frau. Sie ist tot. Ermordet.«

Klaus ließ vor Schreck die Kisten fallen. Das dünne Holz brach wie Streichhölzer, die Späne spritzten bis gegen Vollmars Beine.

»Das ist ja schrecklich. Hat Marius sie – ich meine, war er es?«

»Das wissen wir noch nicht. Wir sind erst am Anfang unserer Ermittlungen.«

Klaus nickte wie zu sich selbst. Er sah zu Boden, aber er beachtete die zerbrochenen Kisten nicht.

»Mir fällt da gerade ein, dass Julia Flemming mal eine Zeitlang für Theissen gearbeitet hat. Im Büro. Aber das war nur kurz, nicht mal einen Monat und das auch nur zwei- oder dreimal in der Woche. Deswegen hatte ich es fast vergessen. Das war zu der Zeit, als die Bude vom Suttner abfackelte.« Klaus deutete wieder auf Theissens Stand. »Dort. Der gehörte Suttner. Jetzt ist Theissen der Inhaber. Es war ein Glück, dass das Feuer nicht noch auf Stollbergs Stand übergesprungen ist. Den alten Suttner konnten sie nur noch tot da rausbringen. Schade um ihn. War ein seltsamer Kauz, aber großzügig. Na ja, er hatte es leider nicht mehr geschafft.«

Vollmar sah zu Adrian Stollbergs Großmarktstelle. »Ich

nehme an, dass ich dort niemanden mehr vorfinde, oder?«

»Da haben Sie recht. Die sind alle schon fort. Ich sollte auch schon zu Hause sein. Überstunden werden nicht bezahlt.«

»Tut mir leid, dass ich Sie aufgehalten habe.«

»Ist schon gut.«

Er drehte sich um und ging noch einmal durch die Holztür. Peter Vollmar wartete nicht, bis er zurückkam. Langsam setzten er und Branchini ihren Weg durch die große Halle des Gemüse- und Obstmarktes fort. Vollmar verspürte keinen Hunger mehr, aber hin und wieder nahm er doch die Angebote einzelner Händler an und griff nach frischen Pfirsichen und exotischen Früchten.

»Ich bin seit acht Jahren in der Registratur«, sagte Tobias Branchini später im Auto. »Aber genauso wie heute habe ich mir die Arbeit vor Ort vorgestellt. Es ist interessant, mit den Leuten zu reden und sie auszufragen.«

Vollmar warf ihm einen schrägen Blick zu. »Sie haben ja noch nicht mal den Bruchteil unserer Arbeit kennengelernt.«

17

Peter Vollmar und Tobias Branchini trafen fast eine halbe Stunde nach Rattke im Präsidium ein.

»Ihr kommt spät«, bemerkte Rattke.

Vollmar schaute auf die Uhr an der Wand. »Wir haben noch einen Umweg gemacht. Bist du erfolgreich gewesen?«

»Weiß nicht so recht«, antwortete Rattke. »Und wie war´s bei euch?«

»Ich habe zwar ein paar Neuigkeiten, aber ob das die richtige Spitzenstrategie ist, kann ich nicht sagen.«

»Wenn du eine bessere hättest, würdest du sie mir gleich unter die Nase halten.«

»Stimmt. Ich brauche dringend einen Kaffee. Ist Marion noch da?«

»Nein.«

»Dann muss ich mir selbst einen brauen. Willst du auch einen?«

»Gern. Aber mach ihn nicht zu stark.«

»Wie ist es mit Ihnen?«

Branchini schüttelte den Kopf.

Peter Vollmar ging in Marion Peters Zimmer und hantierte an der Kaffeemaschine. Wenig später roch Rattke aromatischen Kaffeeduft.

Vollmar kam zurück, setzte sich Rattke gegenüber und legte die Beine auf die Kante des Schreibtisches. Er hielt sich den Bauch.

»Ich glaube, ich habe zu viel Obst gegessen. Es war aber auch zu verführerisch. An jedem Stand durfte ich probieren. Hab gar nicht gewusst, wie riesig dieser Großmarkt ist.«

Branchini lachte auf. »Ich hab´s Ihnen gleich gesagt. Um die Magenkrämpfe zu neutralisieren, müssen Sie Weißbrot essen.«

Vollmar winkte ab. »Nee, danke. Also, GE, über Marius Flemming haben wir Folgendes rausbekommen …« In kurzen, knappen Sätzen, so wie es Vollmars Art war, unterrichtete er Rattke über seine Gespräche mit dem Arbeiter Klaus auf dem Großmarkt.

Danach sah Rattke einige Zeitlang nachdenklich auf seine Schreibtischplatte. Schließlich hob er den Kopf.

»Was denkst du von Marius Flemming?«

Vollmar reckte sich. »Man soll mit Vermutungen vorsichtig sein, GE, das hast du uns oft genug eingetrichtert. Aber ich glaube, dass Flemming impotent ist oder homosexuell, dass seine Heirat nur ein Vorwand war. Ein Mann, der sich so verhält wie er, dem ist es egal, mit wem seine Frau ins Bett steigt.«

»Ich habe ein ganz anderes Bild von Flemming erhalten.«

»Natürlich gibt niemand offen zu, dass er schwul ist. Aber nach all dem, was ich gehört habe, hat Flemming sogar darauf gewartet, dass seine Frau einen Mann bekommt, der es ihr ordentlich besorgt.«

»Und warum hat er sich dann von ihr getrennt?«

»Irgendwann hört selbst die größte Großzügigkeit auf.«

Rattke stierte in seine Tasse. Er sträubte sich, Flemming zu denjenigen zu zählen, die aus Tarnung heirateten. Natürlich gab es genug von diesen Männern. Unter Schauspielern oder anderen Künstlern war es nicht unüblich, dass sie so ihre Veranlagung vertuschten. Warum nicht auch ein kleiner Arbeiter wie Flemming? Er wollte sich nicht der Lächerlichkeit preisgeben.

»Sein Alibi ist nicht lupenrein«, sagte Vollmar. »Es gibt niemanden, der ihn die ganze Zeit über in den Lagerhallen gesehen hat.«

»Wie weit ist es von dort bis zum Tatort?«

»Etwa drei Kilometer. Durch die Innenstadt braucht man dafür allerdings mindestens zwanzig Minuten.«

»Also hin und zurück etwa vierzig. Kann man seine Arbeitsstelle so lange unbemerkt verlassen?« Rattke gab sich die Antwort selbst: »Ich glaube nicht. Aber wir werden es im Hinterkopf behalten. Diese Fahrkarte nach Duisburg geht mir jedoch nicht aus dem Sinn. Können wir herausfinden, wen Julia Flemming besucht hat?«

»Wie willst du das machen?«, fragte Vollmar.

Rattke zuckte die Schultern.

»Ich kenne Flemming nicht«, sagte Branchini. »Aber nach Ihren Erzählungen stelle ich ihn mir als Sprücheklopfer vor. Er haut auf den Putz, und das ein wenig zu dick.«

»Sie treffen den Nagel auf den Kopf«, sagte Rattke. »Vielleicht braucht man am Großmarkt solche Burschen, die mit derben Sprüchen den Tag rumkriegen.«

»Marius Flemming arbeitet hauptsächlich für zwei Großunternehmer«, sprach Vollmar weiter. »Der eine heißt Adrian Stollberg und der andere Ingo Theissen. Allerdings …«

Rattke horchte auf. »Wie heißt dieser zweite Mann?«, unterbrach er Vollmar.

»Theissen.«

Ein leichtes Lächeln zauberte sich auf Rattkes Lippen. »Das ist ja höchst interessant. Denselben Namen habe ich heute schon mal gehört.«

Rattke unterrichtete die beiden schnell von seinem Gespräch in Essen mit Buchner.

Vollmar stieß die Luft aus. »Theissen hat Buchner also auf Julia Flemming aufmerksam gemacht. Weißt du, was das bedeutet?«

»Aber sicher. Jetzt haben wir endlich mal einen Zusammenhang, mein Lieber«, murmelte Rattke zufrieden. »Julia Flemming hat für Theissen als Bürogehilfin gearbeitet. Demnach müsste er sie recht gut kennen. Hast du seine Adresse?«

Vollmar nickte. »Wir sind schon bei ihm gewesen. Deshalb

kommen wir so spät. Theissen war nicht zu Hause. Die Nachbarn hatten keine Ahnung, wo er sich aufhält. Überhaupt hatte ich den Eindruck, dass sich dort jeder nur um sich selbst kümmert.«

Rattke sah auf seine Uhr. »Es ist schon spät. Lass uns morgen zu ihm fahren. Für heute machen wir Feierabend.«

Als er Tobias Branchini ansah, wusste Rattke, dass er richtig entschieden hatte. Der neue Kollege sah sehr müde und erschöpft aus.

Am Freitag gegen neun Uhr ließ GE Rattke sich von Peter Vollmar abholen. Gemeinsam fuhren sie zu Ingo Theissens Adresse. Aber er war wieder nicht zu Hause.

»Soll ich bei den Nachbarn klingeln?«, fragte Vollmar.

Rattke winkte ab. »Später vielleicht. Statten wir zunächst einmal Adrian Stollberg einen Besuch ab. Vielleicht erübrigt sich dann das Gespräch mit Theissen.«

Rattke kannte die Gegend, in der Stollberg wohnte. Vor Jahren hatte er hier einen Mann verhaftet, der verdächtigt wurde, mehrere Einbrüche in Supermärkten und Autohäusern begangen zu haben. Da bei einem dieser Überfälle ein Mann getötet worden war, wurde Rattke von der Mordkommission eingeschaltet. Der Verhaftete war jedoch nicht der Mörder, der wurde später in Köln festgenommen. Es war ein Landstreicher, dessen Spur sich von München bis Hamburg verfolgen ließ.

In dieser Gegend prallten die Gegensätze aufeinander. Auf der einen Straßenseite befand sich ein Seniorenheim, und direkt gegenüber ein Wohnblock aus vier Reiheneigenheimen. An einer der Seitenwände prangte ein riesiges Reklameschild von Coca-Cola.

»Ob die Eigentümer dafür Geld einstreichen?«, fragte Vollmar.

»Ganz sicher. Die Firmen zahlen enorme Summen, um an Häuserwänden werben zu können. Mich wundert nur, dass Coca-Cola so was in der Nähe eines Seniorenheimes macht. Vielleicht war diese Art von Werbung am preiswertesten. Die müssen auch sparen, wo sie können.«

Nur etwa fünfzig Meter weiter standen in einer parkähnlichen Anlage moderne Häuser, keines älter als fünf Jahre. Die beiden Kommissare stellten ihren Wagen am Rand ab, stiegen aus und gingen auf den Eingang des Hauses zu, der nur noch von der Dreifachgarage übertroffen wurde, die zur rechten Seite angebaut worden war. An der Haustür stand auf einem Messingschild der Schriftzug von Adrian Stollberg.

Ein Hausmädchen öffnete und fragte die beiden Kommissare nach dem Grund ihres Besuches.

»Wir kommen von der Polizei Dortmund. Wir möchten Herrn Stollberg sprechen.«

Das Mädchen zögerte. Offenbar war sie verwirrt über die sehr allgemeine Aussage, mit der Rattke sich und Vollmar vorgestellt hatte, aber dann nickte sie.

»Warten Sie bitte einen Moment.«

Kurz darauf erschien sie wieder und bat die beiden herein. Sie gingen durch ein riesiges Treppenhaus mit einer Wendeltreppe, die auf dem ersten Blick bis zum Himmel reichte, zu einer eher unscheinbaren Tür.

»Bitte.«

Rattke und Vollmar traten ein. Der Raum war klein, aber gemütlich. Das Mädchen deutete auf zwei schwarze Sessel, die neben einer Couch an einem rechteckigen Tisch standen. Rattke und Vollmar warteten, bis sie den Raum verlassen hatte, dann setzten sie sich. Es dauerte fast fünf Minuten, bis sie Schritte hörten und die Tür aufgestoßen wurde. Der Mann, der hereintrat, war vielleicht Ende zwanzig, trug eine zerrissene Jeans und ein Hemd, das ihm viel zu weit war und bis über die Hüften hing. Seine langen Haare waren dunkel, fast schwarz und schulterlang.

»Sie sind von der Polizei?«

Rattke nickte. Er wollte seinen Ausweis zücken, aber der junge Mann winkte ab.

»Schon gut. Ich bin Jochen Stollberg, der Junior. Was kann ich für Sie tun?«

»Ich wollte eigentlich Ihren Vater sprechen.«

»Das habe ich mir schon gedacht.« Er grinste abfällig. »Als Karin kam und sagte, dass die Polizei einen Herrn Stollberg sprechen wollte, war natürlich nicht ich gemeint, aber Karin war sich nun mal nicht sicher. Sie ist eine Perle aber ein bisschen dumm. Tja, mein Vater ist leider nicht hier. Der ist in Sachen

Geld unterwegs, auf dem Großmarkt. Wissen Sie das nicht?«

Rattke biss sich ärgerlich auf die Lippe. Daran hätte er denken sollen.

»Für ihn gibt es nur Money, Money, Money. Je mehr einer hat, desto beliebter ist er bei meinem Vater. Vielleicht können wir zusammen auf ihn warten. Er müsste längst zurück sein. Darf ich Ihnen etwas anbieten?«

»Der Tag hat eben erst begonnen.«

»Na und? Sie haben aber nichts dagegen, wenn ich etwas trinke?«

»Sie sind hier zu Hause.«

»Zu Hause?« Jochen Stollberg zögerte. »Ich denke, dass ich dieses Heim nicht mehr mein Zuhause nennen kann. Aber um Ihnen das zu erklären, würde Ihre und meine Zeit nicht reichen.«

Er riss die Tür der Schrankwand auf und griff nach einer Likörflasche. Damit goss er das Glas mehr als nötig voll, stellte die Flasche wieder zurück und ging mit dem fast vollen Glas zurück zur Couch. Dort ließ er sich flegelhaft hineinfallen und legte die Beine mit den ehemals weißen Turnschuhen auf die Lehne des Sessels, ohne Rücksicht darauf, dass sie schmutzig wurde.

»Sie sind nicht in der Firma Ihres Vaters beschäftigt?«, fragte Rattke.

Jochen Stollberg riss die Arme hoch. »Gott bewahre. Nein, natürlich nicht.« Er beugte sich ein wenig vor und stierte Rattke direkt in die Augen. »Können Sie sich vorstellen, jeden Morgen um drei Uhr aufzustehen und zum Gemüsemarkt zu fahren? Das ist eine Zeit, zu der ich gewöhnlich erst ins Bett gehe. Und dann diese stinkenden Buden.« Er schnaubte verächtlich. »Das ist doch nichts für mich.«

Rattke warf Vollmar einen raschen Blick zu. Der rollte mit den Augen und verzog die Mundwinkel. Rattkes Antipathie für Jochen Stollberg vergrößerte sich.

»Was machen Sie denn beruflich?«

»Nun, ich bin Maler.«

»Aha«, machte Rattke. »Ein Künstler also.«

»Endlich mal einer, der das richtige Wort für meine Arbeit findet. Ich male Landschaftsbilder, Portraits, Bauwerke aber auch Fantasiebilder.«

»Wie kommt es, dass ich noch nie von Ihnen gehört habe?«

Der Blick des jungen Mannes verdunkelte sich. »Ich bin noch nicht lange in diesem Geschäft. Ich bereite gerade meine erste Ausstellung vor. Und dafür brauche ich meinen Vater.«

»Verstehe«, nickte Rattke. »Er soll Sie sponsern. Und deswegen warten Sie auf ihn?«

»So ist es. Ich bin nur selten hier. Wissen Sie, manchmal komme ich, weil in meinem Zimmer noch ein paar Sachen sind, die mir gehören. Mein Zimmer! Wie sich das anhört. Adrian ist sehr sentimental, und hat für mich und Clarissa immer noch ein Zimmer parat. Clarissa ist meine Schwester. Er glaubt doch tatsächlich, dass wir eines Tages wieder hier einziehen. Dabei sind wir froh, endlich seiner Erziehung entkommen zu sein.«

»Wenn Sie eine solche Meinung von Ihrem Vater haben, dann verstehe ich nicht, dass er Sie sponsern soll.«

Er sah zu Boden. »Ab und zu muss man auch mal über den eigenen Schatten springen.«

Rattke hatte genug von diesem ungezogenen und selbstherrlichen Mann. Er bekämpfte seinen Vater bis aufs Blut, aber wenn er seinen Vorteil aus ihnen ziehen wollte, dann war er bereit, auf den Knien nach Canossa zu rutschen.

Durch zusammengezogene Augenbrauen betrachtete Rattke den jungen Stollberg. Mussten alle so genannten Künstler verrückt sein? Ihm fielen auf Anhieb Dutzende ein, die in ihrer Jugendzeit in einer WG gelebt hatten, Hasch geraucht und staatliche Unterstützung bezogen hatten. Ein Vorbild für die heutige Jugend waren sie nicht, und Rattke fragte sich abermals, warum sie von Tausenden angehimmelt wurden.

»Da kommt er ja.«

Jochen Stollberg sprang unverhofft auf und eilte zum Fenster. Draußen war ein Wagen vorgefahren, das automatische Garagentor öffnete sich und nach weiteren fünf Minuten betrat Adrian Stollberg den Raum.

Er wirkte kompakt und bewegte sich mit geschmeidigen Schritten. Er war etwas o-beinig, trug eine helle Hose und ein weißes Hemd, dessen oberster Knopf geöffnet war.

»Guten Tag«, sagte er mit einer klaren Stimme. »Ich bin Adrian Stollberg. Karin, mein Hausmädchen hat mich von Ihrer

Anwesenheit unterrichtet.« Er reichte Rattke und Vollmar die Hand. Seinen Sohn beachtete er nicht. Stollberg deutete über seinen Rücken zu der Frau, die ihm gefolgt war und nun neben ihn trat. »Susan Kempke.«

Da Rattke seine Augen die ganze Zeit über nur auf Stollberg gerichtet hatte, traf ihn der Anblick der Frau jetzt völlig unerwartet. Sie war größer als Stollberg, dunkelblond, mit einem schmalen Gesicht und grasgrünen Augen, die ihn zwar freundlich aber mit einem spöttischen Ausdruck anblickten. Sie war stark geschminkt mit dunkelroten Lippen, schwarzen Wimpern und Make-up, das sich wie eine zweite Haut auf ihr Gesicht legte. Ihr Parfüm verwirrte ihn, und er versuchte, die Kontrolle über die Situation zu gewinnen, aber es gelang ihm nur halb.

»Guten Tag.«

Ihre Stimme passte genau zu ihrem Outfit.

Sie begleitete ihre Worte mit der Spur eines zufriedenen Lächelns. Ihr war seine Verblüffung nicht entgangen.

»Hallo Jochen«, sagte sie. »Schön, dass du mal wieder hier bist.«

»Tag, Susan«, erwiderte er. Immer noch würdigte ihn sein Vater keines Blickes.

»Ich hoffe, Sie haben nichts dagegen, wenn Frau Kempke bei unserem Gespräch dabei ist«, sagte Stollberg, und Rattke war ihm für das Ende der fast peinlichen Situation geradezu dankbar.

»Nein, natürlich nicht.«

Sie nahmen Platz. Stollberg ließ seinen Blick zwischen Rattke und Vollmar hin und her wandern.

»Ich hörte von meinem Hausmädchen, dass Sie von der Polizei sind. Kriminalpolizei?«

»Ja.«

»Ich habe Sie bereits erwartet, allerdings im Großmarkt. Ich weiß, dass Julia Flemming tot ist. So etwas spricht sich dort rasend schnell herum. Nur wie es passiert ist, wissen wir nicht.«

Rattke erklärte es ihm. Danach blieb Stollberg einige Zeit lang regungslos sitzen.

»Herr Stollberg, wie gut kannten Sie Julia Flemming?«

Stollberg hob beide Hände in Schulterhöhe und ließ sie wieder sinken. »Sie war die Frau eines meiner Arbeiter. Marius heißt er, Marius Flemming. Sie begleitete ihren Mann manchmal morgens zum Großmarkt. Vor einem Jahr kam sie jeden Tag. Marius hatte damals für einige Wochen den Führerschein entzogen bekommen. Er war in einem Wohngebiet zu schnell gewesen. Seine Frau, pardon, seine Exfrau, musste ihn daraufhin zur Arbeit fahren.«

Stollberg blickte auf seine Hände, die wie im Gebet zusammengefaltet auf dem Tisch lagen. »Eigentlich kommt es nicht überraschend für mich.«

»Inwiefern?«

Stollberg warf Susan Kempke einen raschen Blick zu.

»Sie machte jedem schöne Augen. Sobald Marius mit seiner Arbeit angefangen hatte, flirtete sie ganz ungeniert mit den anderen Männern.«

»Auch mit Ihnen?«

Stollberg lachte auf. »Dafür war ich ihr wohl zu alt.«

Sein Sohn ließ ein glucksendes Lachen hören, worauf Adrian Stollberg ihm einen bitterbösen Blick zuwarf. Jochen verstummte abrupt. Es schien Rattke sogar so, als würde er die Schultern zusammenziehen und am liebsten seinen Kopf zwischen seinem Hemdkragen verstecken. Dieser Junge kuschte vor seinem Vater, das wurde ganz offensichtlich.

»Kannten Sie Julia Flemming?«, fragte Rattke ihn.

»Flüchtig«, antwortete Jochen Stollberg. »Der Name sagt mir zwar etwas, aber ich könnte sie nicht beschreiben.«

Rattke wandte sich wieder dem alten Stollberg zu.

»Was können Sie mir über Marius Flemming allgemein sagen?«

»Eigentlich nur Gutes.« Stollberg wählte seine Worte mit Bedacht. »Er ist pünktlich, zuverlässig und meistens gut gelaunt.«

»War er am Mittwochmorgen die ganze Zeit über im Markt?«

»Davon gehe ich doch aus. Natürlich habe ich ihn nicht die ganze Zeit im Auge gehabt, aber es würde mir auffallen, wenn einer meiner Arbeiter für längere Zeit das Gelände verlässt. Außerdem habe ich bei Marius, wie gesagt, keinen Grund, über ihn zu klagen. Ist er denn verdächtig?«

»Im Moment sind alle verdächtigt, die Julia Flemming kannten.«

»Aha, verstehe, also auch ich?«

Rattke lächelte leicht. »Wenn Sie so wollen, ja.«

Das Läuten des Telefons auf dem kleinen Beistelltisch neben dem Fenster drang störend und grell in die Unterhaltung. Adrian Stollberg nahm ungehalten den Hörer ab.

Es überraschte Rattke, dass er mit dem Telefonhörer nicht den Raum verließ, aber dann bemerkte er, dass es sich um ein Designtelefon mit einer goldenen Schnur handelte. Stollberg antwortete nur mit »Ja« und »Nein«, dann legte er auf.

»Also, Herr Kommissar, wo waren wir stehen geblieben?«

»Ich hatte gerade angedeutet, dass alle, die mit Julia Flemming direkt oder indirekt zu tun hatten, als Täter in Frage kommen.«

»Ach so, ja.« Stollberg nickte. »Nun, ich kümmere mich kaum um die Privatangelegenheiten meiner Mitarbeiter. Ich verlange von ihnen Pünktlichkeit und Zuverlässigkeit und harte Arbeit. Alles andere interessiert mich nicht oder nur am Rande. Julia war mir auch nur zufällig aufgefallen. Ich kann Ihnen dabei nicht weiterhelfen, so gern ich das auch tun würde.«

»Sie soll für einen Ihrer Kollegen gearbeitet haben. Theissen heißt er.«

Stollberg nickte. »Das ist richtig. Er hatte sie in einem Anflug von sozialer Hilfe im Büro angestellt.« Er machte eine wegwerfende Handbewegung. »Aber nur kurz. Ich hatte ihn gewarnt, doch er wollte nicht auf mich hören. Sie war keine – wie soll ich sagen – Bürofrau. So etwas habe ich sofort gesehen.«

»Warum wurde sie wieder entlassen?«

»Das müssen Sie Theissen schon selbst fragen. Haben Sie noch nicht mit ihm gesprochen?«

»Nein. Wir haben ihn bisher nicht erreicht. Wissen Sie, wo wir ihn antreffen können?«

Stollberg sah auf seine Uhr. »Um diese Zeit ist er wohl am Baldeneysee. Er ist ein begeisterter Segler.«

Rattke machte sich einige Notizen. In diesen Minuten war die Stille zu spüren, eine Spannung zwischen sich und der Frau, die ihm fremd, aber nicht unangenehm war. Wieder kitzelte ihm ihr Parfüm in der Nase. Er schrieb langsam und auch Dinge auf, die nichts mit dem Fall zu tun hatten, aber er wollte diese Atmosphäre lange spüren, und er wollte diese Befragung ausweiten, weil er ihre Nähe genoss.

Als er den Kopf wieder hob, merkte er, dass sie ihn die ganze Zeit über nicht aus den Augen gelassen hatte.

»Wie war es bei Ihnen? Kannten Sie Julia Flemming auch?«

Susan Kempke schüttelte den Kopf. »Nein.«

»Ganz sicher?«

Sie lächelte sanft. »Ich weiß wie sie aussah, wie sie ging, wie sie lachte und kokettierte, aber ich kannte sie nicht. Ich habe nicht ein einziges Wort mit ihr gewechselt.«

»Wo haben Sie Julia Flemming gesehen?«

»Am Großmarkt.«

»Sonst nirgendwo?«

»Nein.«

»Wie oft sind Sie dort?«

Susan Kempke zuckte leicht die Schultern. »Selten. Adrian – Herr Stollberg – fährt stets sehr früh zum Großmarkt. Zu der Zeit schlafe ich noch. Manchmal, wenn ich in die Stadt muss, komme ich am Großmarkt vorbei und schaue kurz rein. So wie heute. Dabei ist mir Julia Flemming begegnet.«

»Dann können Sie die Worte Ihres Lebenspartners nicht bestätigen?«

»So ist es. Ich hüte mich auch, etwas über einen Menschen zu sagen, was ich nicht genau weiß.«

Wieder machte sich Rattke ein paar Notizen. Er fühlte sich irgendwie befangen und war froh, dass Peter Vollmar das Wort ergriff.

»Arbeiten Sie in der Firma Ihres Partners?«

»Nein. Ich war Psychologin. Dann habe ich meine Praxis verkauft.«

»Oh«, machte Vollmar. »Einen solch interessanten Beruf gibt man auf?«

»Jeder Beruf kann auf Dauer eintönig werden. Ist das bei Ihnen nicht auch so?«

Vollmar sah Rattke an. Dieser nickte kurz. »Manchmal wünsche ich mir schon, mich nicht nur mit Verbrechen der übelsten Kategorie beschäftigen zu müssen.«

»Sehen Sie. Ich bereue meinen Entschluss nicht.«

»Tja.« Rattke sah auf seinen Notizblock. »Das war es schon, was ich mit Ihnen besprechen wollte.« Er stand auf. »Ah, noch eines. Ich habe gehört, dass Sie Ihren Betrieb vergrößern wollen. Sie haben Herrn Theissens Anteil gekauft?«

Stollberg nickte. »Der Vertrag liegt unterschriftsreif beim Notar. Es war ein ganz normales Geschäft. Herr Theissen möchte sich aus der Branche zurückziehen. Kann ich Ihnen sonst noch helfen?«

»Im Augenblick nicht. Danke.«

Sie standen auf und verabschiedeten sich. Susan Kempke begleitete sie zur Tür. Im Flur blieb sie stehen.

»Ist Ihnen eine Anna Langner bekannt? Sie soll auch bei der Kripo arbeiten.«

Rattke hob überrascht die Augenbrauen. »Aber sicher kenne ich Anna Langner. Warum fragen Sie?«

»Wir sind zusammen in einer Schulklasse gewesen. Grüßen Sie sie herzlich von mir.«

»Das werde ich tun«, sagte Rattke und ging hinaus. In diesem Moment hörten sie die Stimme Adrian Stollbergs im Haus. Er sprach so laut, dass Rattke und Vollmar draußen jedes Wort verstehen konnten. Es waren keine freundlichen Ausdrücke, die er seinem Sohn an den Kopf warf, aber bevor die beiden Kommissare mehr erfahren konnten, fiel die Tür hinter Susan Kempke ins Schloss.

Im Wagen saßen Rattke und Vollmar eine Weile schweigend nebeneinander, während andere Autos vorbeifuhren und Spaziergänger neugierig in den Wagen hineinschauten, weil zwei erwachsene Männer fast regungslos auf ihren Sitzen verharrten.

»Eine nette Familie«, sagte Vollmar schließlich leise. »Was hältst du von den beiden?«

»Du meinst Vater und Sohn?«

»Hmm.«

»Wie Hund und Katze. Ich möchte zu gern wissen, was zwischen ihnen vorgefallen ist.«

»Ich auch. Vielleicht ist die Frau der Grund.«

Rattke schaute ihn überrascht von der Seite her an. »Susan Kempke?«

»Warum nicht. Das ist doch ein echtes Vollweib«, platzte Vollmar heraus. »Was ist sie, GE? Eine Mischung aus Diva und Prostituierter? Die würde ich nicht von der Bettkante stoßen.«

»Nun gib nicht so an«, grinste Rattke.

»Sie hat dir doch auch gefallen.«

»Wie kommst du denn darauf?«

Vollmar lachte. »Du hast sie mit den Augen praktisch ausgezogen, GE. Gib es zu, du bist scharf auf sie.«

»Du spinnst.«

Vollmar startete den Wagen. »Stimmt, du bist ja in deine Katharina verknallt. Hatte ich ganz vergessen. Wohin jetzt?«

»Zum Baldeneysee natürlich.«

18

Der Baldeneysee ist der größte der sechs Ruhrstauseen. Er liegt im Süden der Stadt Essen. Im Jahr 1927 wurde er geplant und in den Jahren 1931 – 1933 fertiggestellt. Da die ersten Planungen das Stauwerk in Höhe des Schlosses Baldeney vorsahen, erhielt der See seinen Namen. Später stellte man jedoch fest, dass wegen des geringen Gefälles nur eine verminderte Stromerzeugung möglich war und deshalb entschied man sich, den See weiter flussabwärts bei dem Essener Stadtteil Werden zu errichten. Den Namen Baldeneysee behielt er aber.

Als Rattke und Vollmar die Staumauer erreichten, war es kurz vor zwei am Nachmittag. Es herrschte Hochbetrieb. Die Weiße Flotte der Stadt Essen, die hier in den Sommermonaten regelmäßig verkehrt, war gerade angekommen und Dutzende von Gästen verließen das Schiff. Rattke hatte das Gefühl, dass alle durcheinander sprachen, und dass sich neben Holländisch auch Englisch, Französisch und Japanisch vermischten. Deutsch war am wenigsten zu hören.

»Kannst du mir mal sagen, wie wir hier Ingo Theissen finden sollen?«, fragte Vollmar mürrisch.

Rattke wusste es selbst nicht. Er dirigierte Vollmar auf einen freien Parkplatz neben einem Kiosk. Die Verkaufstheke war hauptsächlich von Kindern umlagert, die ein Eis, einen Hamburger oder eine Bockwurst kauften. Rattke war kein Mensch, der sich vordrängte, wenn es nicht notwendig war, und so stellte er sich gehorsam in die Reihe.

Plötzlich stieß ihn sein Kollege in die Seite.

»Da ist er doch!« Vollmar streckte den Arm aus und deutete

zum Ufer. Tatsächlich! Dort lag ein weißes Boot von etwa fünf Metern Länge. Die Segel waren eingerollt, und ein kleiner Steg verlief vom Deck zum Ufer. An der Vorderseite des Bootes stand ein Name:

»THEISSEN 1«

Vollmar zog Rattke aus der Reihe. »Wenn das nicht unser Mann ist, dann fresse ich einen Besen.«

Sie gingen auf die beiden Männer zu, die auf dem saftigen Gras vor dem Boot hockten und sich angeregt unterhielten. Der eine war etwa Mitte vierzig, mit hellen Haaren und einer kräftigen Statur. Der zweite Mann war älter. Rattke schätzte auf ihn Mitte sechzig. Während der jüngere einen Sportdress trug, hatte der ältere eine dunkle Latzhose an.

»Herr Theissen?«

Die beiden hoben die Köpfe.

»Ja«, antwortete der jüngere Mann. »Und wer sind Sie?«

Rattke zückte seinen Ausweis und stellte sich und Vollmar vor. Theissen schluckte.

»Wie haben Sie mich gefunden?«

Rattke deutete auf den Schriftzug am Boot. »Das war nicht schwer.«

»Ach ja, der Name. Sehr einfallslos, nicht? Weshalb sind Sie gekommen?«

»Es geht um eine Julia Flemming.«

Theissen wirkte in keiner Weise überrascht, sondern eher erleichtert. Rattke sah den Mann an Theissens Seite an. »Gehören Sie zusammen?«

»Nein. Ich bin Theo. Theo Kroos. Ich arbeite hier beim Bootsverleih.«

»Würden Sie uns bitte allein lassen?«

Der Mann stand sofort auf. »Aber klar doch. Ich habe sowieso zu tun.«

Er ging rasch davon. Theissen sah ihm hinterher. »Theo ist sozusagen Mädchen für alles.«

»Sie wissen, was passiert ist?«, fragte Rattke.

Theissen nickte.

»Wie haben Sie davon erfahren?«

»Ein Bekannter hat mich angerufen.«

»Ihr Kollege Adrian Stollberg?«

»Nein. Harald Buchner informierte mich.«

»Ich habe einige Fragen an Sie.«

Rattke sah sich um. In der Nähe hantierten ihm zu viele fremde Personen. »Können wir uns irgendwo ungestört unterhalten?«

»Wie wär´s mit meinem Boot? Es sieht nur so klein aus. Im Innern ist Platz genug.«

Er hatte nicht übertrieben. Rattke und Vollmar waren überrascht, wie groß der Innenraum des Segelbootes war. Sie setzten sich auf kleine Hocker, die im Boden verankert waren.

»Stollberg hat Ihnen gesagt, wo Sie mich finden, nicht?«, fragte Theissen.

Rattke nickte. »Als Sie von Harald Buchner erfahren haben, dass Julia Flemming ermordet wurde, was haben Sie da gedacht?«

»Scheiße«, antwortete Theissen unverblümt. »Einfach nur Scheiße. Ich war am Steg, als das Handy klingelte. Ich wäre fast vor Schreck ins Wasser gefallen.«

»Waren Sie allein?«

»Ja.«

»Seit wann kannten Sie Julia Flemming?«

»Ich bin ihr vor acht oder neun Jahren zum ersten Mal begegnet.«

»Geht das auch etwas genauer?«

»Es war an Jochens einundzwanzigsten Geburtstag.«

»Jochen?«

»Jochen Stollberg. Es gab eine große Party. Sechzig, siebzig Leute. So nach dem Motto >Ich kenne auch noch jemanden, den ich mitbringe<. Julia war mir sofort aufgefallen.«

»Inwiefern?«

Theissen hob die Hände mit den Handflächen nach oben, wie ein Pfarrer, der einen Segen austeilen möchte. »Sie war sehr hübsch und jung, vielleicht achtzehn oder neunzehn, aber sie wirkte sehr schüchtern.«

»Sie haben mit ihr geredet?«

»Ich habe es versucht. Aber sie hat kein Wort gesagt. Wir standen in einer Clique von sieben oder acht Personen und dazwischen war Julia. Sie wurde von den Jungen aufgezogen, weil sie eben so zurückhaltend war.«

»Und danach? Haben Sie Julia wiedergesehen?«

»Nein. Erst als sie die Freundin und später die Frau von Marius Flemming geworden war. Da hatte sie sich verändert, sehr sogar. Sie war immer noch hübsch, vielleicht sogar noch attraktiver als mit achtzehn. Aber auf eine ganz andere Art. Sie kokettierte und war sich bewusst, dass sie die Blicke der Männer auf sich zog.«

»Seitdem waren Sie mit ihr befreundet, eng befreundet?«

»Ich habe mit ihr geschlafen, wenn Sie das meinen, Herr Kommissar«, gab er unumwunden zu.

»Es hat Ihnen nichts ausgemacht, einen Ihrer Arbeiter zu hintergehen?«

»Warum?« Er zuckte nur die Schultern.

»Wann haben Sie Julia Flemming das letzte Mal gesehen?«

»Am Montag.«

»Um wie viel Uhr war das?«

»Morgens gegen halb zehn. Wir hatten uns am Abend zuvor verabredet. Wir sind ins Kino gegangen. Aber wir haben von dem Film nicht viel mitgekriegt. Danach sind wir dann zu mir gefahren.«

»Sie hatten also nichts dagegen, dass man Sie mit Julia Flemming zusammen sieht?«

»Nein.«

»Was haben Sie dann gemacht?«

»Wie bitte?«

Rattke verzog das Gesicht. »Ich weiß schon, was Sie getrieben haben, aber das kann ja wohl nicht den ganzen Abend und die ganze Nacht gewesen sein. Haben Sie etwas gegessen, getrunken?«

»Ich habe für uns gekocht. Ich koche gerne. Wir haben ausführlich gespeist und dann sind wir ins Bett gegangen.«

»Und Julia Flemming verließ Sie also gegen halb zehn am Montagmorgen?«

»Ganz genau«, nickte Theissen.

»War sie verändert? Hat sie von einem neuen Date gesprochen?«

»Ich habe keine Ahnung.«

»Denken Sie nach. Hatte sie eine neue Verabredung?«

»Soviel ich weiß, nein.«

Die Luft in der Kajüte wurde schlechter. Rattke gab Vollmar ein Zeichen, die Tür ein wenig zu öffnen. Sofort strömte frischer Wind herein. Ingo Theissen fuhr sich mit der Hand über die Stirn. Er hatte einen trockenen Mund, ging zu einem kleinen Kühlschrank und holte eine Flasche Mineralwasser heraus.

»Möchten Sie auch einen Schluck?«, fragte er die Kommissare.

»Nein danke«, sagten Rattke und Vollmar. »Also gut«, fuhr Rattke dann fort. »Julia Flemming verließ gegen halb zehn Ihre Wohnung. Das war an dem Vormittag, an dem Sie abends auf ihren Mörder gestoßen sein muss. Haben Sie sich mit ihr neu verabredet?«

Theissen schüttelte den Kopf. »Das machten wir nie. Wenn …«

»Ja?«

Er schien Zeit zu brauchen, für das, was er sagen wollte. »Wenn – wenn ich gerade Lust hatte, rief ich sie einfach an.«

»Und sie kam dann sofort?«

»Meistens.«

Vollmar bedeutete Rattke mit einem raschen Blick, dass er übernehmen wollte. Ein Wechsel der Befragung brachte oft frischen Wind.

»Wir wissen, wie unangenehm dies für Sie ist, Herr Theissen«, begann Vollmar. »Aber wir sind hier, um einen Mord aufzuklären. Deshalb ist jede Kleinigkeit für uns wichtig. Sie sind Julia Flemming nicht gefolgt?«

Theissen drehte überrascht den Kopf zu Peter Vollmar hin. »Aber nein. Warum sollte ich das?«

»Haben Sie Julia Flemming noch mit anderen Männern bekannt gemacht?«

Er wurde etwas blass. »Das mit Buchner war aus einer Bierlaune heraus. Ich wollte es gar nicht, aber der Alkohol lockert halt die Zunge. Als es raus war, hätte ich mich ohrfeigen können.«

»Warum sind Sie nicht mit ihr in das Hotel Weißenhof gefahren? Sie haben dieses Etablissement Buchner doch empfohlen.«

»Buchner ist verheiratet. Er musste vorsichtig sein. Bei mir ist es anders. Ich bin Junggeselle.«

»Wussten Sie, dass Julia Flemming schwanger war?«

Er schluckte, und sein Adamsapfel tanzte auf und ab. »Buchner hat es mir erzählt. Bis dahin hatte ich keine Ahnung.«

»Könnten Sie für die Vaterschaft infrage kommen?«

»Möglich«, antwortete Theissen langsam. »Sie war im dritten Monat, nicht? Dann könnte es hinkommen.«

»Was hätten Sie getan, wenn Julia Flemming Sie als den Vater angegeben hätte?«

Theissen blinzelte verwirrt. »Ich verstehe Sie nicht ganz?«

»Das ist doch ganz einfach. Wären Sie erfreut darüber gewesen, Vater zu werden?«

»Nein.« Die Antwort kam mehr reflexartig und sehr schnell. Theissen merkte, dass es ein Fehler war und kniff die Lippen zusammen.

Vollmar wechselte mit Rattke einen schnellen Blick. »Sie hätten sich also niemals zu dem Kind bekannt?«

Theissen schwieg.

Rattke hob einen Finger, um Vollmar zu zeigen, dass er etwas fragen wollte. »Waren Sie nie bei ihr zu Hause?«

»Sie wollte das nicht.«

»Wissen Sie warum?«

»Julia sagte, dass ihre Mutter sie stets beobachten würde, dass wir dort nie ungestört wären. Außerdem habe ihr Exmann einen Schlüssel von ihrer Wohnung. Es könnte sein, dass er unverhofft auftaucht. Sie hatte ja keinen Streit mit ihm. Die beiden besuchten sich häufig, und deswegen ging er immer noch ein und aus bei ihr.«

»Sie haben Julia Flemming einen Job gegeben, nicht wahr?«

Theissen lachte auf. »Ja, ich habe sie als Bürogehilfin eingestellt. Sie erzählte mir, sie habe einen Schreibmaschinenkurs absolviert. So etwas gibt es tatsächlich noch. Sie konnte mit zehn Fingern blind tippen und sehr schnell. Ich habe ihr die meisten Briefe direkt in den Computer diktiert, nicht auf Band.«

»Wann war das?«

Er überlegte kurz. »Das ist jetzt drei bis dreieinhalb Jahre her.«

»Und wie lange war sie bei Ihnen?«

»Nicht mal einen Monat. Ich musste sie rauswerfen. Sie hatte in die Kasse gelangt. So etwas konnte ich nicht dulden. Sie war kein großer Verlust, müssen Sie wissen.«

»Und dennoch haben Sie sich später immer wieder mit ihr getroffen?«

»Warum nicht? Sie wollte es, ich wollte es. Es war halt eben so einfach. Dass sie jetzt tot ist, tut mir wirklich leid. Aber ich habe damit nichts zu tun, Herr Kommissar.«

Rattke antwortete nicht darauf. Er machte sich ein paar Notizen und sah seinen Kollegen an. Vollmar schüttelte den Kopf.

Wir kommen keinen Schritt weiter, dachte Rattke resigniert. Es kam vor, dass langjährige Angestellte oder Verkäuferinnen für weniger als einen Euro fristlos entlassen wurden. Ein Motiv sie zu töten, war das für Theissen sicherlich nicht.

Wenig später, nachdem Theissen ihnen noch sein gesamtes Boot gezeigt hatte, verabschiedeten sie sich wieder. Vollmar fuhr langsam am See vorbei, hinter dem die Sonne im Westen unterging und den Abend in leuchtendrote Farben tauchte. Wenigstens für diesen Anblick hatte sich ihre Fahrt zum Baldeneysee gelohnt.

»Julia Flemming hat Ingo Theissen also um halb zehn am Montagmorgen verlassen«, resümierte Rattke während der Fahrt. »Gegen zehn wurde sie von ihrer Mutter gesehen, wie sie das Haus betrat. Die Mutter hat dann bis so um vier geschlafen. Als sie wach wurde, war ihre Tochter schon wieder weg.«

»Richtig.« Vollmar nickte. »Nehmen wir mal an, Julia Flemming hat sich wirklich aufs Ohr gelegt und ist dann Hals über Kopf wieder aufgebrochen, weil sie einen Anruf erhielt. Das spräche für ihr unaufgeräumtes Schlafzimmer. Im Bad ist sie während dieser Zeit offenbar nicht gewesen, denn das war ja picobello sauber.«

»Dann muss sie es ganz schön nötig haben«, meinte Rattke. »Zwei Männer an einem Tag.«

»Tja, manche Frauen versteht man nie.«

Es war spät, als sie in Dortmund ankamen. Rattke ließ sich zum Präsidium bringen. Er wollte erst noch den Bericht für den Kriminalrat und die Staatsanwältin fertig schreiben. Bis vor einigen Jahren wäre das nicht nötig gewesen, da hätte er bis Montag gewartet, aber jetzt hatte er am Morgen darauf schon mal etwas vergessen.

»Bis Montag dann«, sagte Vollmar und gab Gas.

Es war niemand mehr in Rattkes Abteilung. Ein Blick durchs Fenster zeigte ihm, dass in Anna Langners Büro noch Licht brannte. Da sie so spät noch arbeitete, musste es ihr heute wohl wieder bessergehen. Wenn er sich beeilte und den Bericht schnell fertig hatte, könnte sie ihn heute noch lesen.

Rattke setzte sich an seinen Schreibtisch, zog die Tastatur des Computers zu sich heran und begann zu tippen.

Marius Flemming hatte seine Exfrau als vitale, schöne Frau beschrieben, mit einer Figur, nach der sich viele Männer umgedreht hätten. Sie sei lebenslustig gewesen, habe keinen Beruf gelernt. Dazu habe sie nie die richtige Gelegenheit gehabt, obwohl sie intellektuell das Zeug dazu gehabt habe. Flemming machte ihre Mutter für Julias fehlende Berufsausbildung verantwortlich. Julia habe gleich nach der Schulzeit für beide sorgen müssen. Für eine Lehre war da keine Zeit gewesen.

Maria Seliger war auf ihre Tochter nicht gut zu sprechen gewesen, aber sie hatte den Grund bei ihrer Tochter gesucht, nicht bei sich selbst. Vielleicht war das eine gewisse Art von Selbstschutz der Mutter, weil sie dann nicht eingestehen musste, dass sie selbst in ihrer Erziehung versagt hatte.

Richtige Freunde hatte Julia Flemming kaum, jedenfalls konnten weder ihre Mutter noch ihr Exmann etwas darüber sagen. Aber warum hatte sich eine solch schöne Frau den Männern an den Hals geworfen? Was war in ihr vorgegangen? Brauchte sie den sexuellen Kontakt oder suchte sie einfach nur Zuneigung? Das war schwer zu verstehen, denn diese Art von Liebe endete nicht selten in der Gosse oder im Bordell. Dazu war es offenbar zum Glück bei Julia Flemming noch nicht gekommen, das hätte er aus dem Gespräch mit ihrer Mutter herausgehört. Obwohl, sicher konnte er sich bei seiner Vermutung nicht sein.

Wieder fiel Rattke seine Jugendliebe Katharina ein. Ein fröstelnder Schauer kroch über seinen Rücken, als er sich vorstellte, dass Katharina seit ihrer Scheidung von René ohne Hemmungen Männerbekanntschaften gesucht hätte.

Nein! Das nicht! Niemals Katharina.

Aber er hatte seit Monaten nichts von ihr gehört. Vermutlich hatte sie sogar wieder einen neuen Partner. Der Gedanke daran behagte ihm gar nicht. Nach seinem Anruf damals hatten sie sich einmal kurz getroffen und sich geschworen, sich bald wieder zu sehen. Aber bei dem Versprechen war es bis heute geblieben.

Rattke schrieb weiter.

Die Befragungen der beiden Gemüsegroßhändler Stollberg und Theissen nahmen fast drei Seiten in Anspruch. Rattke beschrieb ausführlich ihre Beziehungen zu der Ermordeten. Eine persönliche Einschätzung ließ er natürlich sein, aber er war sicher, dass Ingo Theissen nicht nur Harald Buchner mit Julia Flemming bekannt gemacht hatte, sondern dass es da weitere Männer gab, die er an sie vermittelte.

Eine moderne Zuhälterei, dachte Rattke entsetzt. Und es würde ihn nicht wundern, wenn sich herausstellt, dass Theissen von diesen Männern eine Provision kassiert hatte.

Adrian Stollberg war für Rattke ein undurchsichtiger, aber auch aalglatter Mann. Ihn konnte er nicht einschätzen.

Harald Buchner erwähnte Rattke nur mit einem Satz. Er wusste nicht warum, aber er glaubte dem Finanzberater jedes Wort.

Jochen Stollberg war für ihn ein Luftikus, der sich zu wichtig nahm und in den Tag hineinlebte.

Rattke las noch einmal alles durch, dann drückte er auf eine Taste. Da die Computer im Präsidium miteinander vernetzt waren, konnte er den Bericht sofort an die Computer des Kriminalrates und der Staatsanwältin senden.

Zufrieden verließ er wenig später sein Büro. Er war froh, ein relativ ruhiges Wochenende vor sich zu haben. Außerdem fühlte er sich sehr erschöpft. Seine Kraft war für heute aufgebraucht.

19

Drei Nächte träumte er von ihr, danach war die Erinnerung verblasst. Mit Genugtuung und Freude hatte er bis dahin die Pressemitteilungen über den Tod Julia Flemmings und die Ermittlungen der Polizei gelesen. Sie waren ja so ahnungslos, so naiv, obwohl sie behaupteten, einen großen Schritt weitergekommen zu sein.

Nun stand in den Zeitungen nichts mehr von dem Mord an

Julia Flemming. Er war überrascht, wie schnell das ging.

Mord! Wie sich das anhörte.

Er war doch kein Mörder, er doch nicht!

Er legte die Zeitung fort, ging in die Küche, holte sich sein heißes Wasser und goss sich Tee auf. Der Duft zog wohltuend durch den Raum.

Mit der dampfenden Teetasse trat er ans Fenster. Vor dem Haus war alles ruhig, hin und wieder fuhr ein Wagen vorbei, bremste vor dem neuen Kreisverkehr kurz ab und fuhr dann weiter.

Er war stolz darauf, dass niemand auf ihn kam, dass keine Spur zu ihm führte. Sein Plan begann, ihm Spaß zu machen. Nicht nur er selbst würde davon profitieren, sondern auch noch jemand anderes, genauer gesagt, zwei andere Personen. Nur wussten die nichts von ihrem Glück, aber sie würden bestimmt danach drei Tage feiern und den Unbekannten, der für ihre Rache gesorgt hatte, in den höchsten Tönen loben.

Ein wenig bedauerte er, dass er sich ihnen nicht zu erkennen geben konnte. Sie würden ihn fürstlich belohnen, dessen war er sicher. Vielleicht – und das war sein neuer Gedanke, würde er ihnen anonym ein paar Hinweise geben und sie bitten, sich doch mit Geld erkenntlich zu zeigen.

Er lächelte. Das war wieder so ein genialer Schachzug von ihm.

Noch während dieser Gedanken wurde er ernst. Es gab noch einen wunden Punkt bei der Geschichte, und er wurde wieder unsicher. Diese Putzfrau im Hotel ging ihm nicht aus dem Kopf. Genauso oft wie er von Julia Flemming geträumt hatte, hatte er an sie gedacht.

Er könnte zum Hotel fahren und auf sie warten, ihr folgen, um herauszufinden, wo sie wohnte. Seinen ersten Gedanken, den Portier danach zu fragen, hatte er schnell wieder fallengelassen. Er wollte keine unnötigen Spuren hinterlassen.

Er sah auf die Uhr und stellte fest, dass es bereits zu spät war, um ihr aufzulauern. Eine Putzfrau würde früh anfangen und somit auch früh wieder aufhören. Bis er am Hotel angekommen war, war sie längst verschwunden. Er musste sein Vorhaben verschieben.

Morgen, dachte er. Morgen ist ein guter Tag.

Er würde auf sie warten, ihr folgen und sehen, wie sie kam und wann sie wieder gehen würde. Aber vor allem musste er ihren Heimweg nach einer Stelle auskundschaften, wo er sie am besten abfangen konnte.

Dieser Gedanke beflügelte ihn und ließ ihn lächeln. Er nahm einen vorsichtigen Schluck Tee, stellte dann die Tasse auf dem Küchentisch ab, weil das Getränk noch zu heiß war und setzte sich.

Er begann ein Lied zu pfeifen und ganz langsam reifte ein neuer Plan in ihm.

20

Am Samstag überlegte GE Rattke, ob er zu einem Fußballspiel gehen sollte, dann entschied er sich aber anders. Seit seinem letzten spektakulären Fall hatte er kein Stadion mehr betreten. In den Westfalenpark wollte er auch nicht. Dort war er zuletzt mit Katharina und ihren Kindern gewesen. Die Erinnerung an sie schmerzte immer noch, aber da war auch das Bild der faszinierenden Susan Kempke und der jungen Kellnerin am Rhein in Düsseldorf.

Ich bin umgeben von schönen Frauen, dachte er, zumindest in meinen Vorstellungen.

Er fühlte, dass die Einsamkeit ihm zu schaffen machte, und er hatte Angst, durch diese Isolation ein seltsamer Kauz zu werden. Manchmal sah ihn Peter Vollmar schräg von der Seite her an, als habe er wieder einmal völligen Blödsinn zu einem Fall beigetragen.

Natürlich wurde sein Leben von Verbrechen der übelsten Sorte bestimmt. Aber wo blieb sein Privatleben? Er wusste es nicht, er hatte es vermutlich bei seinem Antritt als Kriminalkommissar am Eingang abgegeben.

Er musste Abstand gewinnen. Sonst lief man nur mit Scheuklappen durch die Gegend, und sah weder rechts noch links des Weges Zeichen einer Lösung. Nichts war besser für einen klaren Kopf geeignet, als sich beim Sport auszutoben.

Kurz entschlossen zog er sich seinen Trainingsanzug über und fuhr zum Signal-Iduna-Park. Einige andere Jogger hielten sich auch in der Nähe des Stadions auf. Mit jedem Meter, den er lief, fühlte sich Rattke wohler in seiner Haut. Und als er nach einer halben Stunde zurück zum Auto ging, hatten die Glücksgefühle, die das Joggen in ihm wachgerufen hatte, die Oberhand gewonnen. Zu Hause duschte er und legte sich auf die Couch. Gemütlich schaltete er den Fernseher an. Er hatte beschlossen, den ganzen Nachmittag vor der Flimmerkiste zu verbringen.

Wenig später stand er auf und ging unruhig hin und her. Es war wie verhext, er konnte einfach nicht abschalten. Vielleicht tat ein Besuch bei Paul Wahrholz gut. Lange genug hatte er ihn hinausgeschoben.

Das Krankenhaus Bethanien in Iserlohn, der größten Stadt des Sauerlandes, lag an einem kleinen Berghang. Eine Idylle, dachte Rattke, wenn es sich nicht ausgerechnet um ein Krankenhaus handeln würde.

Über eine lange Steintreppe gelangte er ins Innere. Hier roch es leider wie in allen Krankenhäusern nach Medizin und Desinfektionsmitteln. Pauls Zimmer lag im zweiten Stock. Er war allein, sein Zimmergenosse am Tag zuvor entlassen worden.

»GE? Du bist es tatsächlich?«

Rattke verzog die Mundwinkel über diese kleine Anspielung. Wahrholz lachte.

»War nicht so gemeint. Ich kenne doch die Arbeit im Kommissariat. Es ist ein Wunder, dass du überhaupt kommen konntest. Ich wäre auch sonst nicht böse gewesen. Nimm dir einen Stuhl und setz dich zu mir.«

Rattke rutschte näher. Das Gesicht seines älteren Kollegen war etwas eingefallen, aber im Allgemeinen sah er gut und gesund aus.

»Wie geht es dir?«

»Na ja, es könnte schlimmer sein. Der Arzt will mir nach der Entlassung eine Reha verordnen.«

»Das ist gut.«

»Aber dann fehle ich euch noch länger.«

»Du denkst auch nur an die Arbeit, was?«

»Natürlich«, nickte Wahrholz heftig. »Ich kann euch doch nicht allein lassen. Ohne mich seid ihr aufgeschmissen, oder kommst du einen Schritt vorwärts?«

Rattke seufzte. »Nein, wir treten auf der Stelle.«

Wahrholz wurde ernst. »Erzähl mal, GE. Das bringt mich auf andere Gedanken. Hier unterhält man sich nur über Krankheiten.«

Rattke begann langsam und bedächtig von seinen Ermittlungen zu berichten. Wahrholz hörte aufmerksam zu, und Rattke hatte das Gefühl, dass er immer mehr Farbe ins Gesicht bekam und richtig aufblühte. Als Rattke auf die Schwangerschaft der Toten und auf ein eventuell lebendes Kind kam, wurde Wahrholz sehr nachdenklich. Er war der einzige der drei, der eine Familie hatte, und er konnte sich am besten vorstellen, wie es ist, ein Kind zu haben und eines zu bekommen.

»Das sieht wirklich nicht gut aus«, meinte er schließlich. »Es gibt nichts Schlimmeres als bei den Ermittlungen in der Luft zu hängen. Dieser Exmann Marius gefällt mir nicht. Der muss von dem Kind wissen. So etwas kann eine Frau nicht geheim halten. Man müsste es finden.«

»Nahezu unmöglich. Wir wissen doch gar nicht, in welcher Stadt Julia Flemming ihr Kind zur Welt gebracht hat. Und selbst wenn wir es finden, was könnte uns das nützen?«

Das wusste Paul Wahrholz auch nicht.

Es klopfte. Eine etwas füllig wirkende Schwester kam herein und brachte verschiedene Tabletten. Sie grüßte höflich, lächelte Rattke zu und verließ wieder das Zimmer.

Wahrholz warf einen schrägen Blick auf die Pillen. »Meine tägliche Ration. Ich weiß gar nicht, wofür die alle gut sind. Am liebsten würde ich sie ins Klo spülen. Was macht Peter?«

»Dem geht es gut.«

»Läuft er noch jeden Tag ins Fitnessstudio?«

»Ich denke schon. Ich kontrolliere ihn ja nicht dabei.«

Wahrholz nickte. »Verdammt, GE, ich wollte, ich könnte dir helfen. Aber ich sehe genauso wenig wie du, wo wir ansetzen könnten.«

»Danke, Paul. Mach dir keine Sorgen. Wir werden den Fall früher oder später schon lösen.«

In den nächsten Minuten redeten sie über Gott und die Welt, das Wetter, über den Fußball und schließlich über Paul Wahrholz´ Tochter. Sie hatte eine Ehekrise, wohnte seit ein paar Wochen bei ihnen und heulte seiner Frau und ihm die ganze Nacht die Ohren voll. So etwas ging nicht spurlos an einem vorbei. Wahrholz war sogar froh, einige Tage im Krankenhaus zu liegen.

Rattke hatte nicht das Gefühl, vergebens gekommen zu sein. Einen Kollegen, der gleichzeitig so etwas wie ein Freund war, im Krankenhaus zu besuchen, war nicht nur eine Pflicht, sondern eine Selbstverständlichkeit.

21

Am Samstagmorgen gegen elf Uhr verließ Anna Langner ihre Wohnung. Sie hatte in der Nacht gut geschlafen, am Morgen ausgiebig und lange gefrühstückt und wollte nur noch schnell ein paar Besorgungen machen. Sie fuhr mit dem Bus in die Stadt; an Samstagen war die Innenstadt meistens von Einkäufern überfüllt und ein Parkplatz nur schwer zu bekommen.

Anna stieg in Höhe des Westenhellwegs aus und ging über die Fußgängerzone, bis sie den Kaufhof erreichte. Gegenüber befand sich eine Bäckerei. Die Brötchen und besonders die Kuchen rochen verführerisch. In solchen Augenblicken wusste sie nie, ob sie sündigen oder auf ihre Figur achten sollte. Hätte sie jemand so reden oder denken gehört, der hätte sie ausgelacht. Sie konnte es sich leisten, jeden Tag ein Stück Torte zu verdrücken.

In der Bäckerei wartete sie geduldig, bis sie an der Reihe war und kaufte dann ein Stück Himbeerkuchen und ein Stück Käsekuchen. Sie bezahlte, packte alles vorsichtig in ihre Tasche und betrat wieder den Westenhellweg.

In diesem Moment stockte sie. Ein untrügliches Gefühl hatte sie plötzlich ergriffen. Manche Menschen spüren sofort, wenn sie beobachtet werden, und zu dieser Sorte gehörte auch Anna Langner.

Sie sah schnell und so unauffällig wie möglich nach allen Seiten, aber in dem Menschentrubel war nicht auszumachen, ob sie jemand besonders hartnäckig ansah oder nicht.

Ein paar Gesichter kamen ihr bekannt vor: eine ältere Frau mit einem Gehstock, ein junges Paar mit Kinderwagen, ein Mann mit rötlichem, langen Haar, das er zu einem Zopf gebunden hatte. Aber Anna konnte die Personen nicht einordnen.

Rief da nicht jemand sogar ihren Namen? Aber nein, das war unmöglich!

Ich sehe und höre schon Gespenster, dachte Anna. Sie lachte nervös auf, erschrak dann aber selbst, weil ein älteres Ehepaar neben ihr sie indigniert ansah, und setzte schnell ihren Weg fort.

Aber ihre gute Laune und ihre Einkaufslust waren vorbei. Natürlich dachte sie sofort an ihren früheren Freund Nick, aber der saß noch immer im Gefängnis. Wenn sie sich recht erinnerte, dann würde er auch noch sechs Jahre hinter Gittern bleiben, selbst bei guter Führung blieben ihm noch mindestens drei Jahre, in denen er ihr nicht gefährlich werden konnte.

Trotzdem blieb dieses Gefühl, beobachtet zu werden, den ganzen Vormittag über. Erst als sie wieder im Bus nach Hause saß, fühlte sie sich ein wenig sicherer.

Zu Hause lief sie unruhig in der Wohnung herum. Sie aß den Kuchen ohne Appetit und wunderte sich, als er aufgegessen war.

Anna wusste einige Zeit lang nicht, was sie tun sollte. Die Ungewissheit zerrte an ihren Nerven, und sie musste unbedingt mal mit jemandem reden. Sie dachte an Rattke, aber der war zwar ein guter Polizist, doch ob er auch ein guter Zuhörer war?

Sie trat auf den Balkon, beugte sich über das Geländer und spähte über die Straße. Es gab nichts Auffälliges zu sehen. Alles schien wie sonst, und dennoch blieb diese innere Unruhe. Sie fühlte sich wie eine Radarfalle vor dem nächsten Foto.

Susan Kempke hatte gerade das Kaufhaus verlassen und sich in die Menschenmasse auf dem Westenhellweg gestürzt, als sie Anna Langners Haarschopf zwischen dem Gewühl auftauchen sah. Susan hob den Arm und winkte, aber Anna reagierte nicht.

»Anna!«, rief sie und noch einmal: »Anna!«

Als die Personen neben ihr sie geradezu böse anblickten, verstummte sie. Es brachte nichts, Anna schien taube Ohren zu haben.

Susan drängte sich an einigen Frauen und Männern vorbei, streifte fast einen Saxophonspieler, und während sie sich rasch entschuldigte und dann wieder den Kopf hob, war Anna Langner verschwunden.

»Das gibt es doch nicht«, murmelte Susan perplex. Als Psychologin hatte sie ein Gespür für Situationen, die nicht der Normalität entsprachen. Manchmal, in den verschiedenen Sitzungen, hatte es ein unsichtbares Band zwischen ihr und ihrem Besucher gegeben, so dass sie die Worte ihrer Patienten bereits im Voraus geahnt hatte. Meistens merkten diese nichts davon, aber Susan war erschrocken über ihre Fähigkeit. Sie wusste, dass sie ein gutes Medium war, um das sich jeder Magier reißen würde. Sie aber hatte Angst davor, irgendwann einmal ihre übernatürlichen Sinne auszunutzen. Deshalb auch hatte sie sich eine Auszeit als Psychologin genommen. Sie musste sich erst über sich selbst klarwerden.

Jetzt war genau dieses Gefühl wieder in ihr. Susan hatte an Annas Reaktionen erkannt, dass diese nicht nur Angst hatte, sondern sich auch in großer Gefahr wähnte.

Ich muss ihr helfen, dachte Susan. Sie ärgerte sich, dass sie sich nicht schon bei ihrer ersten Begegnung Annas Telefonnummer hatte geben lassen. Als alte Schulfreundin wäre das nur verständlich gewesen. Nun ja, war halt nicht zu ändern.

Die restlichen Einkäufe erledigte Susan sehr schnell, und eine halbe Stunde später war sie wieder zu Hause. Anna Langners Telefonnummer stand im Telefonbuch. Natürlich ohne Berufsangabe und ohne Adresse. Aber es gab nur eine Anna Langner, und als diese nach dem ersten Klingeln am Apparat war, erkannte Susan ihre Stimme sofort.

»Susan? Du? Das ist aber eine Überraschung. An dich hätte ich jetzt zuletzt gedacht.«

»Hast du denn einen Anruf erwartet?«

»Nein, natürlich nicht.«

»Ich wollte mal von mir hören lassen«, begann Susan, »jetzt, da wir uns nach so langer Zeit wiedergesehen haben.«

»Das ist nett von dir.«

Susan zögerte. »Ich will dir reinen Wein einschenken, Anna. Ich rufe an, weil ich dich heute auf dem Westenhellweg gesehen habe. Ich habe dich gerufen, aber du hast mich nicht gehört. Du machtest einen verstörten Eindruck. Bedrückt dich etwas?«

»Aber nein. Wie kommst du denn darauf?«

Anne spürte sofort, dass Susan ihr kein Wort glaubte.

»Ich würde mich gern mal mit dir unterhalten.«

»Das …« Das geht nicht, wollte Anna sagen, besann sich aber dann. »Wann?«

»Am besten sofort. Heute bin ich allein. Adrian hat irgendetwas von Geschäften gesagt. Kommst du zu mir oder soll ich zu dir kommen?«

»Mir wäre es lieber, ich käme zu dir.« Anna wollte nicht, dass derjenige, der sie möglicherweise beobachtete, sah, wer sie besuchte. »Noch besser wäre ein neutraler Ort.«

»Prima. Kennst du das Café Sonnental?«

»Ja.«

»Dann treffen wir uns dort.«

Erst als Anna Langner auflegte, wurde ihr bewusst, was Susan Kempke gesagt hatte. Susan also war es gewesen, deren Blicke sie in der Innenstadt gespürt und so nervös gemacht hatten.

Fast zehn Jahre lang hatten sie sich weder getroffen noch gesprochen und nun innerhalb weniger Tage gleich zweimal.

Anna fragte sich, ob es Zufall oder Absicht war, dass Susan ausgerechnet zur selben Zeit wie sie in der Stadt war. In ihrem Beruf kam es nur auf Tatsachen an, und so beschloss sie, im Gespräch mit Susan Kempke vorsichtig zu sein. Aber sie war auch sehr neugierig geworden. Sie kannte nämlich Susans Lebenspartner Adrian Stollberg. Sie wusste auch wieder, in welchem Zusammenhang sie ihm begegnet war. Für Stollberg musste die erneute Begegnung mit ihr ein Schock gewesen sein. Oder war er so abgebrüht, dass ihm das absolut nichts ausmachte? Wenn Anna Langner sich recht erinnerte, dann war er in der Stadt zurückhaltend, ja sogar verlegen gewesen. Aber das konnte eine geschickte Tarnung gewesen sein.

Anna Langner war fünf Minuten früher als verabredet im Café, und dennoch war Susan Kempke schon da. Sie sah geradezu zivilisiert aus, nicht so aufgedonnert und grell geschminkt wie beim letzten Mal. Sie lächelte leicht, als Anna sie betrachtete.

»Adrian liebt es, wenn ich mich schminke und ein wenig, wie sagt er?, erotisch kleide. Wenn ich alleine bin, trage ich auch schon mal Sweatshirts und Jeans.«

»Woher kennst du meine Gedanken?«, fragte Anna.

»Ich wäre eine schlechte Psychologin, wenn ich keine Mimik lesen könnte.« Sie lächelte Anna an. »Du hast dich kaum verändert. Meine Güte, wenn ich noch an unsere Schulzeit denke. Erinnerst du dich an unsere Pauker, die dir und mir keine rosige Zukunft vorausgesagt haben? Wenn die uns jetzt sehen und hören könnten … aber ich glaube, die leben schon gar nicht mehr.«

»Oh, der junge Jenninger bestimmt«, warf Anna grinsend ein. »Der war doch hinter jeder Schürze her.« Ach, es tat gut, einmal nur in Erinnerungen zu schwelgen und die dunklen Gedanken der letzten Tage zu vergessen.

»Der sah aber auch verdammt attraktiv aus«, nickte Susan. »Die halbe Klasse war in den verknallt. Hast du mal was von ihm gehört?«

Anna schüttelte den Kopf. »Keine Spur. Wir haben ja auch noch nie ein Klassentreffen gehabt. Das müsste mal jemand in die Hand nehmen, aber ich habe leider keine Zeit dafür.«

»Dabei warst du einige Jahre unsere Klassensprecherin.« Susan Kempke nippte an ihrem Kaffee. »Und das nur, weil du immer gute Noten schriebst. Jetzt kann ich es dir ja verraten. Das war der einzige Grund.«

Anna starrte sie mit einer Mischung aus Ärger und Belustigung an. »So also war das. Und ich habe mich immer gewundert, warum ich über neunzig Prozent der Stimmen bekam.«

Susan sah sie aufmerksam an. »Bist du glücklich, Anna?«

»Glücklich? Wie meinst du das? Privat oder beruflich?«

»Beides.«

Anna lehnte sich etwas zurück und schlug die Beine übereinander. »Sagen wir mal, ich bin zufrieden. In einigen Jahren kann ich Oberstaatsanwältin werden und dann vielleicht nach Berlin ins Justizministerium wechseln. Was will man mehr?«

»Schön«, sagte Susan. »Aber hast du dir überlegt, ob das der Sinn des Lebens ist? Ich meine, es gibt doch noch viel mehr als den Beruf.«

Anna schüttelte den Kopf. »Wenn du eine Ehe mit vielen Kindern meinst, dann bin ich die falsche. So etwas liegt mir nicht.«

»Dann hast du keine Beziehung?«

»Im Moment nicht. Aber …«

»Ja?«, hakte Susan nach, als Anna schwieg.

»Ich bin ein gebranntes Kind, Susan«, fuhr Anna fort. »Ich

liebte mal einen Mann, den falschen Mann.« Und mit leiser Stimme erzählte sie der Psychologin von Nick. Als sie endete, blieb es einige Zeitlang still zwischen ihnen.

»Ist es das, was dir Kummer macht, Anna?«, fragte Susan schließlich. »Hast du Angst, dass dieser Nick zurückkehrt oder schon gekommen ist?« Sie legte eine Hand auf Annas Arm. »Was ist es, Anna? Komm, schütte mir dein Herz aus.«

Anna senkte den Kopf. »Es ist nichts.«

Susan ließ Annas Arm los. »Du hast kein Vertrauen zu mir, nicht wahr? Das verstehe ich. Wir waren zwar Schulkameradinnen, aber nie so etwas wie Freundinnen. Wir waren eher Konkurrenten, wenn es darum ging, die besseren Noten zu schreiben oder den schönsten Mann zu erobern. Und dann haben wir uns fast zehn Jahre lang nicht mehr getroffen. Da fällt es schwer, sich anzuvertrauen. Obwohl – ich könnte dir helfen, Anna. Hast du vergessen, welchen Beruf ich habe?«

Anna sah sie nicht an. »Nein, Susan, das habe ich nicht. Es ist auch schön, sich mit dir zu unterhalten, aber – aber es geht mir gut. Du machst dir unnötige Gedanken. Ich – ich bin im Augenblick nur überlastet mit Arbeit.«

»Hmm, das wird es sein.«

Ein paar Minuten vergingen, in denen sie schweigend ihren Kaffee tranken und den anderen Passanten zusahen.

»Du scheinst dich ohne Beruf sehr wohl zu fühlen«, griff Anna Langner das Gespräch wieder auf. »Liegt es an dieser neuen Beziehung?«

»Oh ja.« Susan Kempke strahlte plötzlich. »Adrian ist ein wundervoller Mann. Er liest mir jeden Wunsch von den Augen ab.«

»Seid ihr schon lange zusammen?«

»Wir haben uns vor fast genau dreieinhalb Jahren kennengelernt. Damals praktizierte ich in einer Gemeinschaftspraxis. Adrian ging es psychisch sehr schlecht.«

Anna wurde plötzlich flau im Magen. Susan schien es nicht zu merken.

»Adrian kam zu mir und ließ sich von mir behandeln. Er wollte zu meinem Partner, aber der hatte keinen Termin frei.« Sie lachte auf. »Tja, so ist er bei mir geblieben. Ich konnte ihm helfen. Ich dürfte eigentlich nicht darüber reden, aber ich verrate

116

ja keine Interna. Adrian war gerade aus einer dubiosen Sache mit einem blauen Auge davongekommen. Er hat mir nicht gesagt, um was es sich handelte. Er hat ein großes Geheimnis daraus gemacht. Zur gleichen Zeit verunglückte seine Frau, und das belastete ihn viel schlimmer.«

O Gott, dachte Anna Langner erschrocken. Das hatte sie nicht gewusst. Aber hätte das etwas geändert? Nein. Sie gab sich die Antwort selbst. Nur bei schwererziehbaren Kindern wurden heute immer wieder familiäre Gründe berücksichtigt, bei erwachsenen und gestandenen Männern ganz bestimmt nicht.

»Irgendwann stand ich vor der Entscheidung, mich selbständig zu machen oder den Beruf ganz aufzugeben«, fuhr Susan fort. »Ich habe mich für Adrian entschieden.«

»Tut es dir nicht leid?«

Susan Kempke gestattete sich zehn Sekunden des Nachdenkens. Dann zuckte sie die Achseln. »Nein. Ich habe es bisher keinen Tag bereut. Obwohl – meine Hochschuldiplome liegen nun in der Schublade und meine drei Bücher, die ich geschrieben habe, will keiner mehr kaufen. Meine eigentliche Berufung, mein Vergnügen, lebe ich nun jeden Tag aus. Es wäre schade, wenn Adrian etwas zustoßen würde. Beruflich oder gesundheitlich. Dann müsste ich wieder anfangen zu arbeiten.«

Anna Langner presste die Lippen aufeinander. Sie war sich nicht sicher, ob Susans Worte eine Anspielung waren oder nicht. Die Psychologin war schon zur Schulzeit immer nur schwer zu durchschauen gewesen.

»Also Anna«, sagte sie. »Glaube nicht, dass ich meinen Beruf verlernt habe. Deshalb musst du mir eines versprechen.«

»Ja?«

»Wenn du tatsächlich mal in der Klemme sitzt, dann zögere nicht, mich anzurufen. Ich helfe dir, immer, zu jeder Zeit.«

Anna lächelte scheu. »Danke, Susan.«

Warum nur habe ich nicht mehr aus Susan herausgequetscht?, fragte sich Anna Langner, als sie nach Hause fuhr. Die Gelegenheit, mehr über Adrian Stollberg zu erfahren, hatte sie verpasst. Was für Sorgen hatte er? Wieso war es ihm psychisch schlecht ergangen? Und wie war es ihm gelungen, wieder wohlhabend zu werden? War da alles mit rechten Dingen zugegangen?

Sie war froh, dass sie sich ihrerseits von Susan nicht aus der Reserve hatte locken lassen. Noch zu gut erinnerte sie sich an Szenen aus der Schulzeit, in denen gerade Susan die Anführerin war, wenn es darum ging, andere zu brüskieren. Natürlich war das inzwischen Vergangenheit und Jugendstreiche sollte und musste man vergessen, aber das Misstrauen blieb.

Anna ging in die Diele, streifte gereizt ihre Schuhe ab, ließ sie einfach liegen und warf ihre Jacke achtlos über einen Sessel im Wohnzimmer.

Sie trank sonst kaum Alkohol und so früh am Tag schon gar nicht, aber jetzt schüttete sie sich einen kleinen Sherry ein. Sie brauchte etwas Stärkeres als Kaffee.

Anna setzte sich auf die Couch und sah sich um. Alles in ihrer Wohnung war sauber. Die Putzfrau, die einmal in der Woche kam, war zuverlässig, und Anna selbst machte kaum etwas schmutzig. Die Küche sah immer noch wie nagelneu aus, den Herd hatte sie in den letzten zwei Jahren höchstens dreimal benutzt. Sie aß ja kaum hier, auch das Frühstück nahm sie fast regelmäßig im Präsidium oder in dem Bistro in der Nähe ein.

Als sie daran dachte, begann ihr Magen zu knurren. Sie hatte außer einem dürftigen Frühstück und dem Kuchen nichts gegessen. Sie überlegte, ob sie sich eine Pizza in die Mikrowelle schieben sollte, aber dann beschloss sie, zum Griechen gleich um die Ecke zu gehen. Ein Salat würde reichen.

Nach einer Dreiviertelstunde war sie zurück. Schon in der Diele hatte sie das Gefühl, dass etwas nicht stimmte.

Sie blieb stehen und sah sich aufmerksam um. Es war alles so, wie sie es verlassen hatte. Selbst ihre Jacke, die sie nicht angezogen hatte, lag noch achtlos auf dem Sessel. Und dennoch!

Langsam ging sie weiter in die Wohnung hinein. Was nur hatte sie stutzen lassen? Es gab doch nichts, was sie nicht kannte.

Sie stand ganz still, und ihre Gedanken waren voll widerstrebender Gefühle. Sie war kein Übermensch und hatte keine Nerven wie Stahl. Deshalb entrann ihrer Kehle ein erstickter Schrei.

Es lag ein besonderer Duft im Raum. Nicht streng, auch nicht abstoßend oder eklig. Es war sogar angenehm, aber eben anders, und es war nicht ihr Duft.

Sie nahm ihren ganzen Mut zusammen und riss die Tür zum Bad auf. Leer. Auch die Küche und das Schlafzimmer waren leer und wie es auf dem ersten Blick aussah, nicht betreten worden.

Wer auch immer in ihrer Wohnung gewesen war, musste sich nur im Wohnzimmer aufgehalten haben. Auf Strümpfen, so, als wolle sie keinen Laut verursachen, tappte sie durch den Raum.

Im nächsten Moment begann ihr Herz zu rasen. Unter der weißen Porzellanstatue des Michelangelo vor dem Bücherregal auf dem Wohnzimmerschrank lag ein Papierbogen, der nicht ihr gehörte.

Wie eine Marionette ging Anna Langner darauf zu. Schon streckte sie die Hand nach dem Blatt aus, als sie stockte. Sie suchte nach einem Tuch, schließlich riss sie ein Blatt von ihrem Kalender und wickelte es um den Bogen. Darauf war eine Zeichnung, mehr eine Skizze. Auch sie war aus einem zweideutigen Heft herausgerissen, aber diesmal war die Abbildung noch deutlicher, noch schrecklicher als beim letzten Mal.

Sie konnte den Blick kaum abwenden. Wie hypnotisiert starrte sie darauf. Ihr wurde speiübel, aber sie konnte sich nicht übergeben. Langsam atmete sie durch die Nase ein und aus, bis es ihr wieder besserging. Schließlich gelang es ihr, den Kopf zum Fenster zu drehen. Die Sonne schien auf die Straße. Es war windstill, ein hervorragendes Wetter, und ihr ging es erbärmlich.

Ein wilder, unbändiger Zorn erwachte in ihr wie ein ausbrechender Vulkan. Sie stand auf, ging in die Diele, wo das Telefon stand. Noch immer zitterten ihre Hände, als sie den Hörer abnahm und die Tasten betätigte.

22

GE Rattke klingelte an der schwarz furnierten Haustür und blickte über die Fassade. Es war ein schönes Reihenhaus mit weißen Klinkern und blauen, glitzernden Ziegeln. Diese neuartige Dachdeckung war seit einiger Zeit groß in Mode gekommen. Sie sollten der Wärmedämmung dienen. Noch konnte jedoch niemand sagen, ob sich die Anschaffung rentierte.

Nach einer Ewigkeit wurde die Tür geöffnet.

»Hallo«, sagte Anna Langner ohne die geringste Andeutung

eines Lächelns. »Ich freue mich, dass Sie gekommen sind.«

Sie sah blass aus, trug lange Hosen, einen Pullover und darüber eine schwarze Weste.

»Kommen Sie herein, GE.«

Sie ging vor ihm her ins Wohnzimmer.

»Darf ich Ihnen etwas anbieten? Kaffee, Tee oder ein Wasser?«

Auf dem Tisch stand ein gefülltes Glas. Deshalb sagte er: »Ein Mineralwasser wäre nicht schlecht.«

Während sie im Nebenraum verschwand, setzte er sich und sah sich um. Die Wohnung war großzügig und modern eingerichtet. Zwischen Küche und Wohnzimmer gab es keine Tür. Eine schwarze Cordcouch stand in der Mitte, davor ein Glastisch und ein Sessel. Unter dem Tisch lag ein dicker Teppich. An der Wand stand eine Vitrine mit Fernseher und Stereoanlage.

Sie kam zurück und stellte das volle Glas auf den Tisch. Dann nahm sie ihm gegenüber in einem Sessel Platz.

»Ich nehme an, dass Sie sich gewundert haben, warum ich Sie heute, am heiligen Sonntag, unbedingt sprechen wollte«, begann sie mit leiser Stimme. »Es geht nicht um den augenblicklichen aktuellen Fall, das heißt, indirekt doch …« Sie verhaspelte sich und stockte kurz.

»Kommen wir lieber gleich zur Sache«, sagte sie dann etwas fester. »Ich habe Sie angerufen, weil ich mir Hilfe von Ihnen erwarte und weiß, dass Sie nicht gleich wie ein Sensationsreporter durch das Präsidium eilen und aus einer Mücke einen Elefanten machen. Ich – ich werde seit geraumer Zeit verfolgt. Ich leide weder an Zwangsneurose noch unter Verfolgungswahn, nein, es gibt Beweise.«

»Welcher Art?«

Sie griff unter den Glastisch und zog aus einer Ablage ein Blatt Papier. Mit leicht zitternden Händen reichte sie es Rattke.

Als er darauf blickte, musste er die Luft anhalten. Die Darstellung war schockierend und eindeutig aus einer Pornozeitschrift. Rattke drehte das Blatt um.

»Kein Absender.« Anna Langner stellte ihr Glas zurück auf den Tisch und holte tief Luft. Es musste ihr ungeheuer schwerfallen, darüber zu reden.

»Wann war das?«, wollte Rattke wissen.

»Letzten Mittwoch. Ich war gerade vom Präsidium nach Hause gekommen. Wie Sie wissen, sind es nur knapp zwei Kilometer bis hierher. Ich gehe oft zu Fuß. In solchen Minuten kann über so vieles nachdenken. Ich nahm die Post aus dem Briefkasten und ging damit in meine Wohnung. Normalerweise werfe ich Werbung und Sendungen ohne Absender gleich in den Müllcontainer. Ich weiß auch nicht, warum ich den Brief öffnete. Heraus fiel dieses Foto. Ich bin nicht prüde. Anonyme Briefe erhalte ich oft, und manchmal versucht man auch, mich mit perversen Sprüchen zu beleidigen, aber dies hier ist an Obszönität nicht zu überbieten.«

Jetzt verstand er, warum es ihr am Donnerstag nicht gut ging. Hatte er sich also doch nicht getäuscht.

»Ich war die letzten Tage völlig durcheinander, wusste nicht, was ich tun sollte. In solchen Situationen hat man keinen Gedanken für andere Dinge übrig. Und gestern fand ich dies.«

Sie zog ein weiteres Blatt unter dem Tisch hervor und reichte es ihm ebenfalls. Rattke warf nur einen kurzen Blick darauf. Es zeigte in etwa dasselbe wie das andere Bild.

»Auch anonym?«

»Natürlich. Und was das Schlimmste daran ist, das Blatt lag dort drüben auf der Anrichte, mit der Porzellanstatue beschwert. Derjenige, ich gehe davon aus, dass es ein Mann ist, war in meiner Wohnung.«

»Einbruch?«

Sie schüttelte den Kopf. »Es gibt keine Anzeichen dafür.«

»Demnach müsste er einen Schlüssel haben«, sinnierte Rattke. »Gehen wir einmal logisch vor. Wie stehen Sie zu Ihrer Putzfrau, Anna?«

»Sie war mein erster Verdacht. Aber nur kurz. Für Martha lege ich meine Hand ins Feuer. Sie lebt allein, hat keine Verwandten und nur wenige Bekannte, mit denen sie ein oder zweimal im Halbjahr verkehrt. Ich habe sie vor Jahren schon mal gefragt, wo sie meinen Schlüssel deponiert und sie hat gesagt, am sichersten Platz der Welt, nämlich zwischen ihrer Unterwäsche.«

Rattke verzog die Mundwinkel.

»Sie kennt meinen Beruf und weiß, dass ich zum erweiterten Kreis der gefährdeten Menschen gehöre. Nein, GE, das wäre zu einfach. Dann fiel mir mein früherer Freund Nick ein, doch der sitzt noch immer wegen schwerer Körperverletzung im Gefängnis. Er kann es nicht gewesen sein. Wenn ich mich recht erinnerte, dann wird er auch noch sechs Jahre hinter Gittern hocken, selbst bei guter Führung bleiben ihm noch mindestens zwei Jahre, in denen er mir nicht gefährlich werden kann.«

Einige Sekunden blieb es zwischen ihnen still.

»Woran denken Sie?«

Es dauerte geschlagene zwei Minuten, bis sie antwortete.

»An Ingo Theissen oder Adrian Stollberg.«

Rattke fragte sich, warum er nicht überrascht war.

Anna Langner griff zum Glas. »Ich habe Ihren Bericht am Freitagabend noch gelesen. Und dabei sind mir die beiden Namen aufgefallen. Adrian Stollberg und Ingo Theissen sind für mich keine Unbekannten.« Sie holte einige Male tief Luft, bevor sie weitersprach. Dabei klang ihre Stimme leise und brüchig, als habe sie einen dicken Kloß im Hals.

»Etwa dreieinhalb Jahre ist es jetzt her. Eines Tages, kurz vor Büroschluss, stand plötzlich eine Frau in der Tür. Sie war klein, schmächtig und sah ungepflegt aus. Sie fing einfach an zu reden, ehe ich sie fragen konnte, was ich für sie tun sollte. Sie stellte sich als Wilma Suttner vor. Ihr Mann, Gustav Suttner, war einer der Großhändler im Markt. Seit einigen Wochen, sagte sie, mache ihnen einer der anderen Großhändler Schwierigkeiten.«

»Stollberg?«

Die Staatsanwältin nickte. »Er würde ihren Mann mobben.«

»Wie sah das aus?«

»Wilma Suttner sprach davon, dass die Waren, die ihr Mann verkaufte, schlechtgemacht wurden und dass eines Tages zwischen den Gemüsekisten Mäusekot gefunden wurde. Das Gesundheitsamt legte den Stand für einige Zeit still, und als sie ihn wieder eröffnen durften, war ihr Ruf ruiniert. Da Mobbing nicht in mein Resort fällt, verwies ich sie an einen Kollegen.«

»Was geschah mit Gustav Suttner?«

»Zunächst hörte ich nichts mehr von ihm. Ich dachte, die Sache wäre damit erledigt. Bis wir ein paar Tage später zum Großmarkt gerufen wurden. Ein Marktstand brannte. Der Inhaber Gustav Suttner konnte nur noch tot aus dem Gebäude geborgen werden. Es war ein Wunder und nur der umsichtigen

Arbeitsweise der Feuerwehr zu verdanken, dass nicht mehr Stände abbrannten. Alles deutete auf ein Unglück hin, verursacht durch einen Kabelbrand, wie es im Abschlussbericht hieß. Oberstaatsanwalt Tabert schloss schließlich den Fall ab. Wilma Suttner kam nur einen Tag später wieder zu mir und erhob schwere Vorwürfe. Stollberg und Theissen hätten den Brand gelegt und tatenlos zugesehen, wie ihr Mann verbrannt sei. Jetzt war ich dafür zuständig. Ich stand gerade am Anfang meiner Karriere und war begierig, Erfolg zu haben. Ich lud Stollberg und Theissen mehrmals vor. Wir haben uns angegiftet, und ich verlor ein wenig von meiner Souveränität, attackierte ihn mit harten Worten, die Stollberg verbal nicht unbeantwortet ließ. Er wurde aggressiv und fast wäre es zum Eklat gekommen.«

Sie nippte an ihrem Glas.

»Wie ist es geendet?«

Die Staatsanwältin stellte ihr Glas wieder auf den Tisch. »Kurz darauf zog Wilma Suttner ihre Anzeige gegen Stollberg und Theissen zurück. Völlig überraschend. Sie habe sich geirrt, sagte sie. Stollberg sei ein tadelloser Geschäftsmann. Meine Anklage stand von vornherein auf wackeligen Füßen, aber nun fehlte mir auch noch die einzige Zeugin. Stollberg und Theissen wurden von jedem Vorwurf freigesprochen. Zumal ihr Verteidiger auch noch einen Trumpf aus dem Ärmel zog. Warum sollte jemand ein Feuer legen, bei dem die Gefahr bestand, dass sein eigener Marktstand mit abbrannte. Das Gericht ließ sich davon überzeugen.

Aber die Anklage gegen Stollberg blieb nicht ohne Wirkung. Er hatte für kurze Zeit den Überblick über sein Imperium verloren. Jetzt weiß ich, dass das offenbar auch auf den Verlust seiner Frau und nicht nur auf meiner Anklage beruhte. Auf jeden Fall hatte er schwere Einbußen zu verzeichnen, weil sein Name wochenlang mit negativen Aussagen in der Presse stand. Man munkelte sogar, dass er Insolvenz anmelden musste.«

»Sie haben ihm seine Existenz geraubt?«

Sie nickte. »So wird er es sehen, und so etwas vergisst ein Mann nicht. Bei Theissen war es etwas anders. Der brach fast zusammen, war weichgeklopft, bis Stollbergs Anwalt ihm verbot, auch nur noch ein Wort zu sagen. Aus dem hätten wir vielleicht etwas herausgeholt, wenn es etwas herauszuholen gab.«

Rattke benötigte einige Zeit, um die Nachricht zu verarbeiten. »Machen Sie sich nicht verrückt, Anna. Das sind nur ein paar Vermutungen von Ihnen. Sie haben Dutzende angeklagt. Mörder, Vergewaltiger, Räuber und Kinderschänder. Viele von denen sind wieder auf freiem Fuß. Warum sollten also ausgerechnet Stollberg oder Theissen hinter diesen Bildern stecken?«

»Daran habe ich auch gedacht, GE. Aber alle, die durch meine Anklage verurteilt wurden, sitzen noch hinter Schloss und Riegel. Das Verfahren gegen Stollberg und Theissen ist das einzig brisante, das ich nicht gewonnen habe. Ich weiß, es klingt verrückt, die beiden sind viel zu souverän, um sich auf so etwas einzulassen, aber dennoch ... Und dann ist da noch etwas. In Ihrem Bericht vom Freitag erwähnen Sie auch Susan. Susan Kempke. Sie haben sie also kennengelernt. Was hat sie Ihnen gesagt? Über mich meine ich.«

»Nur dass Sie Schulkolleginnen waren und ich Sie grüßen soll.«

Anna Langner nickte. »Wir waren Schulkolleginnen aber keine Freundinnen. Über zehn Jahre haben wir nichts voneinander gehört, und dann taucht sie plötzlich als Lebensgefährtin Adrian Stollbergs wieder auf. Ich finde das an Zufall etwas viel.«

»Erzählen Sie mir mehr über Susan Kempke«, sagte Rattke, nachdem sie lange geschwiegen hatte.

Sie hob den Kopf und schaute ihm direkt in die Augen. »Am Mittwoch ist sie mir das erste Mal förmlich über den Weg gelaufen. Ganz unverhofft stand sie vor mir. Susan war wie früher, sie hatte sich überhaupt nicht verändert. Sie ist eine Frau, die sich am ehesten mit einem Rennauto vergleichen lässt. Immer auf vollen Touren. Wir haben uns ein paar Minuten unterhalten, so, als hätten wir uns zuletzt ein paar Tage zuvor erst getroffen. Wir haben uns dann rasch verabschiedet. An diesem Tag fand ich das erste Foto in meinem Briefkasten. Gestern nun rief Susan mich an. Sie lud mich zum Kaffee und Kuchen ein.«

»Haben Sie zugesagt?«

»Wir haben uns im Café Sonnental in der Innenstadt getroffen. Ich weiß eigentlich gar nicht, warum ich hingegangen bin. Vielleicht war ich zu neugierig, zu hören, wie es ihr ging, was sie machte. Sie sagte mir, dass sie nicht mehr praktiziert.«

»Ich weiß. Sie erwähnte es bei meinem Besuch bei Stollberg.«

»Susan ging geschickt vor. Sie ist und bleibt halt eine gute Psychologin. Wir erzählten von unserer Schulzeit, von unseren Paukern, in die wir verknallt waren oder die wir nicht leiden konnten. Es war eine ganz lockere und lustige Atmosphäre. Schließlich fragte sie mich, ob ich glücklich sei.«

»Glücklich?«

»Hmm. Privat und beruflich.«

»Was haben Sie geantwortet?«

Anna lehnte sich etwas zurück und schlug die Beine übereinander. »Ich bin zum Glück sehr allgemein geblieben. Schließlich erzählte ich ihr auch von Nick.«

»Was war darin schlimm?«, hakte Rattke nach, als sie unvermittelt stockte.

»Eigentlich nichts, ich weiß. Aber noch bevor ich ganz geendet hatte, fragte sie mich, ob ich deshalb solche Angst habe. Ich war völlig perplex. Sieht man mir etwa schon an, dass ich mich fürchte?«

Rattke schüttelte bedächtig den Kopf. »Nein. Wir alle sehen zwar manchmal überarbeitet aus, aber Angst? Nein, das muss schon ein geschultes Auge sein, das so etwas beobachtet.«

»Susan sagte nur, dass sie eine schlechte Psychologin wäre, wenn sie keine Mimik lesen könnte.«

»Sie sagen das so seltsam, Anna.«

»Ich glaube, sie weiß mehr, als wir ahnen.«

»Wie kommen Sie darauf?«

Sie stand unvermittelt auf und ging hin und her. Dabei rieb sie unentwegt die Hände ineinander. »Susan Kempke ist Adrian Stollberg vor etwa dreieinhalb Jahren begegnet. Susan sagte, dass Stollberg gerade aus einer dubiosen Sache mit einem blauen Auge davongekommen war. Er hat ihr nicht gesagt, um was es sich handelte. Sie hat natürlich ihre ärztliche Schweigepflicht gewahrt, aber ich konnte doch heraushören, dass Adrian Stollberg damals psychisch und physisch am Ende war und die Hilfe eines Psychologen in Anspruch nehmen musste. Susan nimmt an, dass er unter dem Tod seiner Frau litt, die zur gleichen Zeit verunglückte, dass das berufliche Fiasko nur eine Begleiterscheinung war. Aber ich, GE, ich denke, dass Stollberg oder sein damaliger Geschäftsfreund Theissen auf Rache sinnen und meine Abwesenheit gestern genutzt haben, um – um diese Fotos in meine Wohnung zu bringen oder von einem Dritten bringen zu lassen.«

Rattke saß wie vom Donner gerührt. Einen Moment lang fragte er sich wirklich, ob Anna Langner noch zurechnungsfähig war. »Das ... das ist sehr starker Tobak ...«, murmelte er. »Sie wollen damit andeuten, dass Susan Kempke die Komplizin Stollbergs und Theissen ist und Sie abgelenkt hat?«

Sie hatte plötzlich Tränen in den Augen. »Es war sehr schön, sich mit Susan zu unterhalten, aber dann, als ich nach Hause kam und diese Schweinereien fand, wirbelte alles durcheinander. Ich fühle mich sehr elend. Vielleicht tue ich Susan Unrecht, aber diese Gedanken lassen mich einfach nicht los.«

»Gibt es etwas aus Ihrer Schulzeit, das für Susan Kempke nachteilig ist?«

Die Staatsanwältin hob leicht die Schultern. »Ich erinnere mich an Szenen aus der Schulzeit, in denen gerade Susan die Anführerin war, wenn es darum ging, andere zu brüskieren. Sie konnte gut austeilen aber nur schlecht einstecken. Dann wurde sie ausfallend und beleidigend. Sie erzählte mir von ihren Hochschuldiplomen, die nun in der Schublade liegen und von den drei Büchern, die sie geschrieben hat, die aber keiner mehr kaufen will. Das Letzte überraschte mich, weil sie Niederlagen sonst nie zugab. Vermutlich war es ihr nur rausgerutscht. Ihre eigentliche Berufung, ihr Vergnügen, lebt sie nun jeden Tag aus. Sie neidet mir den Erfolg und vermutlich hat sie sich deshalb gern von Stollberg und Theissen einfangen lassen. Ich weiß, das sind keine schlagkräftigen Argumente, aber ich kann es nicht ändern.«

Auf einmal sah Anna Langner müde und hilflos aus wie ein kleines Mädchen.

»Ich kann direkten Personenschutz für Sie beantragen, Anna«, sagte er aber ohne große Hoffnung, dass sie zustimmen würde.

Sie schüttelte auch sofort hastig den Kopf. »Ich möchte die ganze Sache sehr diskret behandelt wissen. Glauben Sie mir, ich habe mehr Neider im Amt, als Sie auch nur ahnen. Eine junge, motivierte Staatsanwältin, die noch dazu ehrgeizige Ziele verfolgt, ist vielen der angesehenen Herren ein Dorn im Auge. Die warten nur auf einen Fehler von mir. Man wird schnell an den

Pranger gestellt, und mit einer, sagen wir, Depression oder gar geistigen Verwirrung ist eine Person in meinem Amt nicht mehr tragbar. Verstehen Sie, was ich meine?«

Er zögerte keine Sekunde. »Aber sicher. Sie können sich auf mich verlassen, Anna. Ich werde der Sache nachgehen. Selbstverständlich ohne, dass die Drohungen Ihnen gegenüber bekannt werden.«

»Danke.«

Ganz kurz hatte er das Bedürfnis, ihre Hand zu ergreifen, um sie zu trösten. Sie saßen beieinander, aus einem der Nebenzimmer tickte eine Uhr. Das Geräusch schien Rattke unerträglich laut zu sein.

Sie brach schließlich das Schweigen. »Woran denken Sie, GE?«

»An so vieles. Ich rufe mir gerade Peter Vollmars Bericht ins Gedächtnis zurück, dass Julia Flemming vor circa dreieinhalb Jahren bei Ingo Theissen im Büro arbeitete. Genau zu der Zeit also, in der dieser Suttner umkam. Das muss nicht unbedingt etwas bedeuten, Anna. Aber der Gedanke, dass Julia Flemming mehr über den Brand wusste, liegt nahe.«

In den nächsten Minuten versuchte Rattke, die junge Staatsanwältin von ihren Ängsten abzulenken, indem er geschickt die Themen wechselte und nicht mehr von ihrer Arbeit sprach.

Bevor er eine Stunde später ihre Wohnung verließ, riet er ihr noch, umgehend das Schloss auswechseln zu lassen. Sie versprach es. Dann umarmte sie ihn wie einen Bruder, hauchte ihm einen Kuss auf die Wange und sah ihm nach, bis er mit seinem Wagen davongefahren war.

23

Um Wilma Suttners neuen Aufenthaltsort zu ermitteln, benötigte Rattke nicht einmal zwanzig Minuten. Sie war von Dortmund zunächst nach Marl umgezogen, war dort jedoch nur wenige Wochen bei einer alten Dame als Untermieterin gemeldet gewesen, bevor sie sich in Düsseldorf niedergelassen hatte.

Wilma Suttner wohnte in der Grafenberger Allee in einer Dreizimmerwohnung, die mit einer Ledergarnitur im Wohnzimmer und mit einer weißen Designerküche ausgestattet war. Rattke war beeindruckt. Die Inneneinrichtung ließ nicht darauf schließen, dass es Wilma Suttner finanziell schlecht ging. Auch ihre äußere Erscheinung hatte nichts mit dem gemeinsam, was die Staatsanwältin über eine unscheinbar aussehende Frau gesagt hatte. Im Gegenteil. Wilma Suttner war gepflegt, mit blondiertem Haar, leichtem Rouge, lackierten Fingernägeln und modischer, aber nicht zu auffälliger Kleidung.

Sie bat Rattke, in einem Sessel Platz zu nehmen. Sie selbst setzte sich auf die Couch. Auf dem Tisch lag ein Berg von Prospekten über Sardinien.

»Darf ich Ihnen etwas anbieten? Kaffee, Tee?«

»Nein, danke. Ich sehe, Sie planen einen Urlaub?« Rattke wies auf die Prospekte.

»Keinen Urlaub, nein. Ich – ich möchte auswandern. Einfach was anderes sehen. Ich weiß nur noch nicht, wohin. Sardinien ist eine Alternative, mehr noch nicht. Ich möchte in eine Gegend, die mir gefällt und wo ich günstig eine Wohnung kaufen kann. Diese hier habe ich bereits einem Makler übergeben. Aber so etwas dauert.«

»Ja«, nickte Rattke. »Ich werde Sie auch nicht lange aufhalten.«

»Das macht nichts. Ich habe Zeit, es kommt nicht viel Besuch, und ich langweile mich manchmal zu Tode.«

»Sie haben keine Freunde?«

Sie schüttelte den Kopf. »Eigentlich nicht. Die meisten musste ich in Dortmund zurücklassen. Aber auch da führten wir – mein Mann und ich – mehr ein Einsiedlerleben. Was führt Sie zu mir? Ich kann mir nicht vorstellen, dass es sich um den Tod meines Mannes handelt. Denn das ist weit über drei Jahre her.«

»Genau darum aber geht es, Frau Suttner.«

»Oh.« Sie war sichtlich überrascht. Für einige Sekunden glaubte Rattke, so etwas wie Erschrecken über ihr Gesicht huschen zu sehen, aber dann war ihr geschminktes Gesicht wieder glatt und bewegungslos. Ein wenig zu glatt, dachte der Kommissar.

»Sie haben seinerzeit Adrian Stollberg und Ingo Theissen des Mobbings beschuldigt, und sie später dann für das Feuer und, ja, man kann sagen, für den Tod Ihres Mannes verantwortlich gemacht.«

Er verwendete absichtlich nicht das Wort »Mord«.

Wilma Suttner schüttelte hastig den Kopf. »Nein, nein, so war es nicht. Ich habe Stollberg angezeigt, ja, das stimmt. Aber ich habe mich geirrt, Herr Kommissar. Ich habe die Anzeige zurückgenommen. Stollberg hatte nichts mit dem Tod meines Mannes zu tun und mit dem Feuer auch nicht. Gustav, mein Mann, war selbst schuld an dem Unglück. Er hat den Kabelbrand verursacht. Er war nicht mehr Herr seiner Sinne, er war krank, depressiv, schon jahrelang. Anfangs hat er geklagt, dass er keine Nachkommen habe, die sein Geschäft weiterführen. Er gab mir die Schuld, dabei lag es nur an ihm. Aber das wollte er nicht wahrhaben. Dann schob er alles auf die steigenden Preise, auf die Waren, die von Neuseeland, Südafrika, Südamerika eingeflogen würden. Warum das so wäre?, fragte er mich oft. Warum verkaufen wir nicht nur Waren aus dem heimischen Bereich oder zumindest nur aus Deutschland. Er verfluchte die Einzelhändler, die um jeden Cent feilschten, wurde neidisch auf seine Konkurrenten und wütend auf sich selbst.«

»Warum haben Sie das nicht zu Protokoll gegeben?«

»Ich fand das nicht wichtig. Außerdem hat mich niemand danach gefragt. Wissen Sie, mir ging es damals auch nicht gut. Immer dieser Existenzkampf, nie zu wissen, was man einnahm, was man sich leisten konnte. Und das über zehn, was sage ich, fünfzehn Jahre lang. Nee, nee, das war doch kein Leben. Den meisten Großhändlern ging oder geht es gar nicht gut, das können Sie mir glauben, auch wenn einige etwas anderes behaupten. Nur die Mächtigen, die bestimmen, wo's langgeht, die sind fein raus.«

Rattke wurde langsam ungeduldig. Diese Frau konnte nur lamentieren und sich selbst bemitleiden. Er musste direkter vorgehen. »Frau Suttner, was hat Adrian Stollberg getan, dass Sie die Anzeige gegen ihn zurückgenommen haben?«

Alle Selbstsicherheit, wenn sie überhaupt welche besessen hatte, wenn ihr Gerede nicht nur ein plumpes Ablenkungsmanöver gewesen war, fiel von ihr ab. Aber noch immer gab sie ihm keine Antwort.

»Getan?«, fragte sie lahm, wohl, um Zeit zu gewinnen.

»Ja.«

Sie griff zu einem kleinen Teller mit Süßigkeiten auf dem Tisch, spielte damit, drehte ihn wie einen Kreisel, hob ihn auf und setzte ihn wieder ab.

»Er hat Ihnen den Marktstand abgekauft, gut, aber darüber hinaus gab er Ihnen noch mehr Geld, nicht?« Rattke deutete in die Runde. »Dies alles hier könnten Sie sich gar nicht leisten, nach allem, was Sie mir erzählt haben. Es ging Ihnen doch all die Jahre dreckig. Sie waren finanziell am Ende. Das haben Sie doch gesagt. Und so war es auch. Oder wollen Sie Ihre Meinung schon wieder ändern?«

Er hatte alle Sachlichkeit abgelegt. Rücksicht war in diesem Fall die falsche Methode.

»Was hat er für sein Geld kaufen wollen? Ihr Schweigen?«

Sie starrte ihn mit einer Mischung aus Angst und Verständnislosigkeit an. »Schweigen? Was für ein Schweigen? Ich weiß nicht, wovon Sie reden.«

»War der Tod Ihres Mannes wirklich ein Unglücksfall? Oder hatte Adrian Stollberg etwas damit zu tun, und er hat Sie dafür bezahlt, dass Sie die Anzeige zurücknehmen?«

Wilma Suttner schüttelte heftig den Kopf und begann doch tatsächlich zu weinen. »Ich habe doch auch ein bisschen Glück und Zufriedenheit verdient, oder etwa nicht? Missgönnen Sie mir das? Ich habe fünfzehn Jahre auf der Schattenseite des Lebens gestanden. Reicht das nicht? Ich habe ein Geschäft mit Adrian Stollberg abgeschlossen, das von einem Notar abgesegnet wurde. Es ist alles mit rechten Dingen zugegangen. Warum sind Sie gekommen, wenn Sie mich nur beleidigen?«

»Das wollte ich nicht, Frau Suttner. Wenn Sie es so empfinden, dann bitte ich um Entschuldigung.« Rattke war ein wenig versöhnlicher geworden.

»Mir ist nicht klar, warum sich die Polizei immer noch für den Tod von Gustav interessiert. Ich dachte, die Angelegenheit wäre längst ausgestanden. Die Sachverständigen haben festgestellt, dass der Brand durch einen Kurzschluss verursacht wurde, und dass mein Mann noch versucht hat, das Feuer zu löschen. Dabei ist er gestürzt und eingeklemmt worden. Muss ich mich jetzt darauf gefasst machen, dass noch einmal alles aufgerollt wird?«

»Das ist möglich, Frau Suttner.«

»Aber ich kann nichts anderes sagen. Ich weiß doch nichts.«

Er sah ein, dass er nicht weiterkam. Diese Frau war trotz ihrer fahrigen Art nicht zu einer anderen Aussage zu bewegen. Rattke war fast so weit, ihr zu glauben. Er beschloss, das Gespräch auf sein zweites Anliegen zu lenken. »Sagt Ihnen der Name Julia Flemming etwas?«

»Natürlich«, antwortete Wilma Suttner sofort. »Dieses Flittchen kennt doch jeder.«

»Haben Sie mit ihr Kontakt gehabt? Können Sie mir etwas über sie sagen?«

»Nein. Ich bin ihr aus dem Weg gegangen. Die hat mich doch auch gar nicht wahrgenommen. Die hatte nur Augen für Mannsbilder. Was ist denn mit ihr? Warum fragen Sie danach?«

»Der Name wurde im Zusammenhang mit Ihrem genannt«, wich er aus.

»Das … das ist ja ungeheuerlich. Jetzt wird auch noch unser Name mit so einer in den Schmutz gezogen. Damit will ich nichts zu tun haben. Gar nichts.« Sie hob den Teller mit den Süßigkeiten an und schmetterte ihn so fest auf die Tischplatte zurück, dass Rattke schon befürchtete, er würde zerspringen.

Er beobachtete sie aus den Augenwinkeln. Sie war in den letzten Minuten sichtlich gealtert. Die Schminke in ihrem Gesicht konnte ihr wahres Alter nicht mehr verbergen.

»Julia Flemming wurde ermordet«, sagte Rattke in die eingetretene Stille hinein. »Und da sie zu der Zeit für Ingo Theissen arbeitete, vermuten wir einen Zusammenhang mit dem Feuer, das Ihren Marktstand vernichtete.«

Wilma Suttner saß wie angewurzelt. »Ermordet? Julia Flemming? Das ist ja schrecklich, das wusste ich gar nicht. Hier liest man ja auch so gut wie nichts über Dortmund oder das Ruhrgebiet.« Sie starrte zu Boden und schüttelte mehrmals den Kopf. In ihrem Gesicht stand ehrliche Erschütterung. »Ich kann Ihnen da nicht weiterhelfen, Herr Kommissar. Wie schon gesagt, hatte ich überhaupt keinen Kontakt zu ihr.«

»Schade«, sagte Rattke. Er stand auf. »Danke, dass Sie mich empfangen haben. Bleiben Sie nur hier. Ich finde schon allein hinaus.«

An der Tür drehte er sich noch einmal um.

»Das mit dem Auswandern ist keine gute Idee. Auch wenn

Sardinien sehr schön sein soll. Aber ich denke, dass wir noch einige Fragen an Sie haben werden.«

24

Das Handy klingelte bereits zum fünften oder sechsten Mal, bis Rattke eine Lücke am Straßenrand fand und anhalten konnte. Er kramte in seiner Tasche und meldete sich.

»Herr Rattke?«

Es war Marion Peters.

»Tut mir leid«, versuchte er sich zu rechtfertigen, »dass ich heute Morgen ohne einen Hinweis davongefahren bin. Ich war so in Gedanken, dass ich …«

»Machen Sie sich darüber keine Gedanken«, unterbrach ihn seine Sekretärin. »Der Kriminalrat will nur wissen, wo Sie sich befinden.«

»Ich habe eben die Autobahn verlassen und bin kurz vor Dortmund.«

»Prima. Dann brauchen Sie keinen Umweg zu machen.«

»Was ist passiert?«

»Vor fünf Minuten kam ein Anruf, von dem wir nicht wissen, was wir damit anfangen sollten. Eine Schwester Elisabeth war am Apparat. Sie stellte sich als Pflegerin von Maria Seliger, der Mutter der Ermordeten vor. Soweit war alles klar, aber dann sprach sie derart konfuses Zeug, dass wir uns keinen Reim daraus machen konnten. Bevor der Kriminalrat nachfragen konnte, hatte sie bereits aufgelegt. Herr Hartung möchte, dass Sie sofort bei dieser Maria Seliger vorbeifahren, um zu klären, was an der Sache dran ist. Haben Sie die Adresse?«

»Ja.«

»Gut. Dann kann ich dem Kriminalrat berichten, dass Sie unterwegs sind.«

Rattke schaffte die Strecke in weniger als zehn Minuten. Von außen sah alles ruhig in dem Mehrfamilienhaus aus. Es dauerte eine geraume Zeit, bis die Tür geöffnet wurde und Schwester Elisabeth erschien. Sie atmete auf, als sie ihn erkannte.

»Herr Kommissar, gut, dass Sie kommen.« Sie flüsterte. »Er

ist oben, in ihrem Zimmer.«

»Wer?«

»Herr Flemming natürlich.«

Sie tat so, als müsste er das doch wissen. Sie musste sehr durcheinander sein.

Rattke folgte ihr. Auf dem ersten Blick sah alles ganz normal aus. Maria Seliger saß in einem Rollstuhl in der offenen Tür. Sie war sehr blass.

»Dort. Er zertrümmert alles.«

Rattke legte ein Ohr an die Zwischentür zu Julia Flemmings Wohnung. Außer ein paar Schlurfgeräuschen war nichts zu hören. Er drückte auf die Klinke. Die Tür war verschlossen.

»Haben Sie einen Schlüssel?«, fragte er Maria Seliger.

Sie nickte und bedeutete der Schwester, in der obersten Kommode der Anrichte nachzusehen. In diesem Moment ging die Tür auf. Marius Flemming lugte hervor.

»Sie? Kommen Sie herein.«

Bevor Rattke antworten konnte, hatte Flemming ihn schon am Ärmel gefasst und in das Zimmer gezogen. Schnell verriegelte er hinter ihm wieder die Tür. Rattke mochte es nicht, wenn ihn jemand anfasste, ganz besonders dann nicht, wenn es ein Fremder war oder jemand, der in Verdacht stand, eine Straftat begangen zu haben. Aber als er in Flemmings Gesicht blickte, verging seine Wut. Der Mann vor ihm hatte rotgeränderte Augen. Sein Haar war heute nicht zu einem Zopf zusammengebunden, sondern hing ihm zu beiden Seiten bis auf die Schultern herab. Er sah ungepflegt aus, er musste sich bestimmt vier Tage nicht rasiert haben.

»Was hat sie gesagt?« Flemming nickte mit dem Kopf zur Tür.

»Dass Sie hier alles zertrümmern würden.«

Flemming zeigte in die Runde. »Sieht es danach aus? Sehen Sie sich um. Es ist alles in Ordnung. Die alte Hexe will mich nur fertigmachen.«

»Was tun Sie dann hier?«

»Ich wollte sehen, ob ich irgendetwas finde.«

»Was denn?«

»Einen Hinweis auf ihren derzeitigen Lover. Das würde Ihnen doch auch helfen, oder? Ich konnte nicht untätig zu Hause herumsitzen. Die unglaublichsten Gedanken schossen mir durch den Kopf. Wer hat Julia auf dem Gewissen? Warum hat sie sich weiterhin mit allem möglichen Gesindel eingelassen? Manchmal schrieb sie die Namen und Adressen ihrer Bekanntschaften auf. Aber nichts. Ich habe nichts gefunden.«

»Sie sind nur hier eingedrungen, um uns zu helfen?«, fragte Rattke zweifelnd.

»Eingedrungen! Wie sich das anhört. Ich bin ganz normal in diese Wohnung gegangen, so wie immer.« Er fuhr sich mit der Hand über die schweißnasse Stirn. »Ich wollte auch ein paar private Sachen holen, die ich ihr geschenkt habe. Ist das verboten?«

»Nein, natürlich nicht.«

»Ich hatte Angst, dass die Alte alles vernichtet, was sie an mich erinnert.«

»Zum Beispiel?«

»Wie?« Flemming sah ihn unsicher an.

»Was haben Sie Ihrer Exfrau denn geschenkt?«

»Na ja.« Er wurde ein wenig nervös. »Nen Ring, ne Uhr, ne chinesische Porzellanfigur. Einfach alles, was man so kauft.«

Rattke deutete zur Schrankwand. »Die Figur steht dort.«

»Ich weiß«, nickte Flemming. »Und der Schmuck liegt in der obersten Schublade. Es sind keine wertvollen Dinge, aber man hängt eben daran.«

Rattke sah Flemming aus zusammengezogenen Augen von der Seite her an. Er glaubte dem Mann kein Wort. »Haben Sie noch nach anderen Sachen gesucht? Etwas, das wir übersehen haben?«

Ein leichter Schatten legte sich auf Flemmings Gesicht. »Ja. Ich habe gehofft, irgendwas über Julias Krankheit zu finden.«

»Krankheit? Welche Krankheit?«

Flemming lachte kurz und trocken auf. »Ich wusste, dass Sie mir nicht glauben würden. Deshalb habe ich ja danach gesucht. Schon vor unserer Ehe hatte Julia mit vielen Männern rumgemacht. Ich will nicht schlecht von ihr reden, Herr Kommissar. Nee, das nicht. Aber sie stieg mit jedem ins Bett. Das war ihr Fehler, immer nur rumvögeln. Sie konnte es einfach nicht sein lassen. Ich habe ihr immer wieder verziehen, wenn sie heulend dort auf dem Sofa lag und mir hoch und heilig versprach, sich nie wieder mit einem Kerl einzulassen. Aber das Versprechen hielt nicht mal zwei Tage. Sie war krank. Ich habe sie von Arzt zu Arzt geschleppt, bis mir einer sagte, dass sie, wie heißt das noch?, ach egal, bis er mir auf den Kopf zusagte, dass sie männersüchtig war, dass das kaum oder nur mit schweren Tabletten zu heilen ist. Ist doch klar, Julia hat sich geweigert, irgendwas zu schlucken. Tja, und dann hielt ich es nicht mehr aus, dann gingen wir auseinander.«

Flemming trat ans Fenster, wandte den Kommissaren den Rücken zu und starrte hinaus. »Ich habe Julia mal geliebt. Ich habe unter der Trennung gelitten wie ein Hund. Ich habe alles versucht, ihr zu helfen.« Er drehte sich um und sah Rattke direkt an. »Ich – ich konnte nichts machen, Herr Kommissar, gar nichts.«

Rattke trat neben ihn. Sie standen so dicht, dass sie sich fast berührten. »Sie haben mir noch nicht alles gesagt, Herr Flemming. Wollten Sie nicht auch Hinweise auf das Kind finden, das Ihre Exfrau vor Jahren geboren hat?«

Die Reaktion Marius Flemmings zeigte Rattke, dass er ins Schwarze getroffen hatte. »Was wissen Sie darüber?«

»Nichts«, beteuerte Flemming. Seine Stimme war lauter als gewöhnlich, als könne er damit seine Beteuerung untermauern. »Ich habe keine Ahnung. Ja, ich habe auch danach gesucht. Ich versteh einfach nicht, warum sie mir nie von einem Kind erzählt hat. Ich hätte es doch wie mein eigenes großgezogen.«

Er setzte sich deprimiert auf die Stuhlkante und wartete. Aber Rattke hatte nichts mehr darauf zu sagen. Dieser Mann wurde ein immer größeres Rätsel für ihn. Mal hatte er Mitleid mit ihm, mal zählte er ihn zu den Verdächtigen. Aber Gefühle, das wusste Rattke, durfte er sich bei einem Mord nicht leisten.

Rattke ging im Zimmer auf und ab. Es gab keine verdächtigen Spuren. Wenn Marius Flemming die Wohnung durchsucht hatte, dann war er äußerst geschickt vorgegangen. Rattke öffnete die Schublade der Anrichte, dann die nächste und übernächste.

»Suchen Sie was Bestimmtes?«, fragte Flemming.

Rattke hielt inne. »Seit wann arbeiten Sie am Großmarkt?«

Flemming überlegte nur kurz. »Fast zehn Jahre.«

Rattke zögerte. Er wollte Flemming natürlich nicht in die Ermittlungsergebnisse einweihen, aber es stand außer Frage, dass er von den Vorwürfen des Mobbings gegen Gustav Suttner wusste. »Vor etwa dreieinhalb Jahren gab es am Großmarkt einen Brand. Ein Stand wurde dadurch völlig zerstört. Der Eigentümer, Gustav Suttner, kam dabei ums Leben.«

Flemming nickte. »Klar, daran erinnere ich mich. Das war eine große Sache damals. Suttners Frau hat Stollberg dafür verantwortlich gemacht. Der ist fast verrückt geworden, als die Staatsanwaltschaft auftauchte.«

»Welchen Eindruck machte Stollberg zu der Zeit auf Sie?«

»Er war wütend«, antwortete Flemming sofort. »Die ganze Zeit über tigerte er durch die Hallen, fluchte und fauchte jeden an, der ihn nur schräg ansah. Der war völlig fertig. Wir haben schon das Schlimmste befürchtet.«

»Was heißt das?«

»Nun ja, dass er sich was antut. Wissen Sie, zu der Zeit verunglückte auch noch seine Frau. Das war irgendwie zu viel für ihn.«

»Hat er irgendwelche Schuldgefühle gezeigt?«

»Schuldgefühle?« Flemming schaute den Kommissar einige Sekunden lang verständnislos an. »Sie meinen, ob er etwas mit dem Feuer zu tun hatte? Das ist eine gute Frage. Dieser Suttner ging Stollberg schon lange auf den Sack. Viele mögen Stollberg nicht, aber er ist ein guter Arbeitgeber, zahlt pünktlich und über Tarif. Doch wehe, wenn etwas nicht nach seinem Willen geschieht. Dann rastet er förmlich aus. Nee, dem war nichts nachzuweisen.«

»Und Ingo Theissen? Ihm wurde doch vorgeworfen, auch in der Sache verwickelt zu sein.«

»Das stimmt. Wenn Stollberg mit drinsteckt, dann Theissen auch. Das ist so sicher wie das Amen in der Kirche. Theissen hat ja Suttners Platz übernommen, nachdem der Stand wiederaufgebaut wurde. Warum wollen Sie das eigentlich alles wissen?«

»Ihre Exfrau hat zu der Zeit für Theissen gearbeitet.«

Flemming riss die Augen auf. »Ah. Verstehe. Sie glauben, Julia hätte was rausgefunden, das mit dem Feuer zu tun hatte? Musste sie deshalb sterben?«

»Langsam, langsam. Diese Vermutungen sind vollkommen übereilt. Bisher sind das nur Überlegungen, Gedanken.«

Marius Flemming ließ die Schultern hängen. Er sah aus wie

ein Häufchen Elend.

Rattke hatte sich mehr von Flemming erhofft, aber vermutlich wusste er wirklich nichts. Der Mann war geschwätzig und hätte sich bestimmt mit dem einen oder anderen Wort verplappert.

Nach weiteren drei Minuten verließen sie zusammen Julia Flemmings Wohnung. Maria Seliger lugte aus ihrer Tür. Hinter ihr stand die Schwester. Beide sahen Rattke erwartungsvoll an.

»Nehmen Sie ihn jetzt mit?«, fragte Maria Seliger. »Verhaften Sie ihn endlich?«

»Ich nehme ihn zwar mit«, antwortete Rattke. »Aber er ist nicht verhaftet.«

Rattke ließ es sich nicht nehmen, hinter Marius Flemming herzufahren, bis der seine Wohnung erreicht hatte. Flemming öffnete die Haustür, hob kurz die Hand zum Abschied und ging schnell hinauf in den dritten Stock. Dort stellte er sich ans Fenster und sah dem Kommissar so lange nach, bis dessen Auto um die Biegung in knapp fünfzig Metern Entfernung verschwunden war.

Flemming hatte nicht vor, die nächsten Stunden untätig zu Hause zu verbringen. Er hatte in der letzten Nacht kaum geschlafen und fühlte sich wie gerädert. Immer wieder war seine Exfrau in seinen Träumen aufgetaucht. Das kam des Öfteren vor, aber diesmal war es besonders schlimm gewesen. Er hatte sie dabei beobachtet, wie sie es mit mehreren Männern gleichzeitig trieb, wie sie ihm zuwinkte und ihn auslachte, und wie er versuchte, zu ihr zu kommen. Aber seine Beine waren wie Blei. Irgendetwas schien ihn am Boden festzuhalten. Als er an sich herabgeblickt hatte, sah er es.

Es waren Adrian Stollberg und Ingo Theissen. Sie hielten seine Beine umklammert und lachten ihn dabei höhnisch aus. Genau in dem Moment, in dem er ausholte, um nach ihnen zu schlagen, verschwanden sie.

Flemming vermutete, dass einer der beiden der Vater des Kindes war und hatte gehofft, in Julias Wohnung Anhaltspunkte darüber zu finden. Er wusste, dass sie allen Kram, wie er es damals genannt hatte, aufbewahrte. Julia gehörte zu der Art von Frauen, die nichts, aber auch gar nichts wegwerfen konnten.

Deshalb war er früh zu ihrer Wohnung gefahren. Nur leider hatte er nicht damit gerechnet, dass Schwester Elisabeth während der Nacht bei seiner Exschwiegermutter geblieben war. Diese Frau schien keine Müdigkeit zu kennen.

Natürlich hatte sie nicht verhindern können, dass er in Julias Wohnung gegangen war, aber sie hatte auch dafür gesorgt, dass der Kommissar zu früh erschien. Bis zu Rattkes Eintreffen hatte Marius Flemming nichts gefunden, das auf ein Kind hingedeutet hätte.

Der Besuch des Kommissars hatte ihn jedoch auf eine neue Idee gebracht, und er beglückwünschte sich, endlich einmal die Klappe gehalten zu haben.

Marius Flemming fluchte über seine eigene Unzulänglichkeit. Wieso hatte er nicht längst daran gedacht? Julia hatte genau zu der Zeit bei Theissen im Büro gearbeitet, als Gustav Suttners Marktstand abbrannte. Das war nicht mit rechten Dingen zugegangen, das munkelte man am Markt. Aber es wagte niemand, darüber zu sprechen, denn Stollberg hätte sofort dafür gesorgt, dass der Denunziant entlassen würde. Natürlich hatte Julia hin und wieder davon erzählt, doch Flemming hatte ihr nur mit halbem Ohr zugehört. Es interessierte ihn damals wenig, was die beiden Großhändler aussheckten, die Hauptsache für ihn war, dass er am Monatsende genug Geld in der Tasche hatte.

Jetzt sah es anders aus. Für Flemming stand fest, dass einer oder sogar beide im Fall Suttner Dreck am Stecken hatten und dass Julia davon gewusst hatte. Er wollte doch mal sehen, wie sie reagierten, wenn er nur auf den Putz haute.

Zehn Minuten später saß er wieder in seinem Wagen. Er fuhr zu Ingo Theissen. Flemming wusste, dass Theissen allein wohnte, deshalb rechnete er sich bei ihm größere Chancen aus. Adrian Stollberg war ihm zu ausgefuchst.

Theissen öffnete die Tür. Er war nicht sonderlich erfreut über Marius Flemmings Besuch. Angestellte und ganz besonders einfache Arbeiter sollten nach Theissens Meinung nie das Haus eines Arbeitgebers betreten.

»Sie?«

Flemming nickte.

»Was wollen Sie?«

»Ich habe ein paar Fragen. Darf ich reinkommen?«

»Nein.«

»Dann eben nicht. Von mir aus kann jeder mithören. Was haben Sie mit Julia gemacht?«

Theissen riss überrascht die Augen auf. »Was meinen Sie denn damit?«

»Das wissen Sie ganz genau. Sie ist tot. Sie wurde ermordet, und Sie sind dafür verantwortlich.«

»Sie sind ja verrückt.«

»Ich weiß, was damals mit Suttner passiert ist. Julia hat bei Ihnen im Büro doch alles mitgekriegt. Sie hat es mir kurz vor ihrem Tod noch erzählt.«

Theissen kniff die Augen zusammen. Sein Gesicht verzerrte.

»Was kann sie Ihnen schon erzählt haben«, presste er zwischen den Lippen hervor. »Es wurde alles geklärt.«

Flemming lachte laut. »Sind Sie da sicher?«

»Was wollen Sie eigentlich von mir? Mich erpressen?«

»Nee. Daran habe ich nicht eine Sekunde gedacht. Ich will Julias Mörder finden.«

Theissen betrachtete ihn eine Weile schweigend. Dann sagte er: »Sie sind doch lange von ihr geschieden. Welche Intention verfolgen Sie?«

Flemming benötigte etwas, um das Wort »Intention« zu verstehen. Er bemerkte, wie Theissen ihn spöttisch anblickte und geriet in Wut.

»Wie Sie wollen, Herr Theissen. Ich kenne den zuständigen Kommissar. Er hat mit mir gesprochen, mich nicht verhört, um das klarzustellen. Aber es wird ihn interessieren, was ich zu sagen habe.«

Er drehte sich um.

»Warten Sie, Herr Flemming«, rief Theissen. »Seien Sie doch nicht gleich beleidigt.«

Marius Flemming kam langsam zurück. Dicht vor Theissen blieb er stehen.

»Ich glaube, wir haben uns viel zu erzählen«, sagte dieser. »Sie haben doch nichts dagegen, wenn ich Ihren Arbeitgeber Herrn Stollberg bitte, dabei zu sein? Ich werde ihn anrufen und einen gemeinsamen Termin mit ihm vereinbaren. Können Sie sich so lange noch gedulden, Herr Flemming? Gut. Danke. Ich rufe Sie an. So bald wie möglich.«

25

Obwohl es noch nicht mal Mittag war, mussten sie im Konferenzzimmer alle Lampen anschalten, denn die dunklen Wolken hingen so tief, dass man glauben konnte, sie würden das Dach streifen. Es war der erste Regen seit Tagen. Er war nötig, reinigte die Luft und erfreute die Bauern.

GE Rattke begrüßte Anna Langner wie immer mit einem Handschlag. Vielleicht war die Berührung heute Morgen eine Spur länger und behutsamer als sonst.

Kriminalrat Hartung trommelte nervös mit den Fingern auf der Tischplatte herum. Rattke bemerkte es und fragte sich, wann Hartung einen Herzinfarkt erleiden würde. Seine Abkommandierung nach Berlin war auf den nächsten Ersten datiert worden. Deshalb hatte er diese Konferenz einberufen. Er wollte so schnell wie möglich Erfolge vorweisen können.

»Was war mit dem Anruf?«, fragte er mit ungewöhnlich gehetzter Stimme.

»Marius Flemming war in der Wohnung seiner Exfrau«, antwortete Rattke ruhig. »Er suchte nach Hinweisen, die ihn zu dem Kind führen würden, das Julia Flemming vor Jahren zur Welt gebracht hat. Er hat einen Schlüssel und kann kommen und gehen, wie es ihm beliebt. Seiner Meinung nach war Julia Nymphomanin. Ich denke, dass man mit diesem Begriff schnell zur Hand ist, wenn eine Frau rege Männerbekanntschaften hat. Vielleicht spricht auch nur die Enttäuschung aus ihm.«

»Gut«, machte Hartung ungeduldig. »Berichten Sie über Adrian Stollberg und Ingo Theissen.«

Rattke zog einen Notizblock aus der Tasche und legte ihn vor sich auf den Tisch. In der letzten Stunde hatte er zusammen mit Beate Albrecht und Tobias Branchini die Akten gewälzt. Rattke dankte ihnen jetzt noch mal ausführlich dafür und begann.

»Adrian Stollberg ist zweiundfünfzig Jahre alt. Er ist in Herdecke geboren. Seine Eltern zogen nach Dortmund, als er drei Jahre alt war. Sein Vater begann mit einem Kiosk für Obst und Gemüse, später auch mit Rauchwaren. Der kleine Adrian hielt sich, bis er vierzehn Jahre alt war, den ganzen Tag über um den Kiosk herum auf. Seine Eltern schickten ihn zum Gymnasium, wo er mehr recht als schlecht sein Abitur machte. Nach einem kurzen Studium, er wollte Pastor werden, übernahm er den Kiosk seiner Eltern und baute langsam aber stetig sein Imperium auf. Heute diktiert er die Preise am Großmarkt in Dortmund. Ohne seine Zustimmung geschieht fast nichts.«

»Wie ist das möglich? Es muss über zwanzig verschiedene Importhändler dort geben.«

»Fünfundzwanzig«, warf Vollmar ein. »Die hat Stollberg alle im Sack … Entschuldigung. Niemand weiß, wieso, aber sie haben Stollberg als Boss akzeptiert.«

Rattke nickte zustimmend. »Stollberg war sechsundzwanzig Jahre verheiratet, dann starb seine Frau bei einem Autounfall. Aus der Ehe stammen zwei Kinder, Jochen und Clarissa. Zurzeit lebt er mit einer Frau namens Susan Kempke zusammen.«

»Hm«, brummte Hartung. »Wie stand er zu der Toten oder zu deren Ehemann?«

Rattke zuckte die Schultern. »Das war eine ganz gewöhnliche Berufsbeziehung. Bei Ingo Theissen sieht es allerdings etwas anders aus. Theissen ist einundvierzig Jahre alt. Er war Baggerfahrer bei einem Bauunternehmer. Als dieser pleiteging, wechselte er ins Obst- und Gemüsefach. Er gibt zu, mit der Toten eine Affäre gehabt zu haben.«

»Alibi für die Tatzeit?«

»Kein lupenreines. Er habe am Dienstag bis sieben Uhr geschlafen und sei dann zum Baldeneysee gefahren. Ein Hilfsarbeiter dort namens Theo bestätigt, dass Theissen schon gegen acht an seiner Anlegestelle gewesen ist. Bis wir ihm das Gegenteil beweisen können, haben wir nichts in der Hand.«

Hartung nickte zustimmend. Er sah Anna Langner an, dann wieder Rattke. »Frau Langner und ich haben uns heute Morgen über die neuen Erkenntnisse unterhalten. Dabei haben wir auch über einen möglichen Zusammenhang mit dem Tod des Großhändlers Gustav Suttner gesprochen. Sie sind von ihr bereits grob über die damaligen Ereignisse informiert worden, wie sie mir sagte. Frau Langner erzählte mir, dass Julia Flemming zu der Zeit als Bürogehilfin bei Ingo Theissen gearbeitet hat.«

Rattke sah rasch zu der Staatsanwältin hin. Mit einem kurzen Nicken gab sie ihm zu verstehen, dass Hartung von ihr eingeweiht worden war, jedenfalls, was Julia Flemming betraf. Ob sie ihm auch von ihrem Problem erzählt hatte, konnte er aus ihrem kurzen Blick nicht ausmachen. Aber das glaubte er nicht.

»Oberstaatsanwalt Tabert befindet sich gerade im Ausland. Wir können ihn also nicht informieren, dass wir den Fall noch einmal unter die Lupe nehmen. Aber ich denke, das ist auch nicht nötig.«

»Ich verstehe nur Bahnhof«, warf Peter Vollmar wütend ein. »Kann mich mal jemand aufklären?«

»Bitte Frau Albrecht«, sagte Rattke. »Informieren Sie unseren unwissenden Kollegen.«

Beate Albrecht begann langsam und präzise die Ereignisse von vor dreieinhalb Jahren zu erläutern. Nach kaum fünf Minuten hatte sie alle Fakten auf den Tisch gelegt, mehr gab es leider nicht.

»Haben wir damit eine konkrete Spur im Mordfall Julia Flemming?«, fragte der Kriminalrat. »Ist es möglich, dass sie etwas entdeckt hat, das noch nicht bekannt ist und unter keinen Umständen an die Öffentlichkeit gelangen darf?«

»Die Frage ist berechtigt«, antwortete Rattke. »Aber es ist nur eine Spekulation. Warum wird sie dann erst jetzt, viele Jahre später, ermordet?«

Hartung lächelte fast nachsichtig. Er genoss es, vor den beiden »Neuen«, wie er Albrecht und Branchini heimlich nannte, zu glänzen. »Weil sie bisher von Stollberg und/oder Theissen bezahlt wurde. Nun aber wollte sie mehr und deshalb musste sie sterben.«

»Genauso ist es«, stimmte Vollmar zu. »Wollen wir wetten?«

Rattke lehnte sich im Stuhl nach hinten. »Dafür musst du dir jemand anderen suchen. Ich kann nämlich nicht dagegenhalten. Also – machen wir uns an die Arbeit.«

26

Sie teilten sich die Aufgaben. Rattke und Albrecht fuhren zu Stollberg, Vollmar und Branchini wollten Ingo Theissen aufsuchen.

Das Hausmädchen Karin öffnete.

»Es ist niemand hier«, sagte sie, bevor Rattke seinen Ausweis zücken und seine Kollegin vorstellen konnte.

»Wissen Sie, wo ich Adrian Stollberg finden kann?«

»Vielleicht bei seinem Sohn oder am Großmarkt.«

»Und wo wohnt Jochen Stollberg?«

Das Hausmädchen zögerte, dann nickte sie. »Ich denke, dass ich da keinen Fehler mache. Friedenstraße 54.«

»Danke«, sagte Rattke.

Das Haus, in dem Jochen Stollberg sein Domizil hatte, stammte aus den fünfziger oder sechziger Jahren. Die Fassade war unvollständig renoviert. Links von der Eingangstür bröckelte der Putz ab, rechts dagegen glänzte eine weiße Farbe. Auch die Fenster an dieser Seite schienen neu zu sein.

»Was ist dieser Jochen Stollberg für ein Mensch?«, fragte Beate Albrecht. »Nur, damit ich mir ein Bild von ihm machen kann.«

»Schwer zu sagen. Der Sohn eines reichen Mannes, der auf eigenen Füßen stehen will, aber die Hilfe seines Vaters benötigt. Dafür ist ihm anscheinend jedes Mittel recht, dafür kriecht er ihm auch in den Hintern.«

Albrecht lachte. »Das muss ja ein schönes Früchtchen sein.«

»Sie werden ihn gleich kennenlernen.«

Rattke drückte auf die Klingel. Kurz darauf hörte er Schritte hinter der Tür, und dann wurde sie von innen geöffnet.

Die Frau vor sich hatte Rattke hier am allerwenigsten erwartet. Ihr welliges Haar trug sie heute hochgesteckt, eine ovale Brille hing an einer goldenen Kette direkt auf ihrem Busen, der für Rattke deutlicher denn je hervorstach.

»Guten Tag, Herr Kommissar«, sagte Susan Kempke. Ihre rauchige Stimme jagte ihm wieder einen Schauer über den Rücken. »Ich freue mich, Sie zu sehen, offensichtlich ganz im Gegenteil zu Ihnen.«

Rattke räusperte sich. »Das missverstehen Sie. Ich bin nur irritiert.«

»Das glaube ich Ihnen. Sie sehen müde aus. Zu viel Arbeit?«

»Bitte kein berufliches Mitgefühl«, wehrte Rattke ab. Er deutete zu Beate Albrecht und stellte sie vor. Susan Kempke nickte freundlich.

»Kommen Sie herein.«

Er ging an ihr vorbei, und wieder stieg ihm ihr aufreizendes

Parfüm in die Nase.

»Ich habe Jochen einen Besuch abgestattet«, sagte die Psychologin, während sie die breite weiße Holztür zur rechten Seite öffnete. »Ich verstehe mich gut mit ihm. Leider kann man das von seinem Vater nicht sagen. Jochen und ich haben die gleichen Interessen. Er ist Maler und ich mag antike Figuren. Beides kann man unter dem Oberbegriff Kunst zusammenfassen. So, hier ist sein Atelier.«

Rattke blieb stehen. Überall standen Staffeleien und Holztische, auf denen Farbtöpfe, Pinsel und anderes Kleinmaterial wie wahllos herumlagen. Etwa zehn Bilder mit verschiedenen Motiven lehnten an den Wänden. Die Farben stachen Rattke schmerzhaft in die Augen. Neben der Tür standen zwei verschnürte Pakete von etwa einem Meter Länge und gleicher Breite.

»Das sind die ersten Bestellungen seit Monaten«, erklärte Susan Kempke. »Ein Restaurant und eine Drogerie starten eine Neueröffnung, und dafür haben sie die Bilder geordert. Es ist zwar nur ein Mietvertrag für drei oder vier Tage, aber besser als gar nichts.«

Hinter einer Leinwand im Hintergrund tauchte der junge Stollberg auf. Er hielt eine Palette mit Farben in der linken und einen Pinsel in der rechten Hand. Sein Kittel war über und über beschmiert, und auch in seinem Gesicht klebten blaue, rote und grüne Flecken.

»Ah, der Herr Kommissar«, grinste er. »Das finde ich nett, dass Sie mir einen Besuch abstatten. Oder hat Ihr Erscheinen einen ernsten Hintergrund?«

»Ich hatte gehofft, Ihren Vater hier anzutreffen.«

»Adrian?« Jochen Stollberg lachte auf. »Der war noch nie bei mir. Wie kommen Sie denn auf diese Idee?«

»Ihr Hausmädchen Karin sagte es.«

»Ach Karin!« Er machte eine abfällige Handbewegung. »Diese einfältige Person.«

»Ich weiß, wie sie darauf gekommen ist«, warf Susan Kempke ein. »Wir haben davon gesprochen, als wir das Haus verließen. Aber Adrian ist zu Ingo Theissen gefahren, Herr Kommissar.«

»So?«, machte Rattke enttäuscht.

Er hatte das Gefühl, von Pontius zu Pilatus geschickt zu

werden und dass die beiden vor ihm so taten, als wäre die Aufklärung des Mordes eine Schmierenkomödie und er darin der Hauptdarsteller.

Plötzlich legte ihm die Psychologin eine Hand auf den Unterarm und sah ihn ernst an.

»Tut mir leid, dass Sie jetzt vergebens hier waren. Wenn ich die Sache wiedergutmachen kann, dann sagen Sie es mir.«

»Schon in Ordnung«, antwortete er, obwohl nichts in Ordnung war. Er wollte sich schon wieder umdrehen, als er die Augen zusammenkniff und auf die Leinwand starrte, neben der Stollberg stand. Bei dem Bild handelte es sich um einen Akt. Und die nackte Frau darauf war ganz zweifellos Susan Kempke.

Er ging näher und blieb etwa drei Meter davorstehen. Er bemühte sich, ganz ruhig zu bleiben. Aber das war angesichts der Abbildung nicht leicht. Die Konturen waren so deutlich gezeichnet, als handele es sich um eine Fotografie. Rattke konnte seine Augen kaum von den Rundungen abwenden. Krampfhaft zwang er sich, nur in das Gesicht zu blicken, in die tief liegenden Augen, auf die wohlgeformte Nase und den sinnlichen Mund mit den zwei kleinen Grübchen, aber immer wieder schweifte sein Blick tiefer zu ihrem Busen und dem dunklen Dreieck zwischen ihren Beinen.

Schließlich drehte er sich um. Susan Kempke und Jochen Stollberg hatten ihn nicht aus den Augen gelassen. Die Psychologin lächelte sanft. Sie war keine Spur verlegen. »Gefällt es Ihnen?«

»Ja, sehr. Sie sitzen Modell?«

»Ausnahmsweise. Es soll ein Geburtstagsgeschenk für Adrian werden. Sieht es mir ähnlich?«

»Und wie«, gab Rattke zu.

»Auch wenn Sie von der Polizei sind, tut mir Ihr Lob gut«, sagte Jochen Stollberg. »Ich danke Ihnen. Wenn es Sie interessiert, Herr Kommissar, dann zeige ich Ihnen noch mehr Bilder. Ich male nicht nur Aktporträts, ich habe auch einen anderen künstlerischen Anspruch. Bitte kommen Sie! Sehen Sie sich das an!«

Er führte Rattke zur Seite. Dort standen an der Wand eine ganze Reihe Bilder unterschiedlicher Farbschattierungen, die den Betrachter verwirrten.

»Man ist leider oder Gott sei Dank nicht immer in derselben Stimmung, deshalb male ich wie mein Gemützstand gerade ist«, erklärte Stollberg. »Mal düster und schwer, mal hell und leicht. Ich kann mich für keine Kunstrichtung entscheiden.«

Er deutete auf zwei Bilder. Das erste zeigte einen Reiter mit einer Lanze. Das Pferd war dunkelblau, nur ein wenig nuancenartiger als der Himmel darüber und deshalb kaum zu erkennen. Von dem Reiter waren nur die Umrisse zu sehen. Auf dem zweiten Bild entdeckte man mit Mühe eine blonde Venus über einem flugartigen Ungeheuer der Vorzeit.

»Wo haben Sie das gelernt?«, wollte Rattke wissen.

Jochen Stollberg lächelte stolz. »In Abendkursen. Ich habe viel Zeit dafür aufgebracht. Mir fehlt das Geld, um eine Kunstschule zu besuchen.« Er verzog grimmig den Mund. »Mein alter Herr ist leider nicht bereit, für solch einen Humbug, wie er sich ausdrückt, Geld auszugeben.«

»Deshalb wollen wir ihn mit meinem Porträt überraschen und überzeugen«, warf Susan Kempke rasch ein.

»Ich habe Bücher gelesen über Pointillismus, Futurismus und frühen Expressionismus«, sagte Stollberg wieder. »Herausgekommen sind diese Bilder.«

»Ist es sehr schwer, Derartiges zu verkaufen?«, fragte Beate Albrecht. Sie hatte sich ganz nahe über die Bilder gebeugt. Ihre Nase berührte fast die Leinwand.

Stollberg nickte. »Ja, es ist fast unmöglich, wenn man keinen Geldgeber hat, der eine Ausstellung finanziert.«

»Jochen hat deswegen schon oft mit seinem Vater gesprochen«, sagte Susan Kempke wieder, »aber Adrian ist in dieser Hinsicht stur und auf beiden Ohren taub. Wenn Sie bei ihm sind, dann erzählen Sie ihm bitte nichts von unserer Unterhaltung hier.«

»Einverstanden.«

»Gibt es denn neue Erkenntnisse im Fall der ermordeten Frau, weil Sie zu ihm wollen?«

»Sie verstehen sicher, dass ich meine Ermittlungen Fremden gegenüber niemals preisgeben darf.«

»Selbstverständlich. Aber in diesem Fall bin ich involviert. Es geht um meinen Lebenspartner. Habe ich da nicht ein Recht, über alles informiert zu werden?«

»Nein«, sagte Rattke. »Wenn Sie mit ihm verheiratet wären, sähe es anders aus. So aber nicht.«

»Schade. Ich vermute, dass Sie noch keinen großen Schritt bei der Aufklärung des Mordfalles weitergekommen sind. Verlassen Sie sich doch ganz einfach auf Ihre Intuition.«

»Das werde ich«, antwortete Rattke.

Er ging zur Tür. Die Psychologin folgte ihm und nahm eine dünne Jacke vom Kleiderständer. »Es ist ein bisschen frisch hier«, lächelte sie und warf sich die Jacke über. »Im Winter wird es in diesem Atelier nur mäßig warm und auch jetzt braucht die Sonne viel Kraft, um den Raum aufzuheizen.«

Rattke dagegen fand es ungewöhnlich heiß, und er fragte sich, ob das an ihrer Nähe lag oder an ihrem Aktfoto.

Zum zweiten Mal begegnete er nun der ehemaligen Psychologin und wieder war er unsicher. Es war ein Gefühl, das er zuletzt mit zwanzig gespürt hatte, als er auf einer Party einem dunkelhaarigen Mädchen vorgestellt wurde. Durch seine damalige Unbeholfenheit war außer einigen belanglosen Sätzen keine weitere Kommunikation entstanden. Rattke stufte Susan Kempke als eine ausgezeichnete Psychologin ein, die sicher sofort die Unterlegenheit des anderen spürte und merkte, wenn der sich in die Defensive gedrängt fühlte.

»Wie geht es denn meiner Schulfreundin Anna Langner?«, fragte sie unvermittelt.

Rattke sah sie überrascht an.

»Ich weiß, dass sie Sorgen hat«, sagte Susan Kempke. »Leider hat sie mir gegenüber nur vage Andeutungen gemacht. Dabei bin ich sicher, dass ich ihr helfen könnte.«

Rattke warf einen Blick über die Schulter zu Beate Albrecht. Sie stand immer noch bei den Bildern und unterhielt sich angeregt mit Jochen Stollberg. Sie konnte ihnen nicht zuhören.

»Anna wird bedroht, nicht wahr?«, fuhr Susan Kempke in leisem Ton fort.

»Wie kommen Sie denn darauf?«

Sie hob kurz die Schultern. »Erfahrung, Menschenkenntnis. Nennen Sie es, wie Sie wollen. Also? Ich habe recht, nicht?«

Er zögerte eine geschlagene Minute und dachte dabei über Anna Langners Worte nach. Sie war nicht sehr erfreut gewesen, Susan Kempke nach fast zehn Jahren wieder getroffen zu haben. Sie wohnte mit einem Lebenspartner zusammen, den Anna Langner vor Jahren vor Gericht angeklagt hatte und der immer noch nicht frei von jeder Schuld war. Es war Anna Langner nicht klar, welche Rolle die Psychologin in diesem Spiel spielte. Geschickt hatte sie jetzt das Gespräch auf die Staatsanwältin gelenkt und von ihren Sorgen gesprochen. Angst war eine Krankheit, die schnell zu Depressionen führen konnte. Jeder würde seine Hilfsbereitschaft anbieten. Warum nicht auch eine ehemalige Schulkollegin, vor allem, wenn sie noch Psychologin war. Nicht übel, dachte Rattke. Mit Speck fängt man Mäuse.

Eine steile Falte erschien auf ihrer Stirn. »Ich meine es wirklich gut mit Anna. Leider sagt sie mir nichts.«

»Hat sie kein Vertrauen zu Ihnen?«

»Nicht unbedingt. Wir haben fünf Jahre lang gemeinsam die Schulbank gedrückt, uns dann aber fast zehn Jahre aus den Augen verloren. Ist es da ein Wunder, dass Sie zurückhaltend ist?«

»Vermutlich nicht«, nickte Rattke.

»Wir haben vieles gemeinsam erlebt, aber wie das bei Klassenkameradinnen so ist, auch gestritten und uns wieder versöhnt. Anna war die Einzige aus der Klasse, die mich immer nur Susan genannt hat, nie Susanne oder Susanna. Sie hatte immer schon Klasse, wusste, was sich gehörte. Nun, ich bin es ihr irgendwie schuldig, ihr jetzt zu helfen.«

»Ich kann Ihnen nichts sagen.«

»Schade.«

Das Gespräch war beendet, weil hinter ihnen Jochen Stollberg und Beate Albrecht näherkamen.

Rattke gab Susan Kempke die Hand.

Die verschnürten Pakete lagen im Weg, so dass er nicht umhinkonnte, sie an ihrer Hüfte zu berühren. Sie wich keinen Zentimeter zur Seite.

Er warf noch einen raschen Blick zu Jochen Stollberg und ging, ohne sich noch einmal umzudrehen, hinaus. Beate Albrecht folgte ihm dichtauf.

27

Als die beiden wieder im Präsidium ankamen, merkte Rattke sofort, dass etwas nicht stimmte. Vollmar und Branchini saßen auf ihren Stühlen und warteten auf ihn. Vollmar rauchte, was Rattke mit einem missbilligenden Stirnrunzeln registrierte.

»Was ist los?«, fragte er.

»Ich habe alles versaut«, knurrte Vollmar.

Rattke ließ sich auf den Stuhl fallen. Diese Einsicht war neu an seinem Kollegen. »Erzähl.«

Vollmar atmete tief durch. »Ich konnte mich einfach nicht beherrschen.«

»Willst du nicht endlich loslegen und sagen, was passiert ist?«

Vollmar nahm einen tiefen Zug aus seiner Zigarette und blies den Rauch gegen die Decke. »Theissen war nicht allein. Stollberg war bei ihm und Marius Flemming.«

»Wie bitte?«, unterbrach Rattke ihn.

»Ja. Auch dieser Flemming. Das war seltsam mit ihm. Als er uns sah, wurde er ganz verlegen, fing sich aber schnell wieder und ließ sogar seine große Klappe raushängen. Auf meine Frage, was er denn hier zu suchen habe, antwortete er erst frech, dass uns das gar nichts angehen würde, dann behauptete er, sein Arbeitgeber habe ihn angerufen, um mit ihm über neue Aufgaben zu sprechen. Glaubst du das, GE? Flemming und neue Aufgaben? Das stinkt doch zum Himmel. Zumal Stollberg ihn sogleich anwies, zu schweigen.«

»Das ist in der Tat recht seltsam.«

»Stollberg und Theissen hatten sich abgesprochen. Was sie zugeben durften, was sie abstreiten mussten, einfach alles. Ihre Antworten kamen wie aus der Pistole geschossen. Ich bin wütend geworden. Jawohl, ich gebe es zu. Ich habe ein bisschen die Nerven verloren.« Vollmar schnaufte. Er war hochrot im Gesicht. »Ich habe ihnen vorgeworfen, für Gustav Suttners Tod verantwortlich zu sein. Ich habe sogar von Mord gesprochen.«

»Was haben sie geantwortet?«

»Stollberg hat Gift und Galle gespuckt. Der war schon wütend, bevor wir ankamen. Ich bin sicher, dass das was mit Flemming zu tun hat.«

»Kannst du dich genauer ausdrücken?«

»Nun ja, die drei, Stollberg und Theissen auf der einen Seite und Flemming auf der anderen, waren sich nicht grün. Das konnte ein Blinder sehen, das roch man förmlich. Stollberg schien vollkommen geschockt zu sein, aber nicht, weil er ein schlechtes Gewissen hatte, sondern wegen meiner Vorwürfe und dass ich es wagen konnte, ihn damit zu konfrontieren. Was ihn am meisten wütend machte, war, dass dieser Flemming alles mit anhören musste. Dann wies Stollberg diese, wie er sagte, ungeheure Anschuldigung vehement zurück. Du hättest ihn sehen sollen, GE. Der ist aufgesprungen. Er hat zwei Stühle dabei umgeworfen. Es hätte nicht viel gefehlt, und er wäre mir an die Gurgel gegangen.«

Rattke sah zu Tobias Branchini. Er machte ein Gesicht, als habe er auf eine Zitrone gebissen.

»Seine Arroganz war unvorstellbar. Er hat uns behandelt wie kleine Jungen, um es vorsichtig auszudrücken. So von oben herab, weißt du? Da bin ich so richtig in Fahrt gekommen.«

Das konnte sich Rattke lebhaft vorstellen.

»Ich habe ihnen klipp und klar an den Kopf geworfen, dass Julia Flemming etwas entdeckt oder mitbekommen hat, was für die beiden gefährlich werden könnte.«

»Und dann? Was geschah dann?«, wollte Rattke wissen, obwohl er die Antwort ahnte.

»Nun ja.« Vollmar zuckte die Achseln. »Stollberg will mich verklagen. Er hat in unserem Beisein seinen Rechtsanwalt angerufen. Ich denke, in ein paar Tagen liegt die Anklageschrift auf meinem Schreibtisch.«

»Meinen Sie«, warf Branchini ein, »dass mir das gleiche passieren könnte?«

Rattke schüttelte den Kopf. »Sie waren zwar bei der Befragung dabei, aber wenn Sie geschwiegen haben, kann Ihnen nichts passieren.«

Der Kollege atmete sichtlich erleichtert auf.

»Aber auch du, Peter, hast nichts zu befürchten. Ich weiß nicht, wie oft man mich schon verklagen wollte. Oder bist du handgreiflich geworden?«

»Gott bewahre«, machte Vollmar erschrocken. »Es juckte mir zwar gewaltig in den Fingern, aber so etwas kommt nicht infrage.«

»Gut.« Rattke nickte. »Dann scheint ja alles in Ordnung zu sein. Wir müssen trotzdem vorsichtig sein.« Er wich etwas zurück, weil Vollmar ihm den Rauch ins Gesicht blies. »Seit wann rauchst du denn?«

»Seit eben. Ich habe zuletzt als Student gequalmt. Aber jetzt war mir danach.« Er schaute auf den Glimmstängel in seiner Hand. »Schmeckt überhaupt nicht. Kann gar nicht verstehen, wie man davon abhängig werden kann.« Er drückte die Kippe aus und ging zur Tür. »Ich muss mal an die Luft. Seid mir nicht böse, aber die Enge hier erdrückt mich fast.«

Er verschwand. Rattke sah ihm mit gerunzelter Stirn hinterher. Er kannte seinen Kollegen nicht wieder und das machte ihm Sorgen.

»Ich geh mal zu ihm«, sagte Branchini und verschwand.

Beate Albrecht setzte sich an den Computer. Von seinem Platz aus sah Rattke die Symbole über den Monitor huschen, aber er konnte nicht erkennen, worum es sich handelte. Es war ihm im Augenblick auch egal, womit sich seine neue Kollegin beschäftigte.

Ich muss versuchen, meinen persönlichen Zorn zu unterdrücken, zu kontrollieren, dachte Rattke. Es bringt nichts, wenn ich genauso ausraste wie Peter.

Er dachte intensiv an Adrian Stollberg und Ingo Theissen. Er stellte sich vor, was in den beiden Männern nun vorging. Die Anschuldigungen konnten ihnen nicht gleichgültig bleiben. Sie waren Geschäftsleute. Jeder Verdacht würde einen weiteren Schatten auf ihr Unternehmen werfen und sich ohne Zweifel nachteilig für sie auswirken. Da war es nur verständlich, wenn Stollberg mit einer Anzeige drohte. Natürlich würde er es nicht soweit kommen lassen. Stollberg war nicht dumm. Wenn erst die Öffentlichkeit und die Presse davon erfuhren, war es mit seinem Geschäft vorbei.

Rattke klemmte sich vor den Computer. Mit ein paar Mausklicken hatte er sich den Fall Stollberg/Theissen im Todesfall Gustav Suttner von vor dreieinhalb Jahren auf den Bildschirm geholt. Die Anklageschrift bestand aus zwölf Seiten mit den Verhören, den Ermittlungen und dem Prozess. Er überflog Anna Langners Plädoyer, das der Verteidigung und die Aussagen der Angeklagten und die von Wilma Suttner. Nichts, aber auch gar nichts deutete darauf hin, dass sie heute nicht die Wahrheit sagte. Standhaft war sie bei ihrer Aussage geblieben, dass sie sich bei der Anzeige geirrt habe und dass sie bedauere, die beiden Geschäftsleute überhaupt vor ein Gericht gezerrt zu haben.

Rattke seufzte.

Sein Mund fühlte sich wie ausgetrocknet an. Er ging auf den Flur zum Wasserbehälter. Als der Becher voll war, fiel sein Blick auf die Tür gegenüber. Dort befand sich das Büro der Staatsanwältin.

Rattke stellte den Becher ab, ohne davon getrunken zu haben, ging auf die Tür zu, klopfte und trat ein. Anna Langner sah von einem Berg von Akten auf.

»Darf ich?«, fragte Rattke.

»Gern.«

Er schloss die Tür und zog einen Stuhl heran.

»Gibt es etwas Neues?«

»Nein.« Rattke schüttelte den Kopf. »Stollberg und Theissen weisen jede Schuld im Fall Suttner von sich.«

»War nicht anders zu erwarten.«

»Stollberg erwägt sogar eine Klage gegen uns wegen falscher Verdächtigungen.«

Diese Mitteilung war der Staatsanwältin nur ein müdes Lächeln wert.

»Sie haben den Kriminalrat nicht in Ihre Sorgen eingeweiht?«

»Nein«, antwortete Anna Langner. »Ich habe ihn nur auf einen möglichen Zusammenhang zwischen dem Tod Gustav Suttners und dem Mord an Julia Flemming hingewiesen. Ich fand, dass ich das tun musste.«

»Ja, das stimmt.«

»Danke, dass Sie sich nicht verplappert haben.«

Er grinste. »War kein Problem. Wenn, dann hätten Sie sofort davon angefangen, ohne mich in Verlegenheit zu bringen. Ich war übrigens heute Morgen bei Wilma Suttner.«

»Das habe ich mir schon gedacht.«

»Sie wohnt jetzt in Düsseldorf.«

»Aha. Wie geht es ihr?«

»Sehr gut. Viel besser als Sie sie mir beschrieben haben.«

»Was heißt das?«

»Ich hatte eine verhärmte, unscheinbare Frau erwartet. Aber

genau das Gegenteil davon traf zu. Wilma Suttner ist eine gepflegte Erscheinung. Tolle Frisur, teure Kleidung und guter Schmuck. Sie wohnt in einer Dreizimmerwohnung im edelsten Viertel der Stadt. Es handelt sich dabei um eine Eigentumswohnung, die ihr gehört. Ich habe mich bei einem Nachbarn erkundigt. Sie scheint keine finanziellen Sorgen zu haben«

Die Staatsanwältin lehnte sich in ihrem Stuhl zurück. »Woher hat sie das Geld?«

»Von Stollberg nehme ich an.«

Anna Langner musste schlucken. Sie kniff die Augen zusammen. »Sie wissen doch mehr, oder?«

Rattke schüttelte den Kopf. »Leider nicht. Wilma Suttner gab nur zu, dass Stollberg ihr den Marktstand abgekauft hat. Mehr wollte oder konnte sie nicht sagen. Und das ist kein Verbrechen, selbst wenn er ihr mehr gezahlt hat als er wert war. Solange sie schweigt, haben wir nur eine Vermutung. Aber damit können wir uns nichts kaufen.«

Anna Langner antwortete nicht. Sie saß nur da und biss sich auf die Unterlippe. Beide hingen ein paar Minuten ihren Gedanken nach. Es war schlimm, in der Luft zu hängen, zu ahnen, was geschehen sein konnte, aber keine Beweise zu haben. Niemals war ein Marktstand so viel wert wie eine Dreizimmer-Eigentumswohnung in einem der vornehmsten Stadtteile Düsseldorfs. Da musste einfach mehr hinter stecken. Das wurde ganz offensichtlich.

»Wilma Suttners jetzige Aussage deckt sich genau mit der bei dem Prozess. Entweder hat sie die Worte auswendig gelernt oder sie sagt tatsächlich die Wahrheit. Insgeheim aber ist sie alles andere als stabil. Bei einer intensiven Befragung würde sie einknicken, falls sie etwas Falsches gesagt hat.«

»Aber das wollen Sie nicht?«

»Sie kannte Julia Flemming kaum, und der Fall Ihres Mannes ist abgeschlossen. Wir haben keinen Grund, sie mit harten Fragen zu bombardieren.«

Die Staatsanwältin senkte den Kopf.

»Ich habe übrigens noch mal über Stollberg und Theissen nachgedacht, Anna. Ich kann mir einfach nicht vorstellen, dass einer der beiden Sie auf solch primitive Art, nichts anderes ist es, einschüchtern will. Das passt nicht zu ihnen. Das ist nicht ihr Stil.«

»Mein gesunder Menschenverstand sagt dasselbe«, antwortete sie leise.

»Gehen wir doch mal strategisch vor. Überlegen wir, was dieser Mann, der Sie bedroht oder besser gesagt belästigt, sagen will. Zunächst einmal will er Sie schockieren. Das dürfte ihm gelungen sein. Jedem vernünftig denkenden Menschen wird speiübel angesichts solcher Abbildungen. Auf jeden Fall vermute ich eine Botschaft dahinter.«

Anna Langner kniff die Augen zusammen. »Wie meinen Sie das? Will er Sex?«

»Er ist pervers.«

»So wie unser Mörder?«

»Ja.«

»Vermuten Sie einen Zusammenhang zwischen dem Mord an Julia Flemming und diesen Schmierereien? Dass es derselbe Mann ist?«

Rattke nickte.

Anna Langner entglitt der Kugelschreiber. Sie wurde blass. »Aber warum? Ich kannte das Opfer nicht.«

»Darum geht es ihm nicht. Wir sind uns einig, dass es sich in beiden Fällen um eine Person handeln muss, die psychisch gestört ist. Es ist nicht auszuschließen, dass er Julia Flemming im Augenblick seiner größten Erregung erwürgt hat, ja sogar ganz bewusst getötet hat. Und es ist sehr wahrscheinlich, dass er sich vorher mit Pornos angetörnt hat.«

Anna Langner hörte ihm atemlos und entsetzt zu. Und bei Rattkes nächsten Worten wurde ihr flau im Magen.

»Wir dürfen sogar nicht ausschließen, dass er seine Opfer wahllos auswählt. Er kann früher ein Erlebnis gehabt haben, das all diesem Handeln zugrunde liegt. Oder es ist ein wichtiger Teil davon. Es entsteht ein Zwang, er ist nicht mehr er selbst.«

Anna Langner schüttelte wie betäubt den Kopf. »Warum wartet er dann so lange? Er hätte mehrmals Gelegenheit gehabt, sein Vorhaben zu vollenden.«

»Er will seine Macht demonstrieren. Er will Ihnen zeigen, wie hilflos Sie sind. Haben Sie noch mal darüber nachgedacht, wen Sie alles verurteilt haben?«

Sie nickte. »Ich komme auf über zwanzig Personen, auf die

das Täterprofil zutrifft.«

»Das ist viel.«

»Ich könnte Ihnen eine Liste aufstellen, GE.«

»Ja, das wäre immerhin etwas.«

»Sie zögern. Sie sind auch nicht überzeugt davon, dass es einer der von mir abgeurteilten Straftäter ist?«

»Ich weiß es nicht, Anna«, sagte er ehrlich. »Ich habe oft während meiner Jahre als Kommissar gedacht, jetzt kann es nicht mehr schlimmer kommen. Aber das hier übertrifft alles. Wenn derjenige, der Sie brüskiert, und der Mörder ein und derselbe ist, dann haben wir es mit teuflischer Raffinesse zu tun. Es wird schwer, ihn zu finden. Jedenfalls solange er keinen gravierenden Fehler macht.«

Er stand auf. »Seien Sie vorsichtig, Anna. Ich hoffe, ich habe Ihnen nicht zu viel Angst gemacht. Aber Sie sollten meine Gedanken kennen.«

Er ging zur Tür. Anna Langners Stimme hielt ihn auf.

»GE, was ist, wenn der Täter einen sehr hohen Intelligenzquotienten hat und das, was wir eben gesagt haben, vorausgesehen hat? Wenn er ganz bewusst eine falsche Fährte gelegt hat?«

»Dann? Dann wären wir wieder am Anfang.«

Sein gefüllter Becher stand noch immer neben dem Behälter. Rattke schüttete das Wasser in das Becken und warf den Becher anschließend in den Papierkorb. Er würde heute Abend bei einem üppigen Nudelgericht eine Flasche Wein aufmachen. Darauf hatte er mehr Durst.

Er wollte sein Büro betreten, als er einen flüchtigen Blick durch die Glastür ins Sekretariat warf. Bei Marion Peters saß eine Frau, deren Alter schwer zu schätzen war. Sie wirkte unscheinbar, schüchtern und vollkommen fehl am Platz. Ihr Gesicht hatte nicht viel Sonne gesehen, ihre Haare versteckte sie unter einem scheußlichen Hut. Alles in allem sah sie aus wie eine Nonne, nur ohne Tracht.

Rattke hielt inne. Er beugte sich näher an die Scheibe heran, und nun erkannte er sie. Schwester Elisabeth.

Er öffnete die Tür des Sekretariats. Marion Peters drehte sich um.

»Ach, Herr Rattke. Ich wollte Sie gerade rufen. Das ist Schwester …«

»Elisabeth«, unterbrach er sie. »Ich weiß.«

Die Schwester bat um Entschuldigung, weil sie ohne Anmeldung erschienen war.

»Ich hätte nicht gedacht, Sie hier zu sehen, Schwester Elisabeth. Ist etwas mit Frau Seliger?«

»Nein.« Sie schüttelte hastig den Kopf. »Ihr geht es gut, jedenfalls den Umständen entsprechend.«

»Dann hat Ihr Besuch einen anderen Grund?«

Sie nickte. Schwester Elisabeth zögerte noch eine Weile. Sie wusste offenbar nicht, wie sie beginnen sollte.

»Seit Sie bei uns waren, ich meine das zweite Mal, habe ich viel über Julia nachgedacht«, sagte sie leise. »Ich bin nur wenige Jahre älter als sie. Vielleicht hat sie mir deshalb mehr erzählt als ihrer Mutter. Ich hatte sogar das Gefühl, dass sie jemanden brauchte, dem sie sich anvertrauen konnte.« Sie holte tief Luft. »Es ist über ein halbes Jahr her. Julia, ich meine Frau Flemming war mal wieder abends ausgegangen und kam erst in den Morgenstunden zurück. Ich war während der Nacht bei Frau Seliger geblieben, weil es ihr sehr schlecht ging. Am Morgen wollte ich erleichtert gehen, weil ja nun ihre Tochter da war. Aber Julia musste sofort wieder weg. Sie war übermüdet, dachte aber gar nicht an Schlaf. Sie sagte, sie müsste ganz dringend nach Duisburg.«

»Nach Duisburg?«

»Ja.«

»Und?«, fragte Rattke, ohne die Geduld zu verlieren, als die Schwester eine für seine Begriffe zu lange Pause machte.

»Nun ja. Ich sagte schon, sie war übermüdet, wirkte aber auch irgendwie euphorisch. Ich … ich dachte, dass sie mit einem Mann …« Sie errötete. »Aber sie erzählte mir unter dem Siegel der Verschwiegenheit von einem Kind, das sie besuchen müsste.«

»Von …« Rattke zögerte. »Von ihrem Kind?«

Die Schwester senkte beschämt den Kopf und nickte.

»Und dieses Kind befände sich in Duisburg?«

»Hmm. Sie hat geredet wie ein Wasserfall. Ich hatte das Ganze schon wieder vergessen, bis zu Ihrem Besuch heute Morgen.

Sie sprachen mit Herrn Flemming so laut, dass wir nebenan mithören konnten. Es waren so viele Dinge, über die Sie gesprochen haben, und die meisten verstand ich überhaupt nicht. Ich wollte nicht lauschen, Herr Kommissar, aber ich konnte auch nicht weghören. Als Sie von dem Kind anfingen, hat Herr Flemming doch aufgeschrien. Er ist laut geworden. Erinnern Sie sich daran?«

Nur zu gut, dachte Rattke. Er nickte.

»Frau Seliger hat, glaube ich, gar nicht begriffen, worum es ging. Aber ich schon.«

»Hat sie gesagt, wo das Kind ist? In einem Heim oder in einem Kinderhort?«

Die Schwester schüttelte den Kopf. »Es ist bei einer Familie, es wurde adoptiert.«

Rattke war innerlich so angespannt, dass er glaubte, zu zerreißen.

»Hat sie den Namen der Adoptiveltern genannt?«

Die Schwester nickte heftig. »Sie hat ihn mir einmal gesagt, und das wohl völlig unbeabsichtigt. Danach hat sie immer von diesem Thema abgelenkt. Ein Ehepaar Buchner hat Julias Kind adoptiert.«

»Harald Buchner?«, fragte Rattke nach.

»Das weiß ich leider nicht so genau. Aber Buchner stimmt auf jeden Fall. Da bin ich absolut sicher.«

Rattke musste sich bemühen, ganz ruhig zu bleiben. Er wollte der Schwester gegenüber seine Emotionen nicht zeigen.

»Ich danke Ihnen sehr, Schwester Elisabeth.«

Sie sah unsicher zwischen ihm und Marion Peters hin und her. »Habe ich Ihnen denn damit geholfen? Kommen Sie nun einen Schritt weiter auf der Suche nach dem Täter?«

»Ganz bestimmt«, antwortete Rattke.

Schwester Elisabeth war zufrieden. Sie stand auf. »Sie dürfen das nicht falsch verstehen, Herr Kommissar, aber ich habe nicht gern mit der Polizei zu tun. Bei uns kommt so etwas nie vor. Deshalb …«

»Machen Sie sich keine Sorgen«, unterbrach Rattke sie freundlich aber bestimmt. »Es war eine gute Entscheidung von Ihnen, zu uns zu kommen.«

Sie sah ihn immer noch unsicher an und wollte sich abermals

für ihren Besuch entschuldigen, aber Rattke öffnete ihr freundlich die Tür.

»Grüßen Sie Frau Seliger von mir und machen Sie sich um Himmels willen keine unnötigen Gedanken. Es wird alles in Ordnung kommen.«

Nachdem Schwester Elisabeth gegangen war, lief er wie ein aufgescheuchtes Huhn im Zimmer hin und her.

»Na«, machte Marion Peters. »Das war doch was.«

»Ja, aber Harald Buchner habe ich in Essen aufgesucht …« er blieb stehen und schlug sich vor die Stirn. »Vielleicht wohnt Buchner gar nicht dort.«

Er lief hinaus.

Beate Albrecht saß noch vor dem Computer, als Rattke die Tür aufriss. Sie hob erschrocken den Kopf.

»Frau Albrecht, erinnern Sie sich noch an einen Harald Buchner?«

»Selbstverständlich.«

»Woher hatten Sie seine Adresse?«

Sie runzelte die Stirn. »Wenn ich mich recht erinnere aus dem Gästebuch des Hotels Weißenhof. Das heißt, dort stand lediglich die Stadt. Essen. Ich habe dann in der Telefonauskunft nachgesehen und Harald Buchners Telefonnummer aufgeschrieben. Warum fragen Sie?«

»Sie haben sein Büro in Essen angerufen, Frau Albrecht, nicht bei ihm zu Hause. Harald Buchner arbeitet in Essen, aber er wohnt in Duisburg. Und ihn hat Julia Flemming besucht. Deshalb besaß sie eine Fahrkarte nach Duisburg.« Rattke lief zur Tür. »Wenn mich jemand sucht, ich bin erst morgen wieder zurück.«

Und schon fiel die Tür hinter ihm ins Schloss.

28

Rattke verließ augenblicklich das Präsidium. Er hatte es sehr eilig. Wenn er zu spät kam, dann war Harald Buchner bereits von seinem Büro nach Hause gefahren. Dann musste er ihn dort aufsuchen, dann galt sein Versprechen, ihn an einem neutralen Ort zu treffen, nicht mehr. Buchners Privatadresse würde er von

Marion Peters heraussuchen und sich durchgeben lassen.

Über seine Freisprechanlage rief Rattke den Anlageberater an. Er wollte ihn wie bei seinem ersten Besuch in das Café bitten. Buchner war in einer Konferenz, die sich offenbar länger als geplant hinzog.

Dann eben nicht, sagte sich Rattke. Er konnte keine Rücksicht mehr auf Buchners Wünsche nehmen.

Das Bürohaus, in dem der Anlageberater residierte, befand sich neben einer Sparkassenfiliale der Stadt Essen. Das war äußerst praktisch, denn davor gab es einen großen Parkplatz mit moderaten Gebühren. Rattke stellte seinen Wagen ab und betrat die Eingangshalle. In der dritten Etage befand sich Buchners Büro. Eine ältere Sekretärin sah ihn ein wenig indigniert an und fragte ihn hochnäsig, ob er einen Termin bei Herrn Buchner habe. Seine äußere Erscheinung ließ offenbar auf wenig Vermögen schließen.

»Nein«, antwortete Rattke. »Sagen Sie ihm bitte nur meinen Namen und dass ich aus Dortmund komme. Ich bin sicher, er hat dann Zeit für mich.«

Nur drei Minuten später führte ihn die Sekretärin in einen kleinen Vorraum. Ehe Rattke dort Platz nehmen konnte, erschien schon der Anlageberater aus einer zweiten Tür. Sein Gesicht war ein wenig gerötet. Er trug kein Jackett. Schweißflecken zeichneten sich unter den Achselhöhlen ab.

»Bitte, Herr Rattke.«

Als sie in das angrenzende Zimmer traten, blieb Rattke auf der Schwelle stehen. Es lief nicht nur ein Fernseher, es liefen drei. Auf den Bildschirmen flimmerten Ziffernkolonnen, Nachrichtensprecher wechselten sich fast im Minutentakt ab. An der gegenüberliegenden Wand hingen Uhren, die die Zeit von verschiedenen Orten der Welt zeigten.

»Es bedeutet wohl nichts Gutes, dass Sie mich hier besuchen?«

»Das kommt ganz auf den Standpunkt an. Sie haben mich angelogen. Es geht um Julia Flemmings Kind.«

Buchner senkte den Kopf. Um sich zu sammeln, zeigte er auf die Bildschirme.

»Es heißt immer, die neue Technik habe die Welt kleiner gemacht. Meine Welt ist sehr klein geworden. Ich habe mich in zweierlei Hinsicht schuldig gemacht. Ich habe Ihnen nicht die Wahrheit gesagt und ich habe ein Verhältnis mit der Frau gehabt, deren Tochter wir großziehen. Ich will nichts entschuldigen. Das liegt mir fern. Ich möchte Ihnen nur erklären, wie es dazu gekommen ist.«

»Bitte«, sagte Rattke kühl.

Buchner registrierte es und biss sich auf die Lippe.

»Vor acht Jahren entschlossen wir uns, ein Kind zu adoptieren. Kurz davor hatten wir erfahren, dass meine Frau unfruchtbar war. Eine Erbkrankheit, von der wir bis zu dem Zeitpunkt nichts ahnten. Wir meldeten uns beim Jugendamt und durchliefen alle Überprüfungen. Wir wollten eine Inkognito–Adoption. Das bedeutet den einseitigen Schutz der Daten der Adoptivfamilie vor dem Zugriff durch andere. Damit wird sichergestellt, dass die Herkunftsfamilie des Kindes nicht in die Erziehung eingreifen kann und die Beziehung des Kindes zu den Adoptiveltern ungestört bleibt. Deshalb mussten wir warten. Es ist nämlich nicht so, dass man ohne Weiteres sofort ein Kind annehmen darf. In dieser Zeit lernte ich Ingo Theissen kennen. Den Namen erwähnte ich Ihnen gegenüber schon einmal.«

»Ja, natürlich«, sagte Rattke. »Ich erinnere mich sehr gut.«

»Und wie das so ist, in Männerkreisen erzählt man sich schon mal Dinge, die man besser für sich behalten sollte. Als Theissen erfuhr, dass wir uns für eine Adoption interessierten, sagte er, dass er jemanden wüsste, der ein Kind zur Adoption freigeben möchte.«

»Ingo Theissen hat das gesagt?«, fragte Rattke verwundert.

»Ja«, nickte Buchner.

»Und so etwas gibt es? Ich meine, dass man sich ein Kind sozusagen aussuchen kann?«

»Man nennt das die Halboffene-Adoption. Man geht sowieso allgemein dazu über, die Inkognito-Adoption zu öffnen, damit die leiblichen Eltern in den Prozess der Auswahl einbezogen werden. Der Kontakt wird über das Jugendamt aufrechterhalten. Nun, was soll ich groß drum herumreden. Von da an ging es sehr schnell. Die leibliche Mutter war einverstanden. Wir bekamen unser Kind. Ein Mädchen. Ariane heißt es. Inzwischen ist es unser ganzer Stolz.«

Buchner schaute einen Moment lang verzückt zum Fenster

hinaus.

»Wenn ich Sie recht verstehe«, sagte Rattke, »dann haben Sie Julia Flemming bereits vor fast acht Jahren kennengelernt?«

Buchner schüttelte den Kopf. »Nein. Wir äußerten nur den Wunsch, die Tochter einer Julia Seliger zu adoptieren. Seliger, nicht Flemming. Sie war ja nicht verheiratet. Julia Seliger wollte uns nie kennenlernen. Die ganze Angelegenheit wurde über das Jugendamt abgewickelt. Wie gesagt, wir haben Arianes Mutter weder gesprochen noch mit ihr korrespondiert.«

»Wissen Sie, wer der Vater ist?«

»Nein. Ganz bestimmt nicht. Ich würde es Ihnen sagen.«

»Wann erfuhren Sie, dass Julia Flemming die Mutter Ihrer Adoptivtochter ist?«

Er fuhr sich mit dem Handrücken über die Stirn. Er litt, aber Rattke hatte kein Mitleid mit ihm.

»Erst bei unserem letzten Treffen im Café Caruso«, kam es langsam über seine Lippen. »Julia Flemming hatte mich dort ganz bewusst abgefangen. Sie glauben gar nicht, wie schockiert ich war. Sie war außer sich vor Freude, weil sie mich so reingelegt habe, wie sie sagte. Sie hatte sich auch schon mehrmals mit Ariane in Duisburg getroffen. Ich erinnerte mich, dass meine Frau schon im letzten Herbst von einer Unbekannten angesprochen worden war, die sich immer glänzend mit Ariane unterhalten hatte. Das war Julia Flemming. Sehen Sie, Herr Kommissar, selbst wenn wir sofort gewusst hätten, wer sie war, wir hätten ihr den Kontakt zu ihrer Tochter nicht verbieten können. Wir hatten ja diese Halboffene-Adoption vereinbart.«

Harald Buchner hielt inne. Er wirkte erschöpft und ausgebrannt.

»Was haben Sie empfunden?«

Buchner hob den Kopf. »Sie meinen, nachdem ich die Wahrheit kannte?«

»Ja.«

»Ich kann das nicht beschreiben. Ekel vor mir selbst, Trauer, Verzweiflung. Ach, ich weiß es nicht. Ich habe Ariane ungerecht behandelt und mich sehr abweisend ihr gegenüber verhalten. In den letzten Tagen wurde das Verhältnis dann wieder normal.«

»Sie haben mir gegenüber Julia Flemming in den höchsten Tönen gelobt. Sie wollten sie ganz bewusst in ein positives Licht stellen, weil sie eben die Mutter Ihrer Adoptivtochter ist, nicht?«

Buchner senkte den Kopf, was Antwort genug war.

»Sie wissen, dass wir noch immer den Mörder suchen.«

Buchner atmete schwer aus. »Ich denke unentwegt daran. Sie brauchen mir nichts zu sagen, Herr Kommissar. Meine Beziehung zu Julia Flemming macht mich nicht unverdächtiger.«

»So ist es«, sagte Rattke.

Später auf der Bundesstraße 1 hatte er das Bedürfnis nach einem kühlen Bier. Er wollte den ganzen Müll hinunterschlucken oder für ein paar Minuten einfach nur vergessen, dass er Polizist war. Er hatte es satt, immer nur die Schattenseiten der Menschen zu sehen. Ihre Probleme waren nicht seine, aber er musste sie mit anhören, um sich ein Bild machen zu können. Dabei hatte er nicht das Gefühl, Harald Buchner zum Abschaum der Menschen zu zählen. Rattke hasste seinen Beruf in diesen Minuten. Er war nahe daran, dem Kriminalrat alles vor die Füße zu werfen.

Doktor Mürselen war noch in seinem Käfig. So hatte jemand aus dem Kommissariat einmal den Keller der Gerichtsmedizin bezeichnet. Er war überrascht, als Rattke so spät bei ihm auftauchte.

»Nanu, Sie machen wohl nie Feierabend, wie? Gibt es irgendetwas, das ich übersehen haben sollte?«

»Nein, Doc.« Rattke lehnte den angebotenen Stuhl ab. Er blieb an der Fensterbank stehen. »Ich benötige nur eine Auskunft von Ihnen.«

»Schießen Sie los.«

»Doktor, erzählen Sie mir bitte etwas über Nymphomanie.«

Mürselen blickte Rattke über den Rand seiner Brille an, als habe dieser den Verstand verloren. »Was wollen Sie?«

»Alles über Nymphomanie wissen. Ist es eine Krankheit oder nur … nur …«

»Na was? Dummes Gerede?« Mürselen lehnte sich zurück und verschränkte die Arme vor der Brust. »Möchten Sie eine einfache oder wissenschaftliche Erklärung?«

»So einfach wie möglich.«

»Der Begriff Nymphomanie wird heute in der Regel nur noch als abwertende Beschreibung gebraucht und in der Fachliteratur kaum verwendet. Ausdrücke wie Hypersexualität, Klitoromanie und Metromanie sind viel gebräuchlicher. Sie bezeichnen ein übersteigertes nymphomanes Verhalten. Als geschlechtsneutraler Begriff findet allerdings zunehmend der Ausdruck Erotomanie Verwendung.«

Rattke verzog gequält das Gesicht. Wenn das einfach ausgedrückt war, wie war dann erst die wissenschaftliche Erläuterung? Um den Doktor nicht zu beleidigen, nickte er fleißig und warf ein: »Diese ganzen Begriffe zeigen aber, dass Nymphomanie – ich bleibe der Einfachheit halber bei dieser Bezeichnung – eine Krankheit ist, nicht?«

Mürselen nickte. »Eine Frau, die ein nymphomanes Verhalten an den Tag legt, leidet an einer sehr ernsten sexuellen Störung. Sie hat nicht einfach nur Lust auf eine rege und schnelle sexuelle Befriedigung, sondern sie sucht vielmehr unaufhörlich nach Bestätigung und Liebe. Eine wirkliche Befriedigung bleibt jedoch meistens aus. In ganz seltenen Fällen erreicht sie den sexuellen Höhepunkt. Wenn sie diesen aber bei einem Partner erlangt, bleibt sie bei ihm, ja, sie ergibt sich sozusagen dem Mann.«

»Worin liegen die Gründe für dieses Verhalten?«

»Man geht davon aus, dass eine wirklich nymphomane Frau eine tiefe seelische Not hat, die in ihren Augen nur mit Sex zu betäuben ist. Hinzu kommt eine starke Bindungsangst. Die Ursachen sind bisher nur wenig erforscht. Es werden genetische Veranlagungen vermutet, aber auch Verarbeitungsstrategien, meistens von Missbrauchserfahrungen.«

»Kann auch eine Abtreibung der Grund sein?«, versuchte Rattke, den Dialog wieder auf eine verständliche Ebene zu bringen. »Oder ein zur Adoption abgegebenes Kind?«

»Abtreibung? Eher unwahrscheinlich. Adoption? Denken Sie an die tote Julia Flemming?«

Rattke nickte. »Nach unseren Recherchen hat sie sich seit der Geburt ihres ersten Kindes radikal verändert. Bis zu diesem Zeitpunkt war sie ein schüchternes, sensibles Mädchen, erst danach wurde sie sexsüchtig.«

»Das wissen Sie genau?«

»So ziemlich.«

»Hm«, machte Mürselen. »Die psychischen Probleme der

betroffenen Menschen treten in einigen Fällen tatsächlich auf. Das können familiäre oder berufliche Schwierigkeiten sein. Die Frage ist stets, wo beginnt die Krankheit? Ein wichtiges Indiz ist die Bedeutung der Sexualität, die im Leben der Betroffenen immer mehr zum Mittelpunkt wird. Sie beherrscht das Denken und Handeln. Ist das Kind die Folge einer Vergewaltigung gewesen?«

»Nein, das glaube ich nicht.«

»Dann wird sie einen seelischen Schock erlitten haben. Das würde auch die bisherigen wissenschaftlichen Erkenntnisse betätigen. Um es in Prozenten auszudrücken, Herr Kommissar, möchte ich sagen, dass es zu siebzig Prozent zutrifft.«

»Ich danke Ihnen, Doktor. Ach, gibt es bei Männern eigentlich auch Nymphomanie?«

Der Arzt lächelte. »Natürlich. Nur wird diese Veranlagung nicht so bezeichnet. Bei Männern spricht man vom >Don-Juan-Komplex<, benannt nach dem berühmten Verführer Don Juan. Einige nennen das auch Satyrismus, nach den sexhungrigen Satyrn aus der griechischen Mythologie.«

Rattke stieß sich von der Fensterbank ab, nickte dem Doktor noch einmal zu und verließ das gerichtsmedizinische Institut. Es war Viertel vor acht, als er in den Wagen stieg und zu seiner Wohnung fuhr.

29

Lutz Hansen fuhr seit über zwölf Jahren Taxi. Zuerst für eine Vereinigung, bis er sich vor drei Jahren selbstständig gemacht hatte. Er fuhr nun nicht mehr mit seinem Benz durch die Gegend, sondern mit einem Minivan. Er hatte sich auf Fahrten zu den nahen Flughäfen spezialisiert. Zum Dortmunder Flughafen lohnte es sich kaum, aber Münster, Paderborn, Düsseldorf und Köln waren für ihn trotz der ständig schwankenden Spritpreise Plusgeschäfte.

Er hielt sich stets an die Geschwindigkeitsbeschränkungen und trank nie, wenn er Dienst hatte. Er wollte und konnte nicht riskieren, dass man ihm aufgrund zu schnellen Fahrens oder wegen Alkoholeinfluss den Führerschein entzog.

An diesem Morgen musste Hansen vier Frauen von Paderborn abholen. Sie kamen von einer Vergnügungstour aus Mallorca und waren übermüdet. Die drei auf dem Rücksitz schliefen bereits nach wenigen Kilometern. Hansen war es recht. Er hatte sowieso keine Lust auf eine Unterhaltung.

Das Wetter war durchwachsen, dunkle Wolken zogen am Himmel entlang, aber es regnete nicht. Hansen hatte einen Pauschalpreis vereinbart, es kam also nicht auf eine bestimmte Zeit an. Deshalb fuhr er mit mäßigem Tempo über die Autobahn.

Die Frauen waren alle so um die vierzig. Zwei von ihnen waren recht mollig, ihr Doppelkinn wabbelte bei jeder kleinen Unebenheit der Straße. Sie hatten den Mund halb geöffnet, sodass etwas Speichel über die Lippen lief. Die dritte war brünett, vollschlank und mit einem Gesicht, das jünger wirkte als sie vielleicht war.

Die würde ich auch nicht von der Bettkante stoßen, dachte Hansen. Er war unverheiratet, hatte einige Affären hinter sich, aber durch seinen Job als Taxifahrer wollte es niemand bei ihm aushalten. Inzwischen fand er die Situation gut, konnte er doch wie ein Springinsfeld von einem Bett ins andere hüpfen.

Neben ihm saß eine Dunkelhaarige. Sie war offenbar die Wortführerin der vier, denn sie hatte gleich am Anfang den Beifahrersitz für sich in Anspruch genommen, und die anderen hatten es ohne zu murren geduldet.

Sie hatte die Augen geöffnet, aber an ihrem glasigen Blick erkannte Hansen, dass sie entweder mit offenen Augen schlief oder eine durchzechte Nacht hinter sich hatte.

»Möchten Sie?«

Er reichte ihr eine Tüte mit Bonbons.

Sie benötigte einige Zeit, um zu reagieren, schüttelte dann jedoch den Kopf und schaute zur Seite hinaus.

Hansen zuckte die Schultern. Dann eben nicht. Er selbst steckte sich einen Bonbon in den Mund. Wenn er lange nichts gegessen hatte, musste er etwas lutschen, um den faden Geschmack im Mund loszuwerden.

Ein Hinweisschild tauchte am Straßenrand auf. Noch etwas mehr als dreißig Kilometer bis Dortmund. Die vier wohnten alle in Wellinghofen und würden an derselben Stelle aussteigen, was Hansen sehr recht war.

Nach zwanzig Minuten bog er von der Autobahn ab. Er nahm den Zettel mit der Adresse vom Armaturenbrett, den sie ihm zu Beginn der Fahrt gereicht hatte. Die Gegend kannte er flüchtig.

Es passierte unmittelbar nach der nächsten Kurve. Mehr aus Zufall hatte Lutz Hansen zur Seite hinausgeblickt und reflexartig auf die Bremse getreten. Die Frauen auf dem Rücksitz wurden in ihren Sicherheitsgurten nach vorn geschleudert, und auch seine Beifahrerin stieß einen erstickten Laut aus, weil ihr so unerwartet die Luft vom Gurt abgeschnürt wurde.

»Was ist denn?«, fluchte sie lauthals.

Hansen schüttelte den Kopf, blickte noch mal zur Seite nach draußen und gab dann Gas. Er wollte keine Unannehmlichkeiten. Nichts sehen und hören war seine Devise.

In diesem Moment schrie die Dunkelhaarige: »Anhalten! So halten Sie doch an!«

Sie schrie noch weiter und schlug dabei wie eine Wilde gegen seine Schulter. Ihre drei Freundinnen waren aufgeschreckt und sahen wirr in die Gegend.

»Was ist los? Warum brüllst du so?«

»Nun halten Sie doch um Himmelswillen an.« Sie griff nach Hansens Arm, sodass dieser fast das Lenkrad verrissen hätte.

»Sind Sie wahnsinnig geworden?«

Es gelang ihm nur mit Mühe und Not, den Wagen auf der Fahrbahn zu halten.

»Da liegt doch jemand. Haben Sie das denn nicht gesehen?«

»Nein.«

»Sind Sie blind? Am Rand. Da liegt ein Mensch.«

Hansen hatte keine andere Wahl. Nach weiteren dreißig Metern konnte er seinen Van in einer kleinen Bucht anhalten. Als er ausstieg, merkte er, dass seine Knie schlotterten. Er ging die paar Meter zurück und spähte angestrengt über die Wiesen mit ihrem hohen Gras. In einer Entfernung von ungefähr vierzig Metern, neben einem flachen Graben, in dem sich Wasser und Schlamm gesammelt hatten, lag etwas.

Hansen erkannte sofort, dass es sich um eine Frau handelte. Sie hockte seltsam verdreht in halbsitzender, halbliegender Stellung. Er trat näher und beugte sich nach vorn, um besser sehen zu können. Dabei bemerkte er, dass ihre Hände hinter dem Rücken an einem Pfahl festgebunden waren. Ihre Haare hingen ihr wirr um den Kopf, der nach vorn auf die Brust gesunken war. Dann sah er ihre weit aufgerissenen Augen und das Ungeziefer, das über ihr Gesicht krabbelte. Im selben Moment war es mit seiner Beherrschung vorbei. Er konnte gerade noch den Kopf zur Seite drehen und erbrach sich fast direkt neben der Leiche.

Als Hauptkommissar GE Rattke eintraf, standen am Straßenrand ein halbes Dutzend Fahrzeuge, und mindestens acht Menschen starrten auf eine Stelle, die mit einem rotweißen Band abgegrenzt war. Zwei Polizisten versuchten, die Personen zurückzudrängen, aber es gelang ihnen nur schleppend. Aus dem zweiten Wagen stiegen Vollmar und Tobias Branchini.

Rattke scheuchte einen jungen Mann auf, der hastig zur Seite trat und dabei stolperte. Er fluchte so laut, dass einer der Polizisten am Absperrband sich umdrehte. Rattke kannte den Mann. Er hatte ihn vor einigen Tagen im Präsidium fast umgerannt.

»Herr Rattke, gut, dass Sie da sind. Kommen Sie! Kommen Sie!«

Rattke rutschte den Hang hinab. Neben dem Polizisten blieb er stehen.

»Was ist passiert?«

»Eine Tote. Ermordet.«

»Warum sind wir hier? Wir haben doch bereits einen Fall an der Backe.«

»Warten Sie. Ich erkläre Ihnen gleich, warum ich Sie gerufen habe.«

»Sie waren das?«

Er antwortete nicht, sondern deutete auf den Hals der Toten. »Sehen Sie die Schlinge? Sie ist erwürgt worden. Sie haben doch den Fall der Ermordeten, die in einem Hotel getötet wurde. Ich war einer der Beamten, die die Straße vor dem Hotel abgesperrt hatten. Es sieht so aus, als wäre hier derselbe Täter am Werk gewesen.«

Die Kordel hatte sich so tief in die Haut eingegraben, dass sie blutig geworden war. Die Zunge hing halb aus ihrem Mund und die weit aufgerissenen Augen waren aus ihren Höhlen getreten. Das ganze verzerrte Gesicht sah aus wie ein Zombie.

Neben Rattke stöhnte Branchini plötzlich auf. Er war grau im Gesicht. »Ich kann das nicht, nein, ich kann das nicht«, stieß er aus. »Ich will wieder zurück in die Registratur. Mein Gott, wie schrecklich das ist.«

Rattke schaute sich um. Vier Frauen im mittleren Alter hockten im Gras etwa zwanzig Meter entfernt. Zwei rauchten, die dritte hatte den Kopf in beide Hände gestützt, die vierte sah zu ihnen herüber. Ein Mann stand einige Meter neben ihnen.

»Was tun die hier?«, fragte Rattke den Schutzpolizisten.

»Die haben die Tote gefunden. Sie stehen noch unter Schock.«

Peter Vollmar kam er näher. Er machte ein grimmiges Gesicht. »Es handelt sich um Gerlinde Lamers, der Putzfrau aus dem Hotel Weißenhof.«

Rattke glaubte, jemand habe ihn getreten. »Du liebe Scheiße«, entfuhr es ihm.

»Sie hatte ihre Papiere bei sich. Anscheinend war es dem Täter egal, ob wir sie sofort identifizieren.«

»Wo lagen ihre Papiere?«

»In ihrer Handtasche. Ich nehme an, dass sie auf dem Weg zu ihrer Arbeit oder zum Einkaufen von dem Täter überrascht wurde. Er muss sie in sein Auto gelockt oder gezerrt haben und ist dann hierhergefahren.« Vollmar machte eine Handbewegung in die Runde. »Von der Straße bis hier sind frische Fußabdrücke zu sehen. Das könnte bedeuten, dass er sie hierhergetragen hat. Vermutlich war sie dabei schon tot.«

Rattke ging zum Straßenrand. Das Gras war nicht gemäht worden. Hier und da gab es ein paar eingedrückte Grashalme, hervorgerufen von Tieren oder auch Liebespaaren. Weiter hinten waren die Felder abgeerntet. Es war klar, warum der Täter die Leiche in das hohe Gras geworfen hatte. Sie sollte nicht oder so spät gefunden werden, dass der genaue Todeszeitpunkt nicht mehr auszumachen war.

»Wir müssen versuchen, Zeugen zu finden«, sagte Vollmar. »Diese Straße ist doch nicht so einsam. Ich habe die Autos gezählt, die in den letzten zehn Minuten hier vorbeifuhren. Es waren acht, also fast in jeder Minute einer. Ich kann mir nicht vorstellen, dass der Täter weniger als zwanzig Minuten gebraucht hat, die Tote aus dem Wagen zu tragen und hier zu verstecken. Also müssten in der Zeit fast fünfzehn Wagen vorbeigefahren sein.«

Rattke blickte die Leiche wieder an. Man möchte sich sofort abwenden und alles vergessen, dachte er. Wie oft hatte er sich gewünscht, nur zu träumen, wenn er an einen Tatort kam, aber stets war es die raue Wirklichkeit.

Er kam sich so hilflos wie ein kleiner Junge vor, und er fragte sich, ob er seine Fürsorgepflicht verletzt hatte. Könnte Gerlinde Lamers noch leben, wenn er für sie Personenschutz beantragt hätte? Hatte er leichtsinnig gehandelt und nun ein Menschenleben auf dem Gewissen?

Rattke ballte in ohnmächtigem Zorn in der Tasche eine Faust.

Jemand kam und wollte wissen, ob sie die Tote wegbringen konnten. Rattke sah zur Straße. Die Männer der Spurensicherung krochen überall herum, knieten im hohen Gras oder lagen sogar auf dem Bauch, um sich auch nicht die kleinste Spur entgehen zu lassen. Rattke hoffte sehr, dass sie dann brauchbare Ergebnisse gefunden hatten.

»Sobald Doktor Mürselen hier auftaucht und die Spurensicherung fertig ist, können Sie sie losbinden«, sagte er dem Streifenpolizisten, und zu Peter Vollmar gewandt, meinte er: »Nimm du dir die Frauen vor, Peter. Ich werde mit dem Taxifahrer sprechen.«

Lutz Hansen war immer noch grau im Gesicht. Er vermied es, den Kommissar anzusehen. Rattke blieb vor ihm stehen und stellte sich vor. Hansen murmelte seinen Namen.

»Ich kann verstehen, dass Sie immer noch geschockt sind, Herr Hansen. Solch einen Anblick vergisst man nicht so schnell. Dennoch muss ich von Ihnen wissen, wie Sie die Tote gefunden haben.«

Hansen nickte leicht und seufzte tief. »Es war diese Frau, die plötzlich aufschrie. Sie hat mich total erschreckt. Solch ein Schrei ist einfach unmenschlich. Ich drehte demnach den Kopf zur Seite und sah sie.« Er schluckte.

»Haben Sie gleich erkannt, dass es sich um eine Frau handelt?«

»Nein. Erst als ich angehalten hatte und näher hinging.«

»Haben Sie irgendetwas angefasst, die Tote berührt?«

Hansen sah Rattke an, als habe der den Verstand verloren. »Ich doch nicht. Ich … ich glaube, ich habe mich gleich übergeben. Ich weiß gar nicht mehr, wie ich die Polizei angerufen habe. Mein Gott, ist mir schlecht.«

»Das war alles?«

»Ja.«

Rattke schwieg einen Moment. Er gab keinen Grund, den Mann weiter zu befragen oder festzuhalten. Er sah hinüber zu Peter Vollmar. Der hatte sich ebenfalls zu ihm umgedreht und hob nun die Schultern. Demnach hatte er von den Frauen keine weiteren Details über die Tote erfahren.

Am Straßenrand hielt der Wagen des Gerichtsmediziners Mürselen. Der Doc stieg aus und ging mit schnellen Schritten zu der Toten.

Rattke ließ ihn in Ruhe seine schreckliche Arbeit ausführen. Er gab Hansen zu verstehen, dass er ihn nicht mehr benötige. Wenig später fuhr er mit den vier Frauen davon.

Als Rattke mit Vollmar und Branchini schließlich den Ort verließ, wurde ein grüner Leichensack mit der Toten in ein Fahrzeug gehoben, das zur Rechtsmedizin fahren würde. Der Fahrzeugstau auf der Straße hatte sich aufgelöst. Dafür hatten drei dienststeifrige Beamte gesorgt, die den Fahrern keinen Blick auf den Fundort der Leiche gewährt hatten.

30

Im Laufe des Tages nahm das Bild der toten Gerlinde Lamers konkretere Konturen an. Sie war zweiundvierzig Jahre alt und unverheiratet. Schon mit zwölf hatte sie ihre Eltern verloren und wuchs bei den Großeltern auf, mit denen es allerdings immer Ärger gab. Als Gerlinde achtzehn war, starben beide kurz nacheinander. Gerlinde war froh, dass sie die »intakte« Familie, wie sie einmal ironisch einer Bekannten gegenüber sagte, verlassen konnte. Mehr hatte sie nie über ihre Großeltern geäußert, aber es war daraus zu schließen, dass Gerlinde keine glückliche Kindheit gehabt haben musste.

Sie begann eine Lehre als Krankenschwester, brach diese

aber schon nach wenigen Wochen ab. Danach jobbte sie bei verschiedenen Firmen, einmal als Botin, dann als Packerin in einer Spielwarenfirma und schließlich landete sie am Fließband einer Strumpffabrik. Dort blieb sie achtzehn Jahre, dann wurde sie wie alle anderen arbeitslos. Ihren Job als Putzfrau hatte sie vor knapp einem Jahr erhalten. Seitdem hatte sie keinen einzigen Tag gefehlt.

Sie war nicht vergewaltigt worden. Als Todeszeitpunkt hatte der Mürselen den gestrigen Abend zwischen zwanzig und einundzwanzig Uhr angegeben. Zu einer Zeit also, in der die Dämmerung langsam heraufgezogen war. So wie es aussah, war Gerlinde Lamers am Fundort erdrosselt worden. Sie war einen langsamen Tod gestorben. Der Täter musste die Kordel immer wieder gelockert haben, vermutlich um etwas aus ihr herauszubekommen. Danach hatte er sie wie eine Vogelscheuche einfach liegen lassen.

Peter Vollmar knallte den Bericht des Gerichtsmediziners auf den Tisch.

»Brutal«, stieß er aus. »Wirklich brutal.«

Alle im Raum wirkten angespannt.

Die Bilder der toten Gerlinde Lamers hingen in Augenhöhe an der Wand. Die Abdrücke um ihren Hals waren vergrößert worden und erinnerten an dunkle Kirschflecken. Neben den Bildern hingen die Fotos der Kordel.

Tobias Branchini hatte sich wieder soweit erholt, dass er der Konferenz folgen konnte, ohne dass ihm übel wurde. Beate Albrecht schien robuster zu sein. Sie betrachtete die Fotos sehr aufmerksam.

»Es ist uns doch klar, dass hier ein Zusammenhang zu dem Mord an Julia Flemming besteht«, wandte sich Rattke an den Kriminalrat und die Staatsanwältin. »Der Mörder Julia Flemmings ist davon ausgegangen, dass Gerlinde Lamers ihn gesehen hat und früher oder später beschreiben würde. Es ist ein Wunder, dass er überhaupt solange gewartet hat. Aber ich mache mir große Vorwürfe. Wir hätten sie schützen müssen, nachdem wir sie als Zeugin befragt hatten. Der Mörder muss davon Wind bekommen haben.«

Die Stimmung war deprimierend.

»Gibt es irgendwelche Männer in ihrem Umfeld? Einen

Freund, Liebhaber, flüchtigen Bekannten?«, fragte Anna Langner.

Rattke schüttelte den Kopf. »Sie war völlig auf sich gestellt. In ihrer Wohnung gab es nichts Ungewöhnliches. Ein paar alte Briefe, Rechnungen und Werbung. Eine Karte aus Ägypten von einer Arbeitskollegin. Die Kollegin ist auch die Einzige, die so etwas wie Freundschaft zu Gerlinde Lamers aufgebaut hatte. Dann haben wir noch eine Schwester der Toten, aber das Verhältnis der beiden scheint recht seltsam gewesen zu sein. Der letzte Kontakt stammt von vor fast zehn Monaten. Das war ein kurzes Telefonat, danach haben sie sich weder gesehen noch gesprochen.«

»Wie sieht es mit Spuren am Tatort aus?«, wollte Hartung wissen.

»Im Umkreis von fünfzig Metern um den Fundort fanden wir Abdrücke von mehreren Personen«, erklärte Vollmar. »Aber durch den Regen der letzten Tage können wir sie niemandem zuordnen.«

»Wir wissen also nicht, wo wir stehen«, fuhr Anna Langer fort. »Es gibt keinen Hinweis, keine Spur. Obwohl wir einen Zusammenhang mit dem Mord an Julia Flemming vermuten, müssen wir beide Morde getrennt voneinander verfolgen.«

Es klang resigniert, und das Schweigen im Raum war bezeichnend. Anna Langner wirkte erstaunlich gefasst.

»Gut«, sagte sie, als keine Einwände mehr kamen. Sie stand auf. »Ach, Herr Rattke, würden Sie bitte die Presse informieren? Die Leute warten bereits seit einer Stunde. Ich denke, diesmal können wir sie nicht vertrösten.«

»In Ordnung«, nickte Rattke.

Sie verließ mit Hartung das Zimmer.

»Wisst ihr, wie ich mich fühle?«, fragte Rattke. »Wie der schlechteste Kommissar Deutschlands. Eine Woche ist nun vorbei und nichts ist dabei herausgekommen.«

»So würde ich das nicht sehen«, antwortet Vollmar. »Wir haben Spuren, wir sehen sie nur noch nicht. Wie lange hast du in den letzten Nächten geschlafen?«

»Kaum mehr als vier, fünf Stunden.«

»Wir sind unausgeschlafen, gereizt, sehen den Wald vor lauter Bäumen nicht. Irgendwas haben wir übersehen, aber wir kommen nicht darauf. Am besten wäre es, wir würden drei, vier Tage Urlaub machen.«

Rattke sah Branchini und Albrecht an. Auch sie wirkten erschöpft. »Sie können Schluss für heute machen. Es war ein langer und schrecklicher Tag für Sie.«

Branchini nickte dankbar und ging sofort. Peter Vollmar folgte ihm langsam.

»Was ist mit Ihnen?«, fragte Rattke die junge Albrecht.

Sie lächelte scheu. »Ich begleite Sie zur Pressekonferenz. Ich kann Sie doch nicht allein im Regen stehen lassen. Außerdem muss ich auch das mal lernen.«

Was Rattke neben den Lagebesprechungen am meisten hasste, waren die Pressekonferenzen. Dabei waren die Journalisten ohnehin gut informiert. Täglich lungerten einige von ihnen vor dem Präsidium herum, manchmal getarnt als Jogger oder einsame Spaziergänger, die sich zufällig in die Markgrafenstraße verirrt hatten. Sie sprachen nicht jeden an, der das Präsidium verließ, sondern immer gezielt die Kommissare, die gerade einen neuen Fall auf den Tisch bekommen hatten. Diese Schreiberlinge rochen die Sensation geradezu.

Nach dem Mord an Julia Flemming hatten sie noch eine Pressekonferenz vermeiden können, nun aber gab es eine zweite Tote, die auf ähnliche Weise ums Leben gekommen war. Den Journalisten auszuweichen war nicht mehr möglich.

Sie warteten schon ungeduldig. Rattke setzte sich ans Ende des langen Tisches. Neben ihm nahm Beate Albrecht Platz. Er stellte sie vor. Die Journalisten nahmen kaum Notiz von ihr. Auf die Nachfrage eines Reporters nach dem Kriminalrat und der Staatsanwältin erklärte Rattke, dass sie später zu ihnen stoßen würden. Nach seiner üblichen Berichterstattung wurde er förmlich mit Fragen bombardiert.

»Gibt es schon einen Hinweis?«

»Haben wir es mit einem Serienmörder zu tun?«

»Welche Spuren verfolgen Sie?«

»Das erste Opfer war verheiratet. Steht ihr Exmann unter Mordverdacht?«

»War es ein Gast im Hotel Weißenhof?«

GE Rattke ließ alle Fragen an sich abprallen. Er wartete – wie es schien geduldig, dabei war er angespannt wie ein Bogen – bis sich die Wogen ein wenig geglättet hatten. Dann begann er zu referieren.

»Meine Damen und Herren. Ich verstehe Ihre Ungeduld, aber Sie wissen doch, dass wir bei einer laufenden Ermittlung ohnehin keine voreiligen Schlüsse ziehen und vor allem nichts preisgeben dürfen. Es ist durchaus möglich, dass wir es mit ein und demselben Täter zu tun haben. Aber schon auf einen Serienmörder zu schließen, wäre absurd. Wir haben zunächst die Angehörigen der Opfer vernommen. Dabei muss gesagt werden, dass Gerlinde Lamers außer einer Schwester, zu der sie aber so gut wie keinen Kontakt mehr pflegte, niemanden hat, der ihr nahesteht.«

»Welchen Zusammenhang gibt es zwischen den beiden Morden?«

»Waren die beiden Frauen miteinander bekannt? Sind sie nach dem gleichen Muster ermordet worden?«

Rattke holte kurz Luft. »Was die Methode betrifft, so ist es bei Gerlinde Lamers anders abgelaufen als bei dem ersten Verbrechen. Sie hatte vor ihrem Tod keinen sexuellen Kontakt.«

»Um was für ein Seil handelt es sich bei der Tatwaffe?«

»Um eine Sisalkordel. Sie ist in jedem Geschäft zu kaufen.«

Jemand in der hintersten Reihe meldete sich. Es war ein junger, dunkelhaariger Mann. Sein Gesicht war leicht gerötet.

»Sie haben am Großmarkt recherchiert«, begann er. »Dort arbeitet der Exmann von Julia Flemming. Sie haben sich aber auch über Adrian Stollberg und Ingo Theissen informiert. Was haben die beiden mit den Morden zu tun?«

Rattke biss sich auf die Unterlippe. Es war ihm klar gewesen, dass Peter Vollmars Besuch am Großmarkt nicht geheim bleiben würde. Dieser Lagerarbeiter Klaus musste gequatscht haben. Aber Rattke hatte Stollberg und Theissen so lange wie möglich aus den Ermittlungsarbeiten heraushalten wollen, nicht zuletzt auch deswegen, weil Stollberg mit einer Klage gedroht hatte. Man musste nicht noch unnötig Öl ins Feuer gießen.

»Die Befragung führte zwangsläufig zu den beiden«, antwortete er vorsichtig. »Aber sie haben nichts mit den Verbrechen zu tun.«

»Sind Sie sicher?«, hakte der Mann nach.

»Ja.«

»Deswegen sind Sie so häufig und lange bei Stollberg und Theissen gewesen?« Er grinste.

»Ich kann nur bestätigen, dass sie im Rahmen der Ermittlungen befragt wurden. Mehr nicht.«

Er wusste, dass sich jetzt die gesamte Presse auf die beiden Großhändler stürzen würde. Eine Rechtfertigung blieb damit unausweichlich. Rattke hoffte nur, dass der Fall bis zu einer möglichen Klage durch Stollberg gelöst sein würde.

Ein anderer Journalist meldete sich.

»Die ermordete Gerlinde Lamers war Putzfrau im Hotel Weißenhof. Dort wurde Julia Flemming ermordet. Hat Gerlinde Lamers eventuell den Täter gesehen und musste sie deshalb sterben?«

Rattke brach der Schweiß aus.

Unruhe trat auf. Alle drehten sich zu dem Frager um, und der genoss es, plötzlich im Mittelpunkt zu stehen.

»Ja«, rief er laut. »Sie hätten sie schützen müssen. Dann wäre sie nicht ermordet worden.«

Rattke hob beide Hände.

»Bitte beruhigen Sie sich, meine Damen und Herren. Gerlinde Lamers hatte nichts gesehen.«

»Aber das wusste der Täter doch gar nicht«, ließ der Mann nicht locker.

»Wir haben alles Notwendige getan«, antwortete Rattke lauter als gewöhnlich. Und dann tat er etwas, was er noch nie getan hatte. »Wir haben sie beschützt«, sagte er mit klirrender Stimme. »Allerdings nicht rund um die Uhr. Das ist ein Versäumnis, das Sie aber nur mir vorwerfen können. Ich übernehme dafür die volle Verantwortung.«

Der Journalist sah aus, als wollte er noch eine weitere Frage stellen, wurde aber von seinem Nachbarn angestoßen, worauf er sich langsam setzte.

Rattke beendete die Pressekonferenz abrupt, indem er einfach aufstand, sich kurz verabschiedete und hinausging.

»Hartnäckig«, meinte Beate Albrecht, als sie den Flur zu den Büros erreichten. »Verdammt hartnäckig. Sind die immer so?«

»Meistens. Sie müssen jedes Wort genau überlegen, was Sie den Reportern sagen. Die sind in Wort und Schrift geschult wie kaum jemand anders.«

»Ich werde es mir für die Zukunft merken. Was meinen Sie damit, dass Sie die volle Verantwortung übernehmen? Welche Konsequenzen hat das für Sie?«

Rattke holte tief Luft. »Eine Verwarnung, ein Verweis, vielleicht die Versetzung zum Streifendienst. Im schlimmsten Fall die Entlassung.«

Beate Albrecht sah ihn von der Seite her an. Sie wusste nicht, ob er es ernst meinte oder sich über sie lustig machte. Sein Gesichtsausdruck wirkte jedenfalls alles andere als fröhlich.

31

Kommissar Rattke traf am nächsten Morgen erst um halb elf im Präsidium ein. Er war unausgeschlafen, unrasiert und schlechter Laune. Ohne auf Marion Peters´ Morgengruß zu achten, schlurfte er in sein Büro. Er verriegelte die Tür hinter sich.

Der Vorwurf, jemanden nicht genug geschützt zu haben, war nicht neu, aber er belastete ihn jetzt umso mehr. Die meisten Zeugen konnten sich immer erst nach und nach an Einzelheiten erinnern. Sie hätten Gerlinde Lamers nicht nur schützen, sondern auch behutsam befragen sollen. Vielleicht wären sie dann doch einen Schritt weitergekommen.

Die Unterlagen über die beiden Morde lagen auf seinem Tisch. Er rührte sie nicht an. Eine Stunde saß er ziellos an seinem Schreibtisch. Dann raffte er sich auf. Er konnte nicht wie ein Anfänger den Kopf in den Sand stecken und resignieren.

Er trat auf den Flur. Die Tür zum Sekretariat war offen. Marion Peters schaute vorsichtig hinaus.

»Haben Sie einen Kaffee für mich?«

Sie nickte. Wenig später brachte sie ihm den Kaffee in sein Büro. Sie hatte sogar ein Croissant eingekauft, das Rattke mit Heißhunger hinunterschlang.

»Geht es Ihnen wieder besser?«

Er schluckte den letzten Bissen und lehnte sich zurück. »Ich habe die ganze Nacht kaum geschlafen. Dieser Vorwurf verfolgte mich die ganze Zeit. Wo sind eigentlich die anderen?«

»Herr Vollmar ist zur Wohnung von Gerlinde Lamers gefahren. Er wolle sich ihre letzten Tage mal vornehmen. Vielleicht gibt es da doch etwas, was weiterhilft. Er meint, dass niemand spurlos tagein tagaus leben kann. Sie müsste Bekannte haben, vielleicht sogar Freunde. Herr Branchini sitzt in der Registratur. Sie brauchen ihn nur anzurufen, dann kommt er sofort. Frau Albrecht hat ein Gespräch mit dem Kriminalrat. Es geht um ihre weitere Ausbildung.«

»Danke.«

Marion Peters ging hinaus. Rattke widmete sich wieder den Unterlagen. Noch nie war es ihm so schwergefallen, einen aktuellen Fall zu bearbeiten.

Es klopfte. Beate Albrecht steckte ihren Kopf durch die Tür.

»Kommen Sie herein«, sagte Rattke.

Sie setzte sich ihm gegenüber.

»Was macht Ihre Ausbildung?«

»Es geht voran. Kriminalrat Hartung scheint zufrieden mit mir zu sein.«

»Etwas anderes würde ich ihm auch nicht raten.« Es sollte ein Scherz sein, aber er klang kläglich.

»Ich war heute Morgen bei Doktor Mürselen.«

»Aha«, machte Rattke. »Kein gemütlicher Ort, nicht wahr?«

»Nein, wirklich nicht. Ich war nur in seinem Büro, aber das reichte mir schon. Ich habe mit ihm über Gerlinde Lamers und Julia Flemming gesprochen und dabei die Kordel in Augenschein genommen, mit der Gerlinde Lamers erdrosselt wurde.« Sie stand auf und ging zur Pinnwand, an der immer noch die Fotos vom Fundort hingen.

»Die Knoten, mit dem ihre Hände gefesselt und mit dem sie an dem Weidenpfahl festgebunden worden war, machten mich nachdenklich.« Sie lächelte ein wenig verlegen. »Mein Freund – wir waren zwei Jahre zusammen – ist Surflehrer am Biggesee. Er wollte mir unbedingt das Surfen beibringen. Man sagt immer, ein guter Sportler kann alle Sportarten lernen. Von wegen. Ich habe mehr im Wasser gelegen als auf dem Brett gestanden. Schließlich gab ich es auf. Nur die Theorie, die habe ich noch mitgemacht. Und dabei mussten wir die verschiedenen Knoten lernen. Dieser hier zum Beispiel um ihren Hals sieht einem Seemannsknoten sehr ähnlich.«

»Ähnlich?«

»Ja. Er ist nicht perfekt. Derjenige, der ihn geschlungen hat, war in Eile oder konnte ihn nicht mehr richtig. Vielleicht aber will er uns damit auch nur auf eine falsche Spur lenken. Was weiß ich? Es gibt unzählige Seemannsknoten. Der häufigste ist der Palsteck. Davon allein gibt es drei verschiedene Formen. Mit ihnen kann man eine feste und robuste Schlaufe binden, die sich nicht zusammenzieht, sondern leicht lösbar bleibt. Sehr häufig wird auch ein Überhandknoten benutzt.«

Sie zog aus einer Schublade ein Seil und machte den Knoten vor Rattkes Augen vor.

»Wenn er nicht um einen Gegenstand gebunden wird, ist er praktisch nicht mehr zu lösen, sobald Sie ihn festgezogen haben. Wie hier bei mir.«

Sie nahm eine Schere und zerschnitt das Seil.

»Eine andere Möglichkeit haben Sie dann nicht. Der einfachste aller Knoten ist der Webleinstek. Er dient besonders zum Befestigen an Rundhölzern oder Ringen. Und hier haben wir es mit einem Rundholz zu tun. Sehen Sie?« Sie deutete auf den Pfahl, an dem Gerlinde Lamers festgebunden war.

»Sie sind sicher?«

»Was heißt schon sicher. Die Leiche lehnt mit dem Rücken am Pfahl. Die Kordel ist also nicht vollständig zu sehen. Aber der Ansatz genügt.«

Rattke sprang wie elektrisiert auf. »Ich danke Ihnen, Frau Albrecht. Sie werden es mal zu einer guten Kommissarin schaffen. Was sage ich? Sie werden eine ausgezeichnete Kommissarin. Vor Ihnen müssen wir uns alle in Acht nehmen. Kommen Sie mit und korrigieren Sie mich, wenn ich etwas Falsches sage.«

Ingo Theissen öffnete nach einer knappen halben Minute. Er sah den Kommissar mit gerunzelter Stirn böse an.

»Ich dachte, ich hätte Ihren Kollegen alles gesagt«, brummte er. »Was gibt es denn noch?«

»Es haben sich neue Verdachtsmomente ergeben«, antwortete Rattke, ohne auf Theissens Miene zu achten. »Dürfen wir reinkommen?«

Theissen trat zur Seite.

»Ich habe gelesen«, sagte er und deutete auf ein aufgeschlagenes Buch auf dem Tisch. Er machte mit der Hand eine flüchtige Bewegung zur Couch, die eine unwillige Einladung zum Setzen sein sollte.

Rattke und Beate Albrecht blieben stehen.

»Nun, was gibt es Neues?«

»Zunächst habe ich noch einige Fragen zu Julia Flemming.«

»Zunächst?« Theissen runzelte die Stirn. »Kommt da noch mehr?«

Rattke überging den Einwand. »Warum haben Sie mir nicht gesagt, dass Sie Julia Flemmings Kind dem Ehepaar Buchner zur Adoption empfohlen haben?«

Theissen schluckte. »Hat Buchner es erzählt?«

»Das spielt keine Rolle. Also?«

Er wurde nervös. »Ich hielt das nicht für so wichtig. Sie haben nur die Schwangerschaft erwähnt, nicht aber das erste Kind. Warum also sollte ich selbst davon anfangen?«

Rattke nickte grimmig. Solch dumme Argumente hörte er nur zu oft.

»Sie haben gesagt, dass Sie Julia Flemming auf der Party von Jochen Stollbergs einundzwanzigsten Geburtstag getroffen haben und dann erst wieder, als sie die Freundin Marius Flemmings war. Wie haben Sie denn von ihrem Kind erfahren?«

Theissen senkte den Kopf. Er kaute einige Sekunden auf der Unterlippe herum. »Sie stand eines Tages vor meiner Haustür. Sie sagte, ich sei ihr im Gedächtnis geblieben, und sie sei sicher, dass ich ihr helfen könne. Es hatte mir auf der Party nicht gefallen, dass die jungen Leute mich wie einen alten Mann behandelten, während ich mich noch jung fühlte. Da habe ich halt auf den Putz gehauen und angegeben. Das muss sie behalten haben. Sie suchte einen Arzt, der das Kind abtreiben würde.«

»Was haben Sie geantwortet?«

»Dass ich keinen kenne. Woher denn auch? Ich habe sie vertröstet, ließ mir ihre Telefonnummer geben und sagte, dass ich mich in den nächsten Tagen bei ihr melden würde.«

»Und bevor das geschah, trafen Sie sich mit Buchner, und der sprach über eine Adoption?«

Theissen nickte. »So ist das gelaufen. Ich nehme an, den Rest kennen Sie von Harald Buchner?«

»Ja«, sagte Rattke mit bitterem Ton in der Stimme. »Das war dann wohl das Schlüsselerlebnis für Julia Flemming, danach wurde sie ein anderer Mensch.«

Ingo Theissen sah ihn nicht an. Einige Minuten vergingen, in denen die Stille im Raum wie eine Last wirkte.

Schließlich räusperte sich Rattke und sagte: »Kommen wir zum zweiten Grund unseres Besuches, Herr Theissen. Sagt Ihnen der Name Gerlinde Lamers etwas?«

Theissen dachte kurz nach und schüttelte dann den Kopf. »Nein, wer ist das?«

»Frau Lamers arbeitete als Putzhilfe für eine Reinigungsfirma. Sie war hauptsächlich im Hotel Weißenhof beschäftigt.«

»Ah«, machte Theissen. »Dort, wo Julia Flemming ermordet wurde?«

»Genau. Gerlinde Lamers wurde ebenfalls umgebracht.«

Theissen zuckte zusammen.

»Sie kannten sie wirklich nicht?«, hakte Rattke nach.

»Nein, das sagte ich doch schon.«

»Sie haben sie auch niemals im Hotel Weißenhof gesehen?«

Theissen schüttelte den Kopf. »Ich war doch nur zweimal mit Julia dort. Diese Putzfrau ist mir nie aufgefallen, und selbst wenn ich sie gesehen hätte, warum sollte ich dann ihren Namen kennen?«

Daran hatte Rattke natürlich selbst schon gedacht, aber er wollte die Reaktion Theissens abwarten.

Rattke machte absichtlich eine Pause. Er hoffte, Theissen würde in dieser Zeit etwas sagen, einfach irgendetwas tun. Wenn man schwieg und derjenige gegenüber war nervös, dann redete man sich oft um Kopf und Kragen. Aber Theissen reagierte nicht. Er blieb stumm und abwartend vor ihnen stehen.

»Der Strick, mit dem der Täter Gerlinde Lamers erdrosselte, ist vom selben Material wie die Kordel, mit der Julia Flemming umgebracht wurde«, fuhr Rattke schließlich fort. »Das hat mich allerdings noch nicht stutzig werden lassen, sondern erst die Tatsache, dass es sich bei dem Knoten, mit dem Gerlinde Lamers festgebunden wurde, um einen sogenannten Webleinstekknoten handelt.«

Theissen wurde, falls das überhaupt noch möglich war, noch bleicher, und mühsam suchte er nach Worten.

»Dieser Knoten wird fast ausschließlich in der Seefahrt verwandt. Sie sind doch ein leidenschaftlicher Segler, nicht wahr?«

Theissen konnte nur nicken. Er schluckte, und sein Adamsapfel geriet in Bewegung.

»Sie kennen diesen Knoten. Er ist Ihnen in Fleisch und Blut übergegangen. Und deshalb verwenden Sie ihn auch, ohne zu überlegen.«

»Ich habe sie nicht getötet«, kam es mühsam über Theissens Lippen. »Beide nicht. Herr Kommissar, ich habe mit den Morden nichts zu tun.«

»Wo waren Sie vorgestern Abend zwischen neunzehn und einundzwanzig Uhr?«

»Ist diese Putzfrau da umgebracht worden?«

»Bitte beantworten Sie meine Frage.«

Der Schweiß brach Theissen aus. Er ging plötzlich unruhig hin und her. »Verdammt noch mal, ich war im Puff. Mir war so richtig bewusstgeworden, dass ich meine Firma endgültig verloren hatte. Über zehn Jahre habe ich sie besessen, da fällt es einem nicht leicht, von einem Tag zum anderen darauf zu verzichten. Ich musste mich einfach abreagieren.«

»Wie heißt die Dame, mit der Sie zusammen waren?«

Theissen lachte ironisch auf. »Glauben Sie, die Nutten würden für mich aussagen? Die halten ihre Schnauze, ganz egal, um was es geht. Und besonders der Polizei gegenüber sind sie schweigsam wie ein Grab.«

Wieder schwieg Rattke. Die Stille machte Theissen nervös. Er begann plötzlich, das Buch, in dem er gelesen hatte, zu schließen und es in ein Regal an der Wand zu stellen. Dabei verrückte er mehrere andere Bücher. Rattke sah, dass seine Hände zitterten.

»Ich muss Sie bitten, mit uns zu kommen. Packen Sie ein paar Sachen ein.«

Theissen fuhr herum.

»Sie verhaften mich?«

»Sie sind vorläufig festgenommen unter dem dringenden Verdacht, Julia Flemming und Gerlinde Lamers ermordet zu haben. Sollte sich Ihre Unschuld aufgrund der Aussage einer Prostituierten herausstellen, werden Sie selbstverständlich sofort wieder auf freien Fuß gesetzt.«

Hauptkommissar GE Rattke stand am Fenster seiner Wohnung. Er hatte die Jalousien nicht zugezogen und so konnte er über die Dächer Dortmunds blicken, die in der zunehmenden Dunkelheit langsam aber sicher verschwammen.

Genauso schnell, wie die Euphorie gekommen war, war sie verflogen. Vor einer halben Stunde war er von seiner Befragung im Prostituiertenmilieu zurückgekommen. Rattke hasste es, in den Norden der Stadt zu fahren. Diese Gegend mied er so gut es ging. Es hatte lange gedauert, bis er Yvonne fand, bei der Ingo Theissen gewesen sein wollte. Sie hieß natürlich anders, und sie war älter als die meisten der dort tätigen Frauen. Aber sie hatte nichts gegen die Polizei und erzählte genüsslich, wie sie sich den Abend mit Theissen vertrieben hatte. Sogar die Uhrzeit, wann er gekommen und gegangen war, konnte sie exakt nennen. Sie war eine Nutte, die Tagebuch führte. Nur für alle Fälle, hatte sie gesagt. Nicht für die Polizei. Wie das gemeint war, darüber hatte sie sich nicht länger ausgelassen. Aber Rattke musste Ingo Theissen wieder laufen lassen. Es gab keinen Haftbefehl.

Sein Herz schlug im Takt mit seinen Gedanken. Da war er so nahe an der Lösung, und dann zerplatzte sie wie eine Seifenblase. Er begann vor Wut zu zittern. Er presste die Lippen aufeinander, sein Kopf begann zu schmerzen, aber er wollte keine Tablette nehmen, nicht jetzt am Abend. Dann würde er die ganze Nacht über wieder kein Auge zu tun.

Unten auf der Straße tauchte plötzlich das hübsche Mädchen von gegenüber wieder auf. Diesmal war sie nicht allein. Mit einer etwa gleichaltrigen Frau betrat sie gerade das Haus. Wenig später ging in der vierten Etage das Licht an. Rattke konnte sehen, wie die beiden im Zimmer zwei gefüllte Einkaufstaschen auf die Couch warfen. Anscheinend hatten sie eingekauft und wollten die Kleidung nun anprobieren.

Es verschlug ihm den Atem. Tatsächlich zogen sich die Mädchen aus, ohne das Fenster zu verdunkeln.

Hübsche Figuren, dachte Rattke unwillkürlich. Sie waren beide schlank, hatten schmale Pos, faustgroße Brüste. Eine der beiden reckte sich vor dem Spiegel und betrachtete sich einige Zeit lang. Die andere gab offenbar einen passenden Kommentar ab, denn diejenige vor dem Spiegel lachte. Dann schien sie wohl zu merken, dass das Fenster offen war, aber ohne jede Eile oder Scham schloss sie es und schob den Vorhang vor.

Schade, dachte Rattke.

Er wollte sich abwenden, als er die Gestalt auf der Straße bemerkte. Der Mann ging mit eiligen Schritten auf das Haus zu und schellte. Während er wartete und unruhig von einem Bein auf das andere trat, fiel das Licht der Straßenlaternen auf sein Gesicht. Es war Jochen Stollberg.

Wenig später wurde die Haustür geöffnet. Das junge Mädchen erschien. Als es Stollberg erblickte, fielen sie sich in die Arme. Er drückte sie fest an sich und küsste sie auf die Wange. Dann verschwanden sie im Hausflur.

Beinahe drei Minuten stand Rattke unbeweglich. Schließlich fragte er sich, warum immer die hässlichsten Männer die schönsten Frauen bekommen mussten.

Seine Wangen brannten mit einem Mal. Ob aus Wut über seine Hilflosigkeit bei der Pressekonferenz oder Enttäuschung oder Einsamkeit, vermochte er nicht zu sagen.

32

Endlich war es ihm gelungen, das schwere Gestell am richtigen Ort zu deponieren. Lange genug hatte es in der Ecke gestanden. Er war stolz auf sein Werk. Genauso hatte er sich die Frau immer in seinen Fantasien vorgestellt.

Er stand da, betrachtete die Abbildung und überlegte, ob er sie zerreißen sollte.

Aber dann ließ er sie stehen. Er würde sie nach vollendeter Tat in ihrer Wohnung abstellen. Er wusste nicht, ob der Kriminalkommissar seinen Fehler bemerkt hatte. Wenn ja, war es nur eine Frage der Zeit, wann er hier bei ihm aufkreuzen würde. Deshalb hatte er keine Zeit mehr, sein Werk zu vollenden.

Er wunderte sich nicht, dass es ihm egal war, ob der Kommissar wusste, dass er die Morde begangen hatte. Denn er würde kein Motiv finden, nicht einen Hinweis, warum er es getan hatte.

Er lächelte, dann lachte er laut und schließlich krümmte er sich, weil er das Lachen nicht mehr anhalten konnte.

Schließlich kam er zur Ruhe. Er musste kühl und sachlich bleiben. Jetzt kam es auf jeden weiteren Schritt an.

Er zog seine Jacke an, setzte sich eine Mütze auf den Kopf und verließ das Haus. Mit seinem Wagen kurvte er durch Dortmund, dann lenkte er ihn in die Nähe ihrer Wohnung. In einem Seitenweg stellte er ihn ab. Hier parkten viele Autos älteren Baujahres, und hier würde seiner kaum auffallen.

Den weiteren Weg bis zu Anna Langners Wohnung ging er zu Fuß. Unterwegs verspürte er das Bedürfnis, erst einmal in die nächste Kneipe zu gehen und den bitteren Geschmack, der ihm im Mund lag, einfach hinunterzuspülen. Er brauchte einen Ort, wo er über seine Situation nachdenken konnte. Er fand ein Stehcafé, in dem es nur Flaschenbier gab. Aber das genügte ihm erst einmal.

Julia war eine schöne Frau gewesen. Gleich am Anfang ihrer Begegnung hatte er davon geträumt, wie es wäre, mit ihr im Bett zu liegen und die wildesten Liebesspiele zu praktizieren. Und seine Fantasien wurden von der Realität noch übertroffen. Aber als sie sich über ihn lustig machte und ihm nicht die ganze Wahrheit sagte, hatte sie es bitter bereuen müssen.

Er bestellte eine zweite Flasche. Dieser Kommissar war ein schlauer Mann. Er hatte keine harten Worte benutzt, und er war auch nicht laut geworden. Der Kommissar war sogar ausgesprochen nett gewesen, aber diesen Ton kannte er noch zu gut aus seiner eigenen Schulzeit. Zischend wie eine Schlange, aalglatt und dennoch immer zuvorkommend.

Wie gut, dachte er, dass ich noch bei Theissen angerufen habe. Er war gerade wieder aus der U-Haft entlassen worden. Warum hat man dich denn mitgenommen, hatte er ihn gefragt. Weil die Kordel, mit der diese Frau erdrosselt worden war, mit einem Seemannsknoten geknüpft war, hatte Theissen geantwortet.

Vor Schreck wäre ihm fast der Hörer aus der Hand gefallen. Er hatte sich schnell von Theissen verabschiedet, und nun stand er hier an einem kleinen Tisch vor einer fast leeren Bierflasche und starrte auf die Wohnung Anna Langners.

Er musste irgendetwas tun, aber was?

33

Anna Langner war müde. Wieder einmal lag eine schlaflose Nacht hinter ihr. Am Abend hatte sie noch ein leichtes Schlafmittel genommen, aber es hatte überhaupt nicht gewirkt. Immer wieder war sie aus einem kurzen unruhigen Schlaf aufgewacht, der nur Minuten gedauert hatte, wie ihr ein Blick auf die Uhr zeigte. Danach fühlte sie sich noch ausgelaugter, aber dennoch dauerte es wieder etliche Minuten, bis sie in einen weiteren kurzen Schlummer fiel.

Gegen fünf Uhr stand sie auf. Sie machte sich einen starken Kaffee und einen dünnen Toast, den sie trocken aß. Hunger verspürte sie um diese Zeit nicht. Sie sah sich im Spiegel an. In den letzten Tagen hatte sie zwar ihre Waage gemieden, aber sie wusste, dass sie bestimmt drei oder vier Kilo abgenommen hatte. Ihre Wangen waren hohl, ihre Haut fahl, und ihre Augen farblos.

So kann es nicht weitergehen, sagte sie sich.

Letzte Woche war sie sicherheitshalber noch einmal im Gefängnis gewesen. Der Anstaltsleiter versicherte, dass ihr ehemaliger Freund Nick, sie bekam immer noch eine Gänsehaut, wenn sie an das Wort »Freund« dachte, hinter Schloss und Riegel saß, und dass er seit Monaten keinen Besuch mehr erhalten hatte. Davor war nur zweimal sein Anwalt bei ihm erschienen. Auch sonst hatte er keinen Kontakt zur Außenwelt gehabt. Selbst bei den Freigängen im Hof mied er seit seiner Einlieferung die anderen Insassen.

Anna Langner war froh, GE Rattke eingeweiht zu haben. So fühlte sie sich nicht allein, obwohl er bisher noch keinen Fortschritt erzielt hatte. Seit er mit ihr gesprochen und seine Zweifel darüber geäußert hatte, dass Adrian Stollberg oder Ingo Theissen hinter den Vorkommnissen steckten, war auch sie unsicher geworden. Gut, seit ein paar Tagen war nichts Merkwürdiges mehr in ihrer Wohnung oder in ihrer unmittelbaren Nähe geschehen, aber was besagte das schon?

Es gab andere Unstimmigkeiten, die sie irritierten. Seit drei Tagen erhielt sie keine Post mehr. Keine Werbung, keine Sonderangebote, keine Briefe. Nichts! Solange sie nachdenken konnte, hatte es das noch nie gegeben. Selbst bei einem Poststreik vor einigen Jahren kamen täglich ein oder mehrere Werbeblättchen ins Haus.

Auch an diesem Morgen befand sich nichts in ihrem Briefkasten. Sie hörte ein Geräusch und hob den Kopf. Im Nebenhaus wurde ein Fenster geöffnet und ihr älterer, sympathischer Nachbar schaute heraus.

»Die Post war schon da«, sagte er, als er Annas leeren Briefkasten sah.

Sie dankte ihm für die Mitteilung und wollte schon gehen, als sie noch einmal nach oben sah.

»Seit Tagen erhalte ich keine Briefe mehr. Ich möchte nicht unhöflich sein, aber ist das bei Ihnen genauso?«

»Nein. Ich bekomme regelmäßig Post. Haben Sie vielleicht einen Auftrag zur Lagerung gestellt oder einen Nachsendeantrag an Ihre Arbeitsstelle? Ansonsten würde ich mal beim Postamt nachfragen. Da passieren manchmal die merkwürdigsten Dinge.«

»Ja, da haben Sie recht«, antwortete Anna zerstreut. »Das werde ich tun.«

Die Schlange vor den Schaltern war wie immer lang. Anna sah auf die Uhr. Sie würde zwar im Büro erwartet, aber das hier war ihr im Moment wichtiger. Zwei junge Männer standen vor ihr. Sie betrachteten sie ungeniert. Was sie sahen, beeindruckte sie offenbar.

Sie waren fast zwei Köpfe größer als sie. Anna sah gelangweilt an ihnen vorbei, worauf einer der beiden anfing, anerkennend zu pfeifen. Die Personen in der Schlange und auch der Postbeamte sahen auf, aber niemand sagte etwas.

Als sie an der Reihe war, hatten es die beiden Kerle offenbar aufgegeben. Der Schalterbeamte war nett aber unverbindlich.

»Wir haben weder einen Poststreik noch einen Ausfall durch Krankheit«, sagte er. »Unsere Zusteller sind zuverlässig. Es gibt keine Klagen. Warum also sollte ausgerechnet bei Ihnen die Post nicht eingeworfen werden?«

Gegen diese Argumente war Anna Langner machtlos. Sie stand einen Moment lang ratlos vor dem Beamten, dann nickte sie und ging hinaus.

Draußen blieb sie kurz stehen und atmete tief durch. Ein leises Lachen neben ihr ließ sie aufhorchen. Die beiden jungen

Männer, die in der Schlange so unverschämt gewesen waren, sahen sie wieder herausfordernd an.

»Pech gehabt, wie?«, fragte der eine. Er hatte seine Hände tief in die Hosentaschen gesteckt. Sein Hemd war zwei Knöpfe zu weit geöffnet und gab eine nackte, weiße Brust frei. »Keine Liebesbriefe bekommen?«

»Lassen Sie mich in Ruhe«, fauchte Anna Langner zurück. »Trocknen Sie erst mal Ihre Windeln.«

Der Mann schien überhaupt nicht beleidigt zu sein. »Haben Sie nicht Lust, mit uns zu feiern? Mein Freund hier hat Geburtstag. Sie würden ihm eine große Freude machen. Nicht, was Sie denken. Gott bewahre. Wir sind ehrbare Bürger. Wir sind nur einfach fröhlich.«

Annas Wut und Abneigung verrauschte ein wenig. Es gelang ihr sogar, ein kleines Lächeln auf die Lippen zu zaubern.

»Ich bin nicht in der Stimmung. Ich würde Ihnen alles vermasseln.«

»Aber bestimmt nicht. Überlegen Sie es sich doch noch.«

Anna Langner schüttelte den Kopf. Sie machte, dass sie davonkam. Nach einigen Schritten ging sie jedoch langsamer. Sie hatte ihre Arbeitsunterlagen zu Hause gelassen und musste sie unbedingt holen, bevor sie ins Präsidium ging. Aber wenn die beiden ihr folgten, dann würden sie unweigerlich feststellen, wo sie wohnte, und das war das Letzte, was sie wollte und gebrauchen konnte.

Also bog sie nach knapp hundert Metern in einen Seitenweg ab. Bald erreichte sie eine kleine Gartensiedlung. Dahinter begann ein Naturschutzgebiet. Anna kannte die Gegend gut. Sie nahm sich vor, den kürzeren der drei Wege durch das Gebiet zu gehen, um dann endlich wieder in ihre Wohnung zu gelangen.

Immer wieder warf sie einen kurzen Blick über die Schultern. Die beiden Kerle hatten anscheinend ihr Interesse verloren. Hin und wieder kam ihr ein einzelner Wanderer oder Jogger entgegen, aber sonst blieb es ruhig. Nur von fern drangen Autogeräusche an ihr Ohr, die jedoch zum Glück von dem Vogelgezwitscher übertönt wurden.

Als sie gerade ihren Schritt beschleunigen wollte, hörte sie das Geräusch. Es kam nicht von hinten, sondern war seitlich von ihr. Dort standen ein paar dichte Tannen, die den Anfang eines kleinen Wäldchens bildeten. Einige Zweige bewegten sich plötzlich stark, obwohl es fast windstill war.

Ohne zu überlegen, lief sie los. Jetzt bereute sie, dass sie ein Kostüm und hochhackige Schuhe trug. So hatte sie keine Chance. Nach wenigen Metern war der Mann neben ihr. Seine Hand schloss sich um ihren Oberarm, nicht brutal, nicht hart, aber fest genug, dass sie sich wie in einem Schraubstock fühlte. Ein zufällig vorbeikommender Spaziergänger hätte die beiden für ein Liebespaar gehalten, denn der Mann zog Anna Langner ganz nahe an sich heran. Nur sie spürte die scharfe Spitze eines Messers in ihrer Seite. Dann drehte sie den Kopf und sah ihn an.

34

Die Enttäuschung nagte an ihm, nahm ihm fast den Atem. Daher störte es ihn nicht, dass er wieder allein in seinem Büro im Präsidium saß. Peter Vollmar hatte ihm eine kurze Notiz auf den Schreibtisch gelegt.

»Bin bei der Putzfirma. Eine Frau hat gestern nach längerer Krankheit wieder angefangen zu arbeiten. Will mir was über Gerlinde Lamers erzählen.«

Rattke warf den Zettel in den Papierkorb. Wenn etwas schiefging, wurde man immer wieder daran erinnert. Was konnte diese Frau schon für eine Aussage machen?

Er stand auf und verließ sein Büro. Anna Langners Tür war verschlossen.

»Haben Sie die Staatsanwältin heute schon gesehen?«, fragte er Marion Peters.

Die Sekretärin schüttelte den Kopf.

»Hat sie denn angerufen und gesagt, wann sie kommt?«

»Nein.«

Seltsam. Das passte nicht zu Anna Langner. Sie war bisher die Pünktlichkeit und Zuverlässigkeit in Person gewesen. Er hatte sich bisher nur wenig oder sozusagen fast gar nicht um ihr Problem gekümmert. Das war nicht seine Art, aber die beiden anderen Fälle, die zu einem geworden waren, hatten ihn derart beschäftigt, dass Annas Sorgen ein wenig in den Hintergrund gerückt waren. Nun, da niemand wusste, wo sie war, machte sich Rattke auch hierüber große Vorwürfe. Er fragte sich, ob er leichtsinnig geworden war und seinen Beruf nicht mehr mit dem nötigen Engagement ausübte.

Er dachte wieder über einen Abschied aus dem aktiven Polizeidienst nach. Diese Gedanken kamen immer öfter. Aber was sollte er danach machen? Eine Detektei gründen oder Wachdienstler werden? Nein, wenn er seinen Dienst quittieren sollte, dann würde er keinen ähnlichen Beruf ergreifen. Verkäufer an der Käsetheke wäre nicht schlecht oder Kioskbesitzer, oder er machte einfach einen Bratwurststand auf. Gegessen wurde immer.

Galgenhumor! Mehr war das natürlich nicht.

Ein paar Minuten später erschien Peter Vollmar. Der untersetzte Kollege sah grimmig drein und wirkte ungehalten.

»Verdammt noch mal«, fluchte er. »Da glaubt man, eine neue Spur gefunden zu haben und dann das.« Er warf sich in seinen Sessel. »Diese Putzfrau, diese andere meine ich, die hat sich nur wichtigtun wollen. Die wusste gar nichts von der Lamers. Fast eine Stunde hat sie mich hingehalten, bis sie zugab, nur aus Neugierde bei uns angerufen zu haben. Endlich sei mal etwas los, hat sie gesagt. Da müsste man doch mitspielen. Als wenn Mord ein Spiel ist. Kann man sie nicht verklagen wegen Irreführung der Behörden?«

Rattke winkte ab. »Kann man schon. Aber was bringt das?«

»In Gerlinde Lamers Umgebung ist auch nichts zu finden. Sie lebte völlig allein. Dass jemand so leben kann, ist mir ein Rätsel. Was hat denn dein Besuch bei Theissen gebracht? Hat er gestanden?«

»Er hat ein Alibi. Das ist zwar von einer Nutte, aber auch das gilt vor Gericht.«

»Scheiße noch mal. Also haben wir nichts.«

Es sah ganz danach aus.

»Das ist einfach übel«, sagte Rattke. »Ich weiß nicht, wie oft ich es schon gesagt habe, dass wir in den Ermittlungen feststecken.«

»Vielleicht müssen wir einfach nur warten.«

»Und worauf?«

Vollmar zuckte nur die Schultern.

Während seiner Ausbildung hatte Rattke von seinen Lehrern

immer wieder gehört, dass ein Kommissar auch warten können muss. Geduld war eines der obersten Kriterien, einen Fall zu einem guten und richtigen Ende zu bringen. Es sei denn, man hat genügend Material. Hier sah es nach einer langwierigen Ermittlungsarbeit aus.

Wenn er seine Arbeit rein quantitativ betrachtete, brauchte er sich nicht zu schämen, aber wenn er es qualitativ sah, dann fehlte an der Lösung eine ganze Menge. Nur was, das wusste er nicht. War die Antwort etwa irgendwo in seinen gewaltigen Befragungen und Vernehmungen versteckt? Aber wo und wie? Wenn er doch nur einen klaren Gedanken fassen könnte.

Er griff zum Telefon. Der Rufton ging nur einmal durch, dann schaltete sich bereits die Mailbox ein. Rattke legte auf.

»Wen hast du angerufen?«, wollte Vollmar wissen.

»Die Staatsanwältin. Sie ist heute nicht zum Dienst gekommen.«

»Oha. Das ist ungewöhnlich.«

»Eben.«

Anna Langner erzählte ihm nicht immer von ihren Terminen. Ein wenig Privatleben hatte sie sicher auch verdient.

35

Langsam öffnete Anna Langner die Augen. Alles um sie herum war dunkel, und sie brauchte eine geraume Zeit, um sich zu orientieren. Der Mann hatte sie mit seinem harten Griff so blitzschnell von dem Feldweg in die Tannenschonung gezogen, dass sie zu keiner Reaktion fähig gewesen war. Außerdem hatte er ihr mit einem eiskalten Ton in der Stimme befohlen, keinen Laut von sich zu geben. Und angesichts der rasiermesserscharfen Klinge, deren Spitze bereits durch einen Riss der Bluse ihre Haut berührte, war sie klug genug gewesen, zu gehorchen. Er hatte sie in einen Wagen gezogen und ihr dort gewaltsam ein Getränk eingeflößt, das sie augenblicklich bewusstlos werden ließ. Nun spürte sie die Folgen. Ihr Magen krampfte sich zusammen, und die Übelkeit saß ihr im Rachen. Früher oder später würde sie sich übergeben müssen.

Sie bekämpfte den ersten Anflug von Panik, als sie merkte,

dass ihre Hände zusammengebunden waren. Sie richtete sich auf. Inzwischen hatten sich ihre Augen an die Dunkelheit gewöhnt. Durch einen Ritz drang ein schmaler Lichtschein herein, und bald erkannte sie die Umrisse einiger Gegenstände in ihrer Nähe. Einen Tisch und mehrere Stühle, eine Kreissäge, eine Hobelbank und noch einige andere Werkzeuge, die sie jedoch nicht identifizieren konnte. Kisten und Kartons lehnten an den Wänden, sogar eine Leiter lag daneben.

Anna hob die gefesselten Hände und berührte die Wand. Sie war aus Stein. Demnach konnte es sich wohl kaum um eine Scheune handeln. Sie vermutete, dass sie sich eher in einem Gebäude befand, das zu einer Fabrik gehörte.

Sie schloss die Augen und lehnte sich an die Wand. Die Kühle tat ihr gut. Einige Minuten vergingen, in denen sich weder im Raum noch draußen etwas rührte. Anna Langners Atem ging ruhiger. Sie tastete sich ab. Erleichtert stellte sie fest, dass sie vollständig bekleidet war. In ihrer Rocktasche befand sich sonst immer ihr Handy, aber jetzt war sie leer. Natürlich hatte er es ihr abgenommen.

Vorsichtig schlich sie an der Wand entlang, bis sie gegen einen Gegenstand stieß. Ihr Schienbein schmerzte, und sie fühlte sogleich Blut daran herunterlaufen. Da mehrere andere Geräte ihr den weiteren Weg versperrten, versuchte sie es zur anderen Seite.

In diesem Moment ging die Tür auf. Die Helligkeit war so stark, dass sie die Augen schließen musste. Als sie endlich wieder aufblicken konnte, sah sie die Silhouette in der offenen Tür. Die Gestalt dort stand ganz ruhig und bewegungslos. Die Sonne schien von außen herein, und deshalb konnte Anna das Gesicht nicht erkennen. Mit einer flüchtigen Handbewegung schob sich die unbekannte Person die langen Haare, die ihr bis fast auf die Schultern fielen, in den Nacken zurück.

Lange Haare? Eine Frau?, war Annas erster Gedanke. Er hat eine Frau als Komplizin? Susan!, dachte sie. Also doch.

Aber dann setzte sich die Gestalt in Bewegung und an der Art und Weise, wie sie ging, war ihr klar, dass es sich um einen Mann handelte.

Ganz dicht vor ihr blieb er stehen. Mit einer starken Taschenlampe leuchtete er ihr ins Gesicht.

»Wer sind Sie?«, flüsterte Anna Langner.

Ein verhaltenes Lachen kam als Antwort. »Sie haben mich nicht erkannt?«

»Nein. Verdammt noch mal. Wer sind Sie?«, fragte sie noch einmal. Nur keine Angst zeigen, nahm sie sich vor. »Warum haben Sie mich hierhergebracht? Was soll das alles? Ich habe Ihnen nichts getan.«

»Oh doch, das haben Sie. Setzen Sie sich.«

Sein Ton ließ keinen Widerspruch zu.

Den Tränen nahe ließ sie sich an der Wand entlang zu Boden sinken. Noch immer war der Strahl der Taschenlampe auf ihr Gesicht gerichtet. Sie hielt die gefesselten Hände vor die Augen.

»Wo sind wir?«

»Im …« er stockte. »Nein, Sie werden es nie erfahren.«

»Aber was wollen Sie denn von mir?«

Ganz unverhofft ließ er sich neben ihr nieder. Er saß so dicht bei ihr, dass sie sich berührten, und Anna hatte keine Chance, auszuweichen, denn ein Gerät, das wie eine Schubkarre aussah, stand ihr im Weg.

»Ich bin Jochen Stollberg«, sagte er. »Und Sie sollten mich eigentlich kennen, Frau Staatsanwältin.«

36

GE Rattke war außer sich. Seit Stunden versuchte er, Anna Langner zu erreichen. Er hatte sich nicht sogleich Sorgen um sie gemacht, aber seit sie ihn in ihre Probleme eingeweiht hatte, ahnte er instinktiv, dass sie nun in großer Gefahr schwebte. Niemand im Präsidium hatte eine Ahnung, wo sie steckte. Das war nicht nur ungewöhnlich, das war außerordentlich befremdend. Irgendeiner wusste immer, wo sich die Staatsanwältin gerade aufhielt. Ihre Privatsekretärin hatte sie pünktlich um acht Uhr im Büro erwartet. Bis jetzt war sie noch nicht beunruhigt gewesen, erst als sie den Kommissar so aufgeregt sah, wurde auch sie nervös.

Rattke fuhr zu Anna Langners Haus und läutete. Nichts. Er überlegte, ob er bei einem der Nachbarn klingeln sollte, aber er wollte kein Aufsehen erregen. Allzu schnell würden Gerüchte im Umlauf sein, und sollte sich alles als völlig harmlos erweisen, wäre Anna Langners Ruf beschädigt.

Er wählte noch einmal ihre Mobilfunknummer. Das Handy war nicht eingeschaltet. Während er noch darüber nachdachte, was er als Nächstes tun sollte, kam ein älterer Mann aus dem Nebenhaus. Als er Rattke sah, blieb er stehen.

»Suchen Sie jemanden?«

Rattke wollte schon den Kopf schütteln, sagte dann aber: »Ich kann Frau Langner nicht erreichen.«

»Hm, heute Morgen hat sie pünktlich wie immer das Haus verlassen. Aber sie wollte zum Postamt gehen und sich beschweren, weil sie seit Tagen keine Post mehr erhält.«

Rattke bedankte sich. Es ging doch nichts über eine gute Nachbarschaft. Er wusste, wo das nächste Postamt war und ließ deshalb den Wagen stehen. Hier hatte er einen guten Parkplatz.

Inzwischen war Mittagszeit und nur zwei Personen warteten vor den Schaltern. Dem Schalterbeamten legte er vorsichtig seinen Ausweis hin und fragte, ob er Anna Langner kenne. Sie wohne ganz in der Nähe.

Der Mann schüttelte stumm den Kopf. Er deutete aber auf seinen Nebenmann und flüsterte: »Mein Kollege wohnt ebenfalls um die Ecke. Vielleicht kennt der die Dame.«

Rattke hatte Glück. Der Kollege hatte Anna Langner vor gut drei Stunden bedient. Er erinnerte sich deshalb noch an sie, weil sie wütend war und sich über ihre fehlende Post beklagte. »Sie warf uns vor, ausgerechnet ihre Post zu quetschen. Dabei kommt das bei uns niemals vor. Ich kann Ihnen das versichern.«

»War sie allein?«

»Ja, das heißt, zwei junge Männer standen mit ihr in einer Reihe. Die beiden haben sie angemacht und versucht, mit ihr zu flirten. Aber sie hat sie brüsk abgewiesen. Ich glaube, danach haben sie ihre Annäherungsversuche aufgegeben.«

»Sie glauben das?«

»Nun ja.« Er zuckte die Schultern. »Was draußen passiert ist, kann ich natürlich nicht wissen.«

»Danke.«

Rattke trat zur Seite. Er war keinen Deut schlauer geworden. Er rief Peter Vollmar an und bat ihn, Anna Langners Provider zu kontaktieren, um herauszufinden, wo ihr Handy zuletzt eingebucht war. Da die Provider fast immer ein Fax mit einer offiziellen Anfrage und manchmal auch ein Rechtshilfeersuchen verlangten, konnte Rattke das nicht von seinem augenblicklichen Standort aus machen.

»Warum machst du solch einen Aufstand? Was ist eigentlich los?«, wollte Vollmar ungehalten wissen. »Hast du Geheimnisse vor mir?«

»Nein. Ich erzähle dir alles, sobald ich im Büro bin. Am Telefon geht das nicht. Bitte beeil dich.«

Er beendete die Verbindung. Danach stand er unschlüssig am Fenster des Postamtes. Der Gedanke, dass Anna Langner etwas zugestoßen sein könnte, wurde für ihn unerträglich.

Die Schlange der Postkunden war länger geworden. Es herrschte ein ständiges Kommen und Gehen. Rattke musste hier raus.

Er sah einem Kunden zu, der gerade ein Paket aufgab. Plötzlich spannten sich seine Muskeln. Wie gebannt starrte er auf das Paket. Seine Gedanken überschlugen sich. Sollte es …? Dann hatte er es sehr eilig.

Wieder wirkte das Haus abstoßend auf Rattke. Verändert hatte sich außer dem wild wachsenden Mohn und Blumen in Rot, Gelb und Grün nichts. Wenn das ein Garten sein sollte, dann war er mehr als ungepflegt. Am Ende der Hauswand lag neben einer Tür Bauschutt, ein paar Schritte weiter war eine Fläche von etwa zwei mal drei Metern Größe ausgehoben. Rattke war sich sicher, dass dieser Unrat bei seinem ersten Besuch noch nicht dort gelegen hatte.

Er betätigte die Klingel und wartete. Nach dreißig Sekunden läutete er erneut, aber es kam noch immer keine Antwort.

Es hatte keinen Zweck. Rattke wurde unruhiger. Wenn seine Vermutung stimmte, dann kam es auf jede Sekunde an. Er stieg wieder in seinen Wagen und fuhr zum Haus Adrian Stollbergs. Die junge Haushälterin Karin öffnete. Hinter ihr standen wie aufgereiht Adrian Stollberg und Susan Kempke. Sie waren offenbar gerade im Begriff, auszugehen. Die Psychologin sah umwerfend gut aus. Die erotische Aura, die wieder von ihr ausging, verfehlte diesmal ihre Wirkung. Rattkes Sorgen um Anna Langner verdrängten jedes andere Gefühl.

»Sie schon wieder?«, stieß Stollberg nicht gerade freundlich aus.

»Guten Tag«, sagte Rattke. Wenn Stollberg sich wie ein Stoffel benahm, musste er nicht in das gleiche Horn tuten. Er kannte die Höflichkeitsregeln. »Ich suche Ihren Sohn.«

»Und das ausgerechnet bei mir?« Stollberg behielt seine ablehnende Haltung bei.

»Er ist nicht in seinem Atelier«, antwortete Rattke. »Haben Sie eine Ahnung, wo er sein könnte?«

»Nein.«

Adrian Stollberg drehte sich brüsk um und verschwand durch eine Tür. Susan Kempke kam näher.

»Was wollen Sie denn von Jochen?«

»Ich muss ihm ein paar Fragen stellen.«

Sie runzelte die Stirn. »Das müssen aber wichtige Fragen sein, wenn Sie es so eilig haben. Sie sind doch in Eile, nicht? Ich sehe es Ihnen an, ich spüre es.«

Rattke antwortete nicht darauf. »Wissen Sie vielleicht, wo ich ihn finden kann? Sie haben doch gesagt, dass Sie eine gute Beziehung zu ihm haben.«

»Das stimmt. Aber ich bin weder seine Mutter noch sein Kindermädchen.«

Rattke nickte. »Verstehe. Eine kleine Retourkutsche. Schade.«

Sie benötigte einige Augenblicke, um seine Worte zu begreifen. »Oh nein, Herr Kommissar. So dürfen Sie das nicht sehen. Sie haben mich in Ihre Ermittlungen nicht eingeweiht, weil ich mit Adrian nicht verheiratet bin. Das war völlig rechtens. Ich würde Ihnen gerne helfen, auch wenn Sie mir nicht verraten, warum Sie Jochen suchen.«

Rattke zögerte. Dann sagte er: »Vielleicht können Sie mir in der Tat helfen. Hat Jochen Stollberg einen Surfschein, segelt er gerne oder ist er sonst mit der Schifffahrt verbunden?«

Sie sah ihn völlig verständnislos und entgeistert an. »Das wollen Sie wissen?«

Rattke verzog gequält das Gesicht. »Ich weiß, es klingt idiotisch.«

»Also da kann ich Ihnen nicht helfen. Jochen ist hin und wieder mit Ingo Theissen zusammen, und der besitzt ja bekanntlich ein Segelboot. Aber sonst …?« Sie zuckte die Achseln und zog die Mundwinkel nach unten.

Rattke atmete tief ein. »Sehen Sie, genau darüber möchte ich Klarheit erhalten. Noch habe ich nur einen Verdacht, aber um den zu entkräften, muss ich ihn finden. Sagen Sie mir einfach, wo sich Jochen Stollberg bisher herumgetrieben hat.«

»Dazu würde Ihre Zeit nicht reichen. Aber ...« Sie stockte. »Seit einigen Wochen ist er auf der Suche nach einem neuen Atelier. Es soll größer sein als sein bisheriges. Ich habe ihn einmal zu einem alten Fabrikgelände begleitet.«

In Rattke spannten sich alle Muskeln. Er konnte kaum atmen. »Können Sie das genauer sagen?«

Sie sah ihn mit einem verzweifelten Ausdruck in den Augen an. »Ich habe kein gutes Ortsgedächtnis. Ich weiß nur, dass wir im Dortmunder Gewerbe- und Industriegebiet waren, am Stadthafen.«

Rattke riss sein Handy aus der Tasche. Peter Vollmar war sofort am anderen Ende. Die Ereignisse überschlugen sich plötzlich.

»Ich wollte dich gerade anrufen«, sagte Vollmar aufgeregt. »Wir konnten Anna Langners Handy orten. Sie muss in der Insterburgstraße 35 sein.«

»Und wo ist das?«

»Am Stadthafen.«

»Dann sind wir richtig. Bring Frau Albrecht und Branchini mit. Wir treffen uns dort. Aber macht keinen unnötigen Lärm.«

»Du kannst dich auf mich verlassen.«

37

Zum ersten Mal in ihrem Leben war Anna Langner nicht Herr der Situation. Im Laufe ihrer Karriere hatte sie stets alles im Griff gehabt, und auch schon zu Schulzeiten den Überblick über alle Belange behalten. Als Kind zu Hause hatte sie oft aufbegehren müssen, um ihren Willen durchzusetzen. Sie hatte es zuerst mit kindlicher Naivität, dann mit schlagkräftigen Argumenten geschafft, ihre Eltern, vor allem ihren Vater zu überzeugen. Nie war sie bockig oder trotzig geworden, auch weil sie wusste, dass sie damit bei ihrem Vater auf Granit stoßen würde. Mit Geschick und Durchsetzungsvermögen hatte sie stets ihre Ziele erreicht. Aber jetzt … jetzt fühlte sie sich so hilflos wie noch nie zuvor.

Es war ihr gelungen, einige Zentimeter von ihm abzurücken, sodass sie sich nicht mehr berührten, aber seine Nähe war immer noch bedrohlich.

»Wissen Sie, dass ich lange auf diesen Augenblick gewartet habe«, sagte er.

Der Ton in seiner Stimme machte ihr Angst.

»Genauer gesagt seit dreieinhalb Jahren. Eine unendlich lange Zeit, finden Sie nicht auch?«

Sie hielt es für besser, nicht darauf zu antworten.

»Sie haben immer noch keine Ahnung.«

Er stieß die Luft wie ein wütender Stier aus, griff in seine Jackentasche und zog etwas heraus, was Anna im diffusen Licht nicht erkennen konnte. Erst als er ihr den Gegenstand vor die Augen hielt und mit seiner Taschenlampe darauf leuchtete, erkannte sie, dass es sich um ein Foto handelte. Es zeigte eine Frau mit dunklen, leicht gewellten Haaren, schmales Gesicht und sinnliche Augen. Sie war sehr schön.

»Wer ist das?«, fragte Anna.

»Das war meine Mutter.«

»War?«

»Sie ist tot.«

»Das … das tut mir leid.«

»Sie war ein fantastischer Mensch. Ihre Stimme war immer sanft und nie aufbrausend, ob sie lobte, tadelte oder ungehalten war, weil wir ihr wieder mal nicht gehorchten. Während der Schulzeit stand sie mir immer zur Seite. Ich war kein guter Schüler, hatte auch meine Flegeljahre, doch sie hat mich nie bedrängt oder gesagt >wenn du nicht lernst, wirst du es nie zu etwas bringen<. Es war … wie soll ich es nur ausdrücken? Es war für mich einfach undenkbar, nicht zu lernen. Ich hatte ein schlechtes Gewissen, wenn ich einen Tag oder zwei nichts getan hatte. Gerade dann nahm sie mich mit in den Zoo oder zu einer Kirmes oder ins Kino. Sie belohnte mich nicht, sie sagte nur immer, dass ich auch etwas Abwechslung verdient hätte.«

Er verzog die Mundwinkel. Es sollte ein Lächeln werden, aber es misslang kläglich.

»Als ich das erste Mal verliebt war, bin ich böse geworden. Böse auf mich. Ich kam mir vor, als habe ich meine Mutter verraten. Wie konnte ich nur ein anderes Mädchen ihr vorziehen? Sie war doch meine Göttin. Ich habe mit Tanja Schluss gemacht, und wissen Sie, was meine Mutter tat?«

Anna schüttelte den Kopf.

»Sie hat sie eingeladen. Am nächsten Tag saß Tanja bei uns am Kaffeetisch, als gehöre sie seit eh und je zu uns.«

»Was ... was ist aus ihr geworden?«

»Sie brach die Verbindung ab. Sie sagte mir, dass sie doch stets nur die zweite Geige bei mir spielen würde. Sie hatte ja so recht. Niemand kann oder konnte meiner Mutter das Wasser reichen.«

Einige Minuten danach blieb er still. Von weit draußen drang Verkehrslärm herein. Autos hupten, ein Flugzeug flog dicht über die Stadt hinweg.

»Sie hatte Macht über uns«, sprach Jochen Stollberg leise weiter. »Über Adrian, über Clarissa und auch über mich. Ohne sie wäre Adrian nie das geworden, was er ist. Ohne sie hätte ich nie das Abi geschafft.«

Stollberg stieß plötzlich die Luft aus. Ein Laut kam aus seinem Mund, den Anna Langner nicht deuten konnte. Er hatte etwas Verächtliches, Zynisches und Ärgerliches.

»Als meine Freundin weg war, wurde mir erst so richtig bewusst, dass mein Vater, dieser alte, dicke Mann meine Mutter quälte, dass er ihr wehtat. Stellen Sie sich das vor: Immer, wenn er Sex mit meiner Mutter hatte, lag er schwergewichtig auf ihrem schönen Körper, schändete und beschmutzte sie. Ich habe ihn gehasst dafür, jeden Tag mehr. Ich war nahe daran, ihm den Tod zu wünschen, und ich hätte es auch getan, wenn dieser Unfall nicht gewesen wäre, der meine Mutter tötete.«

»Sie mögen Ihren Vater nicht, weil er Ihre Mutter liebte?«

Er sah sie mit einem Ausdruck in den Augen an, der sie erschreckte. So viel Abneigung, ja, Hass auf einen Menschen hatte sie noch nie bei jemandem gesehen.

»Sie verstehen das nicht. Warum auch? Adrian – mein Vater ist ein ganz und gar abscheulicher Mensch. Hinter der Fassade des gütigen Obst- und Gemüsehändlers verbirgt sich ein hemmungsloser Charakter. Erinnern Sie sich an das Feuer im

Großmarkt?«

Anna konnte nur nicken.

»Anfangs habe ich Sie damals bewundert. Ja, bei dem Prozess gegen Adrian. Sie hätten ihm eine große Niederlage zufügen können. Ich hatte gehofft, dass Sie ihn verknacken würden. Aber er konnte wie immer den Kopf aus der Schlinge ziehen. Dabei war er schuldig, oder sagen wir, mitschuldig.«

»Sie wissen, was passiert ist?«

»Ja.« Er lachte auf. »Adrian hat das Feuer nicht gelegt, nein, das nicht. Damit macht er sich nicht die Hände schmutzig.«

Er zögerte einen kurzen Moment und schaute sie an, als überlege er, wie viel er sagen durfte. Dann wurde ihm offenbar wieder bewusst, in welcher Situation sie sich befanden.

»Es war Ingo, Ingo Theissen. Suttner war ein harter Brocken. Er war nicht zu bewegen, seinen Platz zu räumen. Also kamen Theissen und Adrian auf die teuflische Idee, seinen Stand abzufackeln. Sie wussten, dass Suttner nicht versichert war. Er hatte die Policen nicht bezahlen können. An diesem Sonntagabend, Sonn- und feiertags ist der Großmarkt geschlossen, und somit sind keine Käufer zugelassen, fuhren Ingo und Adrian zum Markt. Die Pförtnerloge war natürlich unbesetzt, niemand hielt sie also auf, keiner bemerkte sie. So gelangten sie in Halle C zu Suttners Marktstand. Ingo Theissen manipulierte die Stromkabel.«

Wieder stieß Jochen Stollberg ein kurzes, eher wie ein Meckern klingendes Lachen aus.

»Das Pech, oder soll ich sagen, die Vorsehung wollte es, dass Gustav Suttner an diesem Sonntag völlig überraschend auftauchte. Was er um diese Zeit im Großmarkt wollte, stand nie zur Diskussion und wurde nie geklärt. Als er das Licht einschaltete, brach das Feuer aus. Adrian und Ingo hatten dieses Szenario erst für Montagmorgen eingeplant, sie wollten dann als großartige Helfer und Retter auftreten. Schließlich sollte ja nicht noch mehr Schaden angerichtet werden. Nun aber hatten sie ein neues Problem. Mein lieber Vater ...«, er spuckte das Wort förmlich aus, »und Ingo saßen draußen in ihrem Wagen, als Suttner hineinlief. Erst als bereits Rauch über der Halle C aufstieg, riefen sie die Feuerwehr und die Polizei. Aber da war es zu spät. Haben Sie sich eigentlich nie gefragt, was die beiden, Ingo und Adrian, zu der Zeit am Großmarkt gemacht haben?«

»Soviel ich mich erinnere, sagten beide aus, dass sie von einem gemeinsamen Essen kamen und rein zufällig am Markt vorbeifuhren. Wir haben das überprüft. Sie waren tatsächlich in dem angegebenen Restaurant.«

»Natürlich«, nickte Jochen Stollberg. »Für ihre Manipulation brauchten sie ja auch nur ein paar Minuten. Suttner muss wohl noch versucht haben, zu löschen. Aber auch das ist nur eine Vermutung. Man fand seinen verkohlten Körper später unter einem Balken, der ihn eingeklemmt hatte. So jedenfalls stand es im Abschlussbericht.« Seine Stimme hatte jeden Klang verloren. Sie war so leise geworden, dass Anna Schwierigkeiten hatte, ihn zu verstehen.

»Sie wollten Suttners Platz. Adrian geht es doch nur um immer mehr Geld, immer mehr Macht. Ingo erhielt als Lohn für seine Tat Suttners Marktstand, vorübergehend jedenfalls, bis Gras über die Sache gewachsen war. So wollten sie den Spekulationen jeden Wind aus den Segeln nehmen.«

Er schwieg einen Moment. Anna Langner wagte kaum, zu atmen. Genugtuung, dass sie nun doch noch die Wahrheit erfuhr und vor dreieinhalb Jahren völlig richtiggelegen hatte, wollte sich nicht einstellen. Sie sah keinen Ausweg aus ihrem Gefängnis. Mit Jochen Stollbergs Aussage würde sie wohl nichts mehr anfangen können.

»Es hat ja auch alles großartig geklappt«, sprach er weiter. »Ja, sie nahmen sogar in Kauf, dass Adrians eigener Marktstand mit abbrannte. Über diesen Einfall haben sie sich später noch wie kleine Kinder gefreut. Darauf sind Sie und der Richter hereingefallen. Nicht wahr? Wer würde schon riskieren, dass sein eigenes Unternehmen mit vernichtet wird. So dumm kann doch niemand sein, und Adrian halten viele, fast alle, für einen schlauen Mann.«

Sie musste schlucken. »Woher wissen Sie das alles?«

Mit einer phlegmatischen Handbewegung winkte Jochen Stollberg ab. »Manchmal unterlaufen auch Leuten, die sich selbst für intelligent halten, kleine Pannen. Ich habe hin und wieder mit Ingo Theissen eine Segeltour unternommen. Nichts Umwerfendes. Mal nur auf dem Baldenaysee, mal in Holland, mal auf der Ostsee. Dabei trinkt man viel Alkohol, und der löst die

Zunge. Irgendwann erzählte mir Ingo alles. Er hatte sich mit Adrian überworfen, fühlte sich von ihm ausgenutzt und glaubte, in mir einen Verbündeten gefunden zu haben. Wissen Sie eigentlich, warum Adrian Sie nicht wegen übler Nachrede belangt hat?«, fragte er unvermittelt. »Weil man dann weiter geforscht hätte und die Wahrheit wäre unzweifelhaft ans Licht gekommen. Und selbst die Gerüchte hätten genügt. Ein Händler, der in Verdacht steht, den Stand eines anderen abgefackelt zu haben, hat am Großmarkt verloren.«

»Wer weiß außer Ihnen noch davon? Wilma Suttner?«

Er zuckte die Schultern. »Möglich, ja, sogar sehr wahrscheinlich. Sie haben ihr ja den Stand abgekauft.« Er kicherte. »Und zu einem Preis, der für einen ganzen Block gereicht hätte. Ich nenne das Schweigegeld. Zumindest haben sie dafür bezahlt, dass sie die Anzeige zurücknimmt. Schade nur, dass Sie damit nichts mehr anfangen können.«

Anna musste mehrmals krampfhaft schlucken, um sich in der Gewalt zu halten. »Warum haben Sie sich nicht bei der Polizei gemeldet?«

Sein Gesicht verzerrte sich, seine Züge froren ein. »Weil meine Bewunderung für Sie inzwischen in grenzenlosen Hass umgeschlagen war.«

Anna Langner war wie vor den Kopf geschlagen. Sie bemühte sich um Fassung, glaubte, sich verhört zu haben, aber er wiederholte seine Worte, ohne Dramatik und ohne besondere Betonung, einfach so. Sie fragte sich entsetzt, was sie ihm getan hatte, und sie hatte plötzlich Angst davor, es zu erfahren.

Jochen Stollberg drückte seinen Hinterkopf gegen die kalte Wand und schloss die Augen. Sein Atem ging flach, seine Brust hob und senkte sich kaum. Sie spürte wieder, wie die Angst in ihr hochstieg. Es war ihr klar, warum er so offen mit ihr sprach. Er gab ihr keine Chance mehr, zu entkommen. Und sie sah ihre Möglichkeiten immer mehr schwinden.

Er war einer von denjenigen, die nur stark waren, wenn sein Gegenüber erniedrigt worden war. Und nur durch die Fesseln an Anna Langners Handgelenken fühlte er sich ihr überlegen.

Sie gab sich innerlich einen Ruck. Sie musste noch so viel wissen.

»Wie sind Sie in meine Wohnung gekommen?«

»Ich habe mir einen Abdruck vom Schlüssel Ihrer Putzfrau besorgt und ihn nachmachen lassen. Ich habe mich einmal als Zeitungsbote ausgegeben und bin in Ihre Wohnung gelangt. Der Schlüssel lag unter dem Spiegel im Flur. Es war ganz einfach für mich.«

»Und die Bilder …?«

Er lachte kurz und trocken. »Ein spontaner Einfall. Ich dachte mir, dass ich Sie irgendwie erschrecken müsste. Waren Sie geschockt?«

Sie verzichtete auf eine Antwort.

»Warum haben Sie Julia Flemming getötet? Sie waren es doch, oder?«

Er hob seine Hände. »Ja. Ich habe sie erwürgt. Hiermit. Sie fragen, warum ich das getan habe? Weil sie eine Schlampe und keine gute Mutter war. Sie hat ihr Kind weggegeben, unser Kind.«

Anna war wie erstarrt. »Sie … sind der Vater?«

»Sie wollte es mir natürlich nicht sagen, aber dann vor einigen Wochen rutschte es ihr heraus. Ich bin fast verrückt geworden.«

»Sie hat Ihnen nicht gesagt, wo Ihr Kind ist?«

»Nein. In der Hinsicht war sie bockig und störrisch wie ein Esel.«

»Waren Sie oft mit ihr zusammen?«

»Eigentlich eher selten.«

»Und immer in dem Hotel?«

»Dort war ich zum ersten Mal mit ihr. Wir haben es immer im Wald getrieben oder im Auto.«

»Nie bei Ihnen?«

Er lachte höhnisch auf. »Bei mir? Ich würde meine Wohnung doch nicht mit so einer Schlampe beschmutzen.«

Anna Langner war bestürzt über die abfälligen Worte. Als sie sich wieder gefangen hatte, fragte sie: »Wann haben Sie beschlossen, Julia Flemming zu töten?«

Jochen Stollberg dachte lange nach. Schon wollte Anna die Frage wiederholen, als er antwortete: »Ich merkte, dass die Suche nach dem Kind aussichtslos war. Sie sagte, dass sie es zur Adoption freigegeben hätte und nicht wüsste, wo es ist. Ich musste ihr glauben, aber ich war wütend. Es war doch mein Kind! Wie hatte sie es nur wagen können? Und dann … dann wurde es zur Generalprobe.«

»Generalprobe? Wie meinen Sie das?«

Er antwortete nicht.

Anna Langner sah ihn von der Seite her an. Sein Gesicht lag fast ganz im Dunkeln, sie konnte nur die Umrisse erkennen, die spitze Nase, die hohlen Wangen und das lange Haar. Sie war sicher, dass er die Mundwinkel nach unten gezogen hatte, und dass seine Züge einen harten und bitteren Ausdruck angenommen hatten. Dieser Mann neben ihr, der soeben einen Mord gestanden hatte und für den zweiten zweifellos ebenfalls als Täter infrage kam, war ein Psychopath. Er war erstaunlich höflich zu ihr, aber das war nur eine Maskerade. Die Fesseln um ihre Handgelenke waren jedenfalls eng und schnürten ihr langsam aber sicher das Blut ab. Anna wusste, dass er unberechenbar und zu allem entschlossen war.

»Erzählen Sie mir noch mehr von Ihrer Mutter.« Sie musste ihn am Reden halten. Nur solange konnte sie sicher sein. Sie hoffte inständig, dass sie im Präsidium vermisst wurde und GE Rattke bereits alle Hebel in Bewegung gesetzt hatte, um sie zu suchen. Sie wusste aber auch, dass er überhaupt keinen Anhaltspunkt besaß, wo sie sich aufhielt.

Ein verträumtes Lächeln umspielte plötzlich seine Lippen.

»Ich habe sie heimlich immer Simone genannt. Simone! Simone! Simone! Bis ich zehn wurde, bin ich zu ihr ins Bett gekrochen. Ich habe Angst vorgetäuscht, und sie hat mich in den Arm genommen und an sich gedrückt. Oh, das war wunderbar. Irgendwann dann ließ sie mich nicht mehr zu sich. Ich kam in die Pubertät und hatte meine ersten Erektionen. Seitdem träumte ich von Simone. Und eines Nachts geschah es. Ich bekam einen Samenerguss. Verstehen Sie? Ich hatte meinen ersten Sex im Traum mit meiner Mutter.«

Anna bemerkte, dass er die Augen geschlossen hatte. Er genoss diesen Augenblick der Erinnerung, er ließ sich ganz darin treiben. Anna Langner schauderte. Ihr war klar, dass neben ihr ein verklemmter junger Mann saß, der ein gestörtes Verhältnis zum anderen Geschlecht hatte und seine Fantasien auf geradezu perverse Art und Weise ausleben musste. Sie dachte an den Ödipuskomplex, an die Abhängigkeit und bedingungslose Liebe eines Sohnes zu seiner Mutter, und sie fragte sich, ob so etwas heutzutage tatsächlich noch möglich war.

Sein Atem ging mit einem Mal schwer, und als er weitersprach, klang seine Stimme für ein paar Augenblicke tränenerstickt.

»Und dann geschah das Schreckliche. Sie starb bei einem Verkehrsunfall. Ich weiß noch heute das Datum und die Uhrzeit. Es hat sich in mir eingebrannt auf Lebenszeit. Auf der A 1 bei Münster ist es passiert. Nachts um ein Uhr dreiundvierzig. Sie kam von einem Kurzurlaub an der Ostsee. Sie hatte dort ein paar Tage ausgespannt und wollte erst am nächsten Morgen wieder nach Hause kommen. Verstehen Sie? Einen Tag später und es wäre nichts passiert. So aber war sie zur falschen Zeit am falschen Ort.«

Er hielt inne. Anna Langner wagte weder sich zu rühren noch etwas zu sagen. Die Anspannung war unerträglich.

»An dem Tag, an dem sie starb, hatte ich hohes Fieber«, sagte Jochen Stollberg. »Bei einem erwachsenen Mann ist das nicht unbedingt lebensgefährlich, aber am späten Nachmittag diagnostizierte der Arzt eine Lungenentzündung. Adrian rief natürlich meine Mutter an der Ostsee an, und die hatte nichts Besseres zu tun, als sich sofort ins Auto zu setzen, um nach Hause zu kommen. Sie wollte einfach ihren Sohn nicht allein lassen.« Er lachte kurz auf. »Ich war sechsundzwanzig Jahre alt, bekam meine Medikamente und war versorgt. Warum also wollte meine Mutter bei mir sein? Ich kann es immer noch nicht begreifen. Auf jeden Fall fuhr sie abends los, statt bis zum nächsten Morgen zu warten. Die Polizei erklärte uns später, dass sie offenbar wegen Übermüdung die Gewalt über das Auto verloren habe und deshalb gegen einen Brückenpfeiler gefahren sei.«

Anna Langner stöhnte auf. »Großer Gott«, entfuhr es ihr. »Das ist ja schrecklich.«

»Ja, das war es. Vor allem, weil es einen Zeugen gab. Ein Lastwagenfahrer behauptete, ein anderer Autofahrer habe Simone in einem riskanten Überholmanöver geschnitten und von der Bahn gedrängt. Allerdings hatte er den Unfall aus einer so großen Entfernung beobachtet, dass er das Geschehen nur anhand der Rücklichter beurteilen konnte. Man fand jedoch keine Bremsspuren, keine Schleuderspuren, nichts. Die Staatsanwaltschaft erklärte uns, dass bei Übermüdung immer von Fahrfehlern ausgegangen werden muss. Damit war der Fall für sie abgeschlossen. Für mich brach eine Welt zusammen. Ich hatte jeden Lebensmut verloren. Ich brach mein Studium ab. Schließlich absolvierte ich an der Volkshochschule einen Malkurs. Er gab mir, so unglaublich das klingen mag, die nötige Ruhe wieder. Später, als Adrian uns Susan Kempke vorgestellte, sprach ich oft mit ihr über meine Mutter. Susan hat mir sehr geholfen.«

Unerwartet stand Jochen Stollberg auf und ging ein paar Schritte von ihr weg. Lauschend blieb er stehen. Ein paar Minuten vergingen, dann setzte er sich wieder neben sie. Diesmal nahm er genügend Abstand.

»Auf einer ihrer Partys lernte ich einen ehemaligen Kriminalkommissar kennen«, sprach er mit leiser Stimme weiter. »Wir kamen ins Gespräch, wir freundeten uns sogar an. Es war nur natürlich, dass ich auch den Autounfall meiner Mutter erwähnte. Er machte mir keine Hoffnung, dass die Wahrheit jemals ans Licht kommt. Aber dann geschah das Unerwartete.«

»Was ... was ist geschehen?«

»Einmal Kommissar immer Kommissar. Mein Freund war neugierig geworden. Da er immer noch gute Beziehungen zu seiner alten Behörde hatte, war es nicht schwer für ihn, sich noch mal den Unfallhergang vorzunehmen. Der Lastwagenfahrer war als Erster bei Simones zertrümmerten Wagen angekommen. Sie war eingeklemmt und hat noch gelebt, aber er konnte ihr nicht helfen. Er rief seine Spedition an und die verständigte die Polizei.«

»Warum hat er das nicht direkt getan?«

»Er stammte aus Kasachstan und war so aufgeregt, dass ihm nicht mal die paar Worte Deutsch einfielen, die er behalten hatte. Kurz darauf hat er seinen Job gekündigt und ist zurück nach Kasachstan gegangen. Seine Adresse war jedoch bei der Spedition vermerkt. Über einen anderen russischen Fahrer, der als Dolmetscher diente, gelang es meinem Bekannten schließlich, mit dem Mann in Kasachstan Kontakt aufzunehmen.«

»Konnte er denn etwas Neues sagen?«

»Wenig. Diese >verdammten deutschen Bullen<, wie er sich auf Russisch ausdrückte, hätten ihn nicht verstehen wollen. Er habe immer gesagt >Auto ... da< und dabei auf die Überholspur gezeigt. Aber sie hätten darauf nicht reagiert, sondern nur ironisch gelächelt und auf seine Ladung geschielt, die auch tatsächlich um Etliches zu schwer gewesen war. Außerdem stellten sie fest, dass der Mann aus Kasachstan übermüdet war und schon viel zu lange hinter dem Steuer gesessen hatte. Was konnte man von so einem schon erwarten? Er wollte doch nur von sich ablenken. Es gab ja auch, wie gesagt, keine Spuren eines Unfallverursachers.« Jochen Stollberg stieß ein verächtliches Lachen aus.

»Den Polizeibeamten war wohl klar, dass sie der Aussage des Fahrers nachgehen mussten. Rein routinemäßig befragten sie auf dem nächsten Rastplatz alle Fahrer, die die dort standen. Man nennt so etwas in Ihren Kreisen wohl >Klinkenputzen<, nicht? Ich weiß das von meinem Freund, dem Kommissar.«

Ganz gegen ihren Willen musste Anna Langner nicken.

»Keiner wusste etwas von einem Unfall.«

»Es ist Pflicht der Polizei, zu prüfen, ob die Motorhauben noch warm sind«, rief Anna Langner erregt. »Daran kann man erkennen, welcher Wagen wie lange schon auf dem Parkplatz steht. Das haben sie ganz bestimmt getan. Wenn die Motorhauben kalt waren, dann standen die Fahrer schon eine Weile dort.«

Jochen Stollberg rieb sich über beide Schläfen, als hätte er plötzlich unerträgliche Kopfschmerzen.

»Es war bereits zu viel Zeit vergangen. Es gab also auch keinen Grund, weiter zu recherchieren. Man startete zwar später noch einen Aufruf in der Lokalpresse, aber natürlich meldete sich niemand. Sie wissen doch selbst, dass das wie die Suche nach der Nadel im Heuhaufen ist und dass oft nur der Zufall zum Ziel führt. Einer der Polizeibeamten ging offenbar sehr sorgfältig vor. Er hat die Kennzeichen der parkenden Autos notiert und zu dem Abschlussbericht geheftet. So konnte mein Bekannter, dieser ehemalige Kommissar, die Wagentypen herausfinden. «

Anna Langner schwieg, weil sie keine Ahnung hatte, worauf Jochen Stollberg hinauswollte.

»Er nahm noch einmal Kontakt mit dem Fahrer aus Kasachstan auf. Er war inzwischen wieder bei einem anderen deutschen Spediteur beschäftigt. In Kasachstan, so sagte er, wäre er ohne Job verhungert. Mein Bekannter legte ihm die fünf Wagentypen vor, die auf dem Autobahnrastplatz gestanden hatten. Und siehe da! Der Mann zeigte ohne zu zögern auf einen schwarzen Volvo. Von solch einem Wagen, da war er sich sicher, war er kurz vor dem Unfall überholt worden. Der Wagen sei mit mindestens zweihundert an ihm vorbei gedonnert. Er habe das der Polizei nicht erklären können, weil er eben kaum Deutsch konnte. Aber es gäbe für ihn keinen Zweifel. Dieser Fahrer habe den Unfall verschuldet. Es war ein Schock für mich, als ich erfuhr, wem dieser Volvo gehörte.«

Er hielt einen Moment lang inne.

»Es war Ihrer, Frau Langner. Sie waren die Fahrerin in der Nacht, und Sie haben meine Mutter auf dem Gewissen.«

38

Rattke fuhr schnell und unvorsichtig. Zweimal hätte es fast einen Zusammenstoß mit einem anderen Fahrzeug gegeben, das ordnungsgemäß am Rand wartete, bis er vorbei war. Blaulicht und Martinshorn gaben ihm zwar Vorfahrt, aber nicht das Recht, wie ein Rambo durch die Stadt zu rasen. In genügender Entfernung von der Insterburgstraße schaltete er die Signale aus.

Die Nummer 35 war ein altes Fabrikgebäude im Stadtteil Huckarde. Rattke konnte es nicht verfehlen, denn in einem Halbkreis darum herum standen vier Streifenwagen. Rattke fluchte leise. Er hatte doch gesagt, dass sie kein Aufsehen erregen sollten und nun dies.

Peter Vollmar wedelte mit den Armen, als Rattke mit quietschenden Reifen anhielt. Vollmar riss die Fahrertür auf. »Der Kriminalrat war im Büro, als du angerufen hast. Er hat die Streifenwagen sofort angewiesen, hierhin zu fahren. Ich konnte gerade noch verhindern, dass sie mit Martinshorn und Blaulicht losfuhren.«

Rattke stieg aus. »Wem gehört das Gebäude?«

»Der Firma Hoesch. Seit Jahren steht es leer. Ich habe bereits den Prokuristen der Firma angerufen, aber der war mehr als zurückhaltend. Er wolle sehen, was er machen kann. Ich glaube kaum, dass er jemanden vorbeischickt.«

Das ist vielleicht das Beste, dachte Rattke. »Habt ihr irgendetwas Ungewöhnliches entdeckt?«

»Hinter der Fabrik steht ein Fahrzeug. Wir haben den Halter ausgemacht. Jochen Stollberg.«

Rattke sah zur Fabrikhalle hinüber. »Weißt du, ob Anna Langner bei ihm ist?«

»Keine Ahnung. Willst du mich nicht endlich in deine Gedanken einweihen?«

Neben einem der Streifenwagen standen Tobias Branchini und Beate Albrecht. Sie sahen angespannt aus. Rattke winkte sie heran.

»Ich hatte der Staatsanwältin versprochen, zu schweigen«, erklärte er leise. »Ich konnte mein Wort bisher nicht brechen. Jetzt ist eine neue Situation eingetreten.«

In kurzen Sätzen erzählte er ihnen von Anna Langners Ängsten und den Vorkommnissen in ihrer Wohnung. Sie waren entsetzt und bestürzt, aber Rattke bemerkte auch den leisen Vorwurf in ihren Blicken, dass er sie nicht früher eingeweiht hatte.

»Aber warum Jochen Stollberg?«, fragte Vollmar. »Wie bist du auf ihn gekommen?«

Rattke sah Beate Albrecht an. »Erinnern Sie sich an Ihren Vortrag bei mir im Büro über den Seemannsknoten?«

»Ja«, nickte sie. »Leider war es ein Schuss in den Ofen.«

»Als wir in Jochen Stollbergs Atelier waren, lagen neben dem Eingang zwei Pakete. Es waren Bilder, die er gemalt hatte und die zur Neueröffnung eines Restaurants und einer Drogerie ausgestellt werden sollten. Sie waren mit Bindfaden zusammengebunden. Natürlich konnte ich nicht sehen und geschweige denn erkennen, ob es sich bei der Verschnürung um einen Seemannsknoten handelte. Ich hatte auch nur vor, Jochen Stollberg zu fragen, ob er sie beherrsche. Ich weiß, dass er des Öfteren mit Ingo Theissen auf dem Baldeneysee war. Aber das heißt noch nichts. Bis vor einigen Minuten jedenfalls nicht. Jetzt jedoch sprechen die Umstände dafür, dass ich auf dem richtigen Weg bin.« Er deutete zur Fabrikhalle. »Jochen Stollberg befindet sich dort, und Anna Langners Handy wurde hier geortet.«

Vollmar pfiff durch die Zähne.

»Ich werde mich sofort über Jochen Stollberg erkundigen«, sagte Beate Albrecht und lief zum Streifenwagen.

Rattke sah unschlüssig zur Fabrikhalle hin. Wie hatte es nur dazu kommen können, dass es derart schieflief?, dachte er.

Wieso hatte er nicht auf diese Spur geachtet? Es wäre schon der zweite Fehler. Hoffentlich passiert nicht noch ein Mord, flehte er stumm. Obwohl ihm das Motiv immer noch nicht klar war. Was hatte den jungen Stollberg nur dazu veranlasst, zum Mörder zu werden?

»Sollen wir die Halle stürmen?«, fragte ein Streifenpolizist.

Rattke schüttelte den Kopf. »Es gibt keinen Grund dazu. Was ist mit der Tür?«, fragte er Vollmar.

»Verschlossen. Sie ist sehr stabil. Wir würden sie nur gewaltsam und mit Verstärkung öffnen können.«

Das Fabrikgebäude war etwa sechzig bis siebzig Meter lang und zwanzig Meter breit, mit weiß gestrichenen Wänden, die außer der Eingangstür keinerlei Öffnung aufwiesen.

Branchini setzte sich zuerst in Bewegung und tastete sich an dem Gebäude entlang. Dabei hielt er sich dicht an das Gemäuer, für den Fall, dass er von innen etwas hören könnte. Rattke und Vollmar folgten ihm schnell.

Am Ende der Fabrikhalle blieb Branchini stehen. Ein etwa ein Meter fünfzig hoher Zaun begann direkt am Gebäude und führte bis zur knapp hundert Meter entfernten Straße.

Vollmar schob sich an ihm vorbei und schwang sich wie ein Athlet über den Zaun. Dann brach er zwei Latten ab, sodass eine kleine Öffnung im Zaun sichtbar wurde, durch die sich Rattke und Branchini zwängen konnten.

Dass Rattke sich dabei ein Loch in seine Jacke riss, beachtete er nicht weiter, denn Vollmar deutete auf ein Fenster. Es war von der Straßenseite her nicht zu sehen gewesen, und es stand auf Kippe.

Mit wenigen Handgriffen hatte Vollmar das Fenster entriegelt. Im Inneren war es dunkel.

»Ich hole eine Taschenlampe«, raunte Branchini ihnen zu und drehte sich rasch um. In weniger als zwei Minuten war er mit zwei Stablampen zurück. Eine davon reichte er Peter Vollmar.

Sie zwängten sich nacheinander durch das Fenster und gelangten in eine Halle von der Größe eines Tennisfeldes, in der sich zwei alte Stanzmaschinen, ein rechteckiger Metalltisch und mehrere Schubkarren befanden. Geradeaus war eine Tür. Sie schwang von einem schwachen Windzug leicht hin und her, manchmal schlug sie gegen den Türrahmen oder gegen die Kisten und Kartons, die völlig durcheinander auf dem Boden an der Wand lagen. Durch den schmalen Türspalt schimmerte hin und wieder ein schwacher Schein zu ihnen wie von der Lichtorgel in einer Diskothek. Vollmar schaltete die Stablampe an und leuchtete zur Tür. Im nächsten Moment machte er sie wieder aus.

»Da ist jemand«, raunte er.

Er huschte auf die Tür zu und spähte durch den Türspalt. Ohne sich umzudrehen, gab er seinen beiden Kollegen ein Zeichen, näher zu kommen.

Sie lauschten mit angehaltenem Atem. Es dauerte etliche Minuten, bis sie dumpfe Laute hörten.

Anna Langner wollte etwas sagen, schreien, aber alles, was sie hervorbringen konnte, war ein entsetztes Ächzen. Wie gelähmt starrte sie Jochen Stollberg an, der sich halb aufgerichtet hatte und dessen Gesicht nun ganz dicht vor ihrem war.

»Die Polizei wusste die ganze Zeit, wer der Unfallverursacher war«, stieß er heiser aus. »All die Jahre haben sie mich zum Narren gehalten. Und Sie haben dafür gesorgt, dass der Unfall nie ganz aufgeklärt wurde.«

In dem diffusen Licht der Taschenlampe schien Jochen Stollberg so unwirklich, so weit weg, und dennoch war er direkt neben ihr, und die tödliche Gefahr, die von ihm ausstrahlte, raubte ihr den Atem. Endlich fand sie ihre Stimme wieder.

»Nein!«, brach es aus ihrem Mund. »Ich war das nicht. Es war vielleicht mein Wagen, aber ich bin nicht gefahren. Es muss Nick gewesen sein. Wir waren damals befreundet. Warum sollte er auf dem Rastplatz angehalten haben, wenn er den Unfall verschuldet hatte? Dann hätte er sich schnellstens aus dem Staub gemacht. Er wird gar nicht bemerkt haben, was er angerichtet hat durch seine Raserei.«

Stollberg lachte wütend auf. »Sie schieben die Schuld auf andere, na klar. Dass Sie auf dem Parkplatz gewartet haben, war doch nur logisch. Sie mussten sich ja erst mal von dem Schock erholen und überlegen, was zu tun war. Als die Polizei kam, haben Sie geschwiegen.«

»Nein ... nein ...«, stöhnte sie auf.

»Sie haben alles vertuscht und abgestritten. Und wem glaubt

man wohl eher: einer angesehenen Staatsanwältin oder einem Fahrer aus Kasachstan, der kaum ein Wort Deutsch kann? Sie sind auch noch feige. Das hätte ich nicht gedacht.«

»Ich bin nicht feige. Wenn ich die Fahrerin gewesen wäre, dann würde ich dazu stehen. Nick befindet sich im Strafvollzug. Ich war so dumm, den Volvo damals für ihn zu kaufen. Er bekam keinen Kredit, also bin ich für ihn eingesprungen. Der Wagen ist auf meinen Namen zugelassen, aber ich bin nie damit gefahren. Man hätte mich als Halterin des Fahrzeugs benachrichtigt, wenn auch nur der geringste Verdacht bestanden hätte.«

Er sah sie geringschätzig an. »Es lag gegen keinen der Fahrer etwas vor.«

»So glauben Sie mir doch, oder bitten Sie Ihren Bekannten, den Kommissar, um Hilfe. Wenn alles so stimmt, wie Sie sagen, dann kann er den Fall neu aufrollen, dann wird alles geprüft, und die Wahrheit kommt ans Licht.«

»Er ist tot. Herzinfarkt. Vor neun Wochen. Ich bin ganz allein. Niemand wird mir glauben.«

Er brach abrupt ab und schaltete die Taschenlampe aus, mit der er die ganze Zeit über herumgefuchtelt hatte. Seine Hände berührten ihren Hals. Blitzschnell stand Anna Langner auf, warf sich herum und stolperte über einen Besenstiel.

Ein heiserer Aufschrei entfuhr ihrem Mund, dann war es still, erschreckend still.

Rattke spürte, wie ein Zittern seinen Körper ergriff, als er den Schrei hörte. »Los!«, befahl er.

Vollmar war der Erste. Jetzt kam ihm seine Fitness zugute. Mit einem Satz sprang er durch die Tür in den dunklen Raum, schaltete gleichzeitig die starke Taschenlampe an und ließ ihren Strahl auf die gegenüberliegende Wand gleiten. Der Mann dort blieb wie angewurzelt stehen, und ehe er sich von seinem Schreck erholen konnte, war Peter Vollmar bei ihm und hatte ihn überwältigt. Jochen Stollberg blinzelte nicht. Ohne Angst starrte er in das Licht der Taschenlampe, die Vollmar direkt auf ihn gerichtet hatte.

Rattke drängte sich neben seinen Kollegen. Er fand Anna Langner am Boden liegend. Zuerst dachte er, sie habe sich geduckt, als sie in den Raum sprangen, aber als er sich über sie beugte, sah er, dass sie bewusstlos war. Sie blutete aus einer tiefen Wunde am Kopf. Rattke schrie nach einem Arzt, dann nahm er Anna Langner in den Arm.

39

GE Rattke betrat das Präsidium durch einen Seiteneingang. Er wollte der Presse ausweichen. Noch waren nicht alle Fragen geklärt, und er hatte keine Lust, weiterhin nach Ausflüchten zu suchen. Außerdem war ihm Anna Langners Gesundheit im Augenblick viel wichtiger.

Auf der Treppe hörte er Schritte hinter sich. Er drehte sich um und wartete, bis Beate Albrecht ihn eingeholt hatte.

»Wie geht es Ihnen?«, fragte sie.

»Nicht sehr gut«, antwortete er.

»Sie haben den Fall gelöst.«

Sie erreichten das Konferenzzimmer. Kriminalrat Hartung, Peter Vollmar und Tobias Branchini warteten bereits. Der Oberstaatsanwalt und ein junger Anwalt hatten sich ebenfalls eingefunden.

Die Stimmung war alles andere als gut. Ein zufälliger Besucher hätte in übermüdete Gesichter geblickt und in Augen, die brannten und kaum aufzuhalten waren.

GE Rattke nahm Platz. Der Kriminalrat eröffnete die Sitzung.

»Wir sind alle in großer Sorge um Frau Langner. Sie ist immer noch bewusstlos. Die Ärzte gehen zwar von einer vollständigen Heilung aus, aber wann sie das Bewusstsein wiedererlangt, ist nicht vorherzusagen. Bis dahin können wir uns nur auf Indizien stützen. Wir gehen davon aus, dass Jochen Stollberg sowohl Julia Flemming als auch Gerlinde Lamers erdrosselt hat. Aber wir können ihm das letztlich nicht beweisen. Wir können ihn festhalten und verurteilen, weil er Anna Langner entführt und in eine lebensgefährliche Lage gebracht hat, aber mehr nicht. Stollberg hat als Student einen Segelschein gemacht, aber dass er Seemannsknoten beherrscht, besagt leider gar nichts.«

»Wir brauchen also das Geständnis Jochen Stollbergs«, warf der Oberstaatsanwalt ein.

Rattke nickte. »Wir haben wenig Grund zur Überheblichkeit. Jochen Stollbergs Vater wird nicht zulassen, dass sein Sohn wegen Mordes verurteilt wird. Auch wenn sich die beiden nicht besonders mögen, Blut ist dicker als Wasser. Alles, was wir bisher gegen ihn in der Hand haben, ist die Entführung und Bedrohung einer Staatsanwältin.«

»Soll das heißen, das Motiv für die beiden Morde und die Entführung Frau Langners bleibt für alle Zeiten im Dunklen?«, empörte sich der Oberstaatsanwalt.

»Nein«, schüttelte Rattke den Kopf. »Wenn Frau Langner aufwacht, wird sie uns mehr sagen können.«

»Wie hat Jochen Stollberg bei der Vernehmung reagiert?«

»Ich komme gerade aus dem Untersuchungsgefängnis. Jochen Stollberg benimmt sich apathisch und desinteressiert. Auf keine meiner Fragen hat er eisern geschwiegen. Ich habe den Verdacht, dass er mit seinem Leben abgeschlossen hat.«

»Wir müssen ihn trotzdem zum Reden bringen. Frau Langners Zustand kann noch wochenlang andauern. Sie wissen, wie die Presse reagiert, wenn sie davon erfährt. Die Welle der Sympathie schwappt leider schnell um. Je länger die Aufklärung dauert, desto mehr gerät die Tat in Vergessenheit. Dann sieht die Öffentlichkeit nur noch den zu Unrecht Verurteilten. Das muss unter allen Umständen vermieden werden.«

»Und wie?«

»Sie sind der Kommissar.«

»In Ordnung«, sagte Rattke und erhob sich. »Dann wollen wir sehen, was sich machen lässt. Ich möchte, dass jeder Besucher, der zu Jochen Stollberg will, bei mir angemeldet wird.«

Auf seinem Schreibtisch lag ein weißer Hefter. Rattke schlug ihn auf. Es war der Bericht des Unfallarztes, der Anna Langner zuerst versorgt hatte. Rattke kannte ihn aus früheren Zeiten und hatte ihn gebeten, ihn sobald wie möglich über Annas Gesundheitszustand zu unterrichten.

Demnach war sie mit der Schläfe gegen einen Haufen Kantsteine geprallt. Ob unabsichtlich oder ob sie von Jochen Stollberg gestoßen worden war, konnte nicht festgestellt werden. Der Schlag hatte ein Schädelhirntrauma ausgelöst mit einer schweren Gehirnerschütterung und möglicherweise vorübergehender Amnesie.

Rattke schob den Hefter beiseite. Er lauschte der Musik aus dem Radio und hoffte, dass die einschmeichelnden Melodien seine Laune bessern würden, aber vergebens.

Es klopfte. Marion Peters steckte ihren Kopf durch die Tür.

»Da ist jemand, der zu Jochen Stollberg möchte«, sagte sie.

Rattke erhob sich und folgte ihr. In der Tür zum Flur blieb er wie angewurzelt stehen. Vor ihm stand seine junge Nachbarin. Aus der Nähe betrachtet wirkte sie zerbrechlich und zart.

»Sie möchten zu Jochen Stollberg?«, fragte er.

Sie nickte.

»Sie sind mit ihm befreundet, nicht? Dann benötigen Sie eine Besuchserlaubnis. Haben Sie bereits einen Antrag beim Richter oder Staatsanwalt gestellt?«

Sie sah ihn irritiert an. »Befreundet? Was meinen Sie damit?«

»Ich wohne im Haus gegenüber von Ihnen. Ich habe zufällig gesehen, wie Sie sich umarmten.«

Sie schüttelte den Kopf. »Ich bin nicht mit ihm befreundet. Ich bin Clarissa, seine Schwester.«

Rattke stand einige Augenblicke wie erstarrt. Er kam sich vor wie ein Tollpatsch, ein Idiot, und er wäre am Liebsten im Erdboden versunken.

»Entschuldigen Sie, aber ich musste annehmen, dass …« er brach ab. »Kommen Sie! Ich bringe Sie zu Ihrem Bruder.«

Als sie zurückkam, sah Rattke, dass sie geweint hatte. Ihre Hände steckten in den tiefen Taschen ihrer Jacke. Rattke bemerkte die Ausbuchtungen, die ihre kleinen Fäuste verursachten.

»Sie können jetzt mit meinem Bruder sprechen«, sagte sie leise. »Er will ein Geständnis ablegen, er wird alles sagen.«

Sie schaute ihn noch einmal traurig an, dann nickte sie kurz und ging hinaus. Im Radio begannen die Nachrichten. Die Sprecherin hatte eine dunkle, angenehme Stimme. Wie immer gab es nur schlechte Meldungen – von Verbrechen, Waldbränden, Überschwemmungen und Erdbeben. Sogar ein Zugunglück wurde am Rande erwähnt.

Rattke sah zum Fenster hinaus. Die Sonne schien. Es könnte doch noch ein schöner Tag werden.

Lesen Sie auch den 1. Fall mit Kommissar GE Rattke!

Hauptkommissar Gordon Emanuel Rattke ist 43 Jahre alt. Seit einigen Jahren leitet er das Kommissariat 9 der Mordkommission in Dortmund. Zwei Morde halten die Kriminalpolizei von Dortmund in Atem. Rattke muss beide Fälle bearbeiten. Eine Spur führt über das Ruhrgebiet hinaus bis ins tiefste Sauerland. Schon bald muss Rattke erkennen, dass er einem Phantom nachjagt, das sich jahrelang hinter einer Maske versteckt hat.

© Phillip Kordes

Weitere Kriminalromane
von *Phillip Kordes*

Ein Mord erschüttert die ruhige Fassade des kleinen Dorfes Züschen bei Winterberg im Hochsauerland. Wer kann die Tat begangen haben, und wo liegt das Motiv?

Hauptkommissar Dorstmann erhält unerwartet Hilfe des ehemaligen Kriminalkommissars Johannes Falke, der hier geboren und aufgewachsen ist. Es gelingt ihm, ein Geflecht aus Neid, Missgunst und Bestechung mit dem Mord in Zusammenhang zu bringen. Doch Falke beschleicht ein furchtbarer Verdacht.

© Phillip Kordes

Über frühlingsgrünen Wiesen kreist ein Windvogel am Himmel – ein friedlicher Anblick. Doch wie passt der Tote in diese Idylle? Wem stand Kurt Lamberg, der Lagerist der Windvögelfirma Rohloff, im Weg?

Kommissar Johannes Falke ist zurück. Mit Feingefühl und Kombinationsgeschick setzt er sich auf die Spur eines skrupellosen Mörders. Seine Ermittlungen führen ihn quer durch das Sauerland. Doch gerade, als Falke glaubt, den Fall gelöst zu haben, geschieht ein weiterer Mord:

© Phillip Kordes.

Alle Thriller sind als ebook und als Taschenbuch bei amazon.de zu beziehen.

Lesen Sie auch die historischen Romane von Phillip Kordes, die als Trilogie erschienen sind

»Dunkler Rauch am Horizont« ist das 1. Buch einer Trilogie. Es spielt in den Jahren 1864 – 1875.

Benedikt Halbachs Eltern sind reiche Bauern. Als ältester Sohn muss er einmal den Hof übernehmen. Mit zwölf Jahren wird Benedikt in die Pflichten eines Großgrundbesitzers eingewiesen.

Doch Benedikt hat andere Vorstellungen von seinem zukünftigen Leben. Er träumt von einer fernen, fremden Welt.

Aber es kommt völlig anders.

© Phillip Kordes

»Des Lebens dornige Pfade« ist das 2. Buch der Trilogie. Die Handlung spielt von 1876 bis 1896.

Benedikt Halbach ist zu einem der reichsten Landwirte geworden. Schon in jungen Jahren bestimmt er die Geschicke der Gemeinde mit. Aber seine Macht hat auch Schattenseiten. Benedikt spürt nur allzu deutlich Anfeindungen und Neid. Hinzu kommen private Schicksale, mit denen er fertig werden muss. Und noch immer träumt er von einer anderen Welt.

© Phillip Kordes

Die Kurzgeschichtensammlung
von Phillip Kordes

Alle Bücher sind als ebook und als Taschenbuch bei amazon.de zu beziehen.